Mikaela Sandberg

Schweig Still

Ein Schweden-Krimi

Michaela Stadelmann, wie Mikaela Sandberg im richtigen Leben heißt, wuchs in Wesel am Niederrhein auf. Seit 2007 veröffentlicht sie Romane in unterschiedlichen Genres, u.a. Krimis bei Midnight Ullstein. Hauptberuflich ist die Autorin als freie Lektorin tätig. Mit ihrer Familie lebt sie in Mittelfranken.

Bibliografische Information der Deutschen Nationalbibliothek:
Die Deutsche Nationalbibliothek verzeichnet diese Publikation in der Deutschen Nationalbibliografie; detaillierte bibliografische Daten sind im Internet über dnb.dnb.de abrufbar.

TWENTYSIX - Der Self-Publishing-Verlag
Eine Kooperation zwischen der Verlagsgruppe Random House und BoD - Books on Demand
© 1. Auflage 2018 Michaela Stadelmann
Cover: Zero Media GmbH, München
Herstellung und Verlag: BoD - Books on Demand, Norderstedt
ISBN: 978-3-740746032
Das E-Book zum Roman erschien 2016 bei Midnight Ullstein.

*Manchmal muss man einfach loslegen,
um zu sehen, ob man es kann.*

Nelli

»Ein Samstag ohne Alkohol ist sinnlos«, hat Anka mal gesagt. Heute wäre ich trotzdem lieber ohne Bierfahne hergekommen, und normalerweise meide ich diese Ecke auch. Aber weil ich so bin, wie ich bin, stehe ich an diesem nebeligen Samstagmorgen wieder vor dem Polizeirevier.

Allein. Übermüdet. Tot im Kopf.

Ich habe Schwierigkeiten, halbwegs gerade die Treppe hinaufzugehen und die Schwingtür aufzuschieben. Das blöde Ding hat mich mal böse am Kopf erwischt. Ich hasse es, daran erinnert zu werden. Ich war definitiv schon zu oft hier. Als ob ich kein Zuhause hätte!

Irgendwie überwinde ich die Strecke vom Eingang zum Empfangsschalter. Hier drin besteht die Welt aus dem Geruch nach altem Linoleum und dem Schweiß der übermüdeten Männer im Wartebereich. Sie tragen alle schwarze Trainingsjacken mit den charakteristischen Streifen. Anscheinend haben sie an die Runde Wodka eine Tracht Prügel angehängt ...

Noch kann ich umkehren. Doch Mamas Stimme, die unaufhörlich in meinem Kopf dröhnt, hält mich zurück. Immer wieder höre ich ihre letzten Worte, bevor ...

Meine Gedanken versinken in Watte.

»Ich muss mit jemandem reden.« Ungeschickt stütze ich mich am Schalter ab. Die Polizistin hinter dem Sicherheitsglas mustert mich.

»Es ist dringend«, nuschele ich.

»Hallo, Nelli«, sagt die Polizistin.

Verdammt, sie kennt mich! Aber mir fällt ihr Name nicht ein. »Wirklich dringend«, wiederhole ich, um nicht darüber nachdenken zu müssen. »Können Sie Inspektor Hansson ...«

»Er ist im Urlaub.« Ihre klare Stimme schneidet mir das Wort ab. »Soll ich deine Mutter anrufen?«

Ich starre sie an. Genau da liegt das Problem. Ob ich ihr das irgendwie verklickern kann? »Ich muss erst mit jemandem sprechen«, flüstere ich matt. »Bitte.«

Wenn sie mich jetzt nach Hause schickt, dann ... Krampfhaft würge ich den aufsteigenden Kloß hinunter. Befriedigt stelle ich fest, dass die Polizistin mit einem Schlag sehr gerade auf ihrem Stuhl sitzt. Wäre ja noch schöner, wenn ich ihr vor den Empfangsschalter kotze! Aber ich behalte alles bei mir, auch weil die Russen auf den Plastikstühlen zu mir herüberstarren.

Ohne hinzuschauen, greift sie nach dem Telefonhörer. Der frisch gestärkte Ärmel ihres hellgrauen Hemdes raschelt leise. »Setz dich, ich rufe einen Kollegen.«

»Geht auch eine Frau?«, rutscht es mir heraus.

Für einen Moment verschwimmen die Gesichtszüge der Polizistin. »Ich frage mal nach.«

Aufatmen. Das wäre geschafft.

Ich schlurfe in den Wartebereich und lasse mich auf den Stuhl in der Ecke fallen. Nein, das ist nicht mein Stammplatz, obwohl wahrscheinlich nicht mehr viel dazu fehlt. Hier sitze ich am weitesten von den Russen entfernt, die mich auch in den folgenden Minuten nicht aus den Augen lassen. Ich ziehe mir die Kapuze tief ins Gesicht und hoffe, dass ich bald hier herauskomme.

Das Telefon in der Glaskabine klingelt mindestens tausendmal, aber die Polizistin lässt sich davon nicht aus der Ruhe bringen. Parallel erstatten mehrere besorgte Bürger Anzeige wegen des Diebstahls ihrer Mülltonnen. So ist das in Südschweden: Alles läuft in geordneten Bahnen, niemand wird vergessen, die Polizei hat alles im Blick.

Fast alles. Sonst wäre ich ja nicht hier.

Ich stemme die Beine in den Boden, um nicht von dem glatten Plastikstuhl zu rutschen, und fixiere meine Schuhe, die aussehen, als wären sie mit einer Sprühdose zusammengestoßen. Sind sie in gewisser Hinsicht auch, weil Anka und ich etwas gegen Konformität haben. Da hilft manchmal eben nur Sprühlack. Von den pinken Klecksen bekomme ich Kopfschmerzen und starre den mickrigen Gummibaum auf dem staubigen Schemel an. Ihm geht es zwischen so viel Staatsmacht richtig dreckig. Wer immer diese bedauernswerte Topfpflanze in den Warteraum des Polizeipräsidiums gestellt hat, muss ein Pflanzenhasser sein.

Meine Finger tanzen auf meinen Oberschenkeln herum. Nach einer Weile ziehe ich mein Handy aus der Innentasche meiner abgewetzten Lederjacke – und stecke es wieder ein. Momentan kann ich nicht mal jemanden anrufen. Mir wird abwechselnd heiß und kalt, was die Bierdunstglocke verstärkt, die mich einhüllt. Und dann bleibt mir nichts anderes übrig, als ein Papiertaschentuch aus meiner verdreckten Jeans zu zerren und hineinzuheulen. Endlich schaut der erste Russe weg, dann gibt es auch für die anderen plötzlich nichts Interessanteres als die Info-Poster der schwedischen Luftwaffe. Ein weinendes Mädchen halten wahrscheinlich nicht mal die härtesten Russen aus. Sie an meiner Stelle hätten auch geheult, wenn sie vierzehn wären, polizeibekannt und seit ein paar Stunden ...

Nein.

Ich zwinge mich, an etwas anderes zu denken.

Kurz darauf werde ich von einem Polizisten aufgefordert, ihm in den hinteren Bereich des Präsidiums zu folgen. Und dann sitze ich mitten in einem Großraumbüro vor dem Schreibtisch einer jungen Kommissarin. Sie klemmt sich die schwarzen Haare hinter die Ohren und grinst mich an, als wäre ich eine Dreijährige, die man mit einem Lächeln für sich gewinnen kann. Aber solche billigen Tricks funktionieren bei mir nicht! Gibt es so was wie Feindschaft auf den ersten Blick?

»Du bist also Nelli.« Scheinbar gedankenverloren schiebt sie zwei Blatt Papier von links nach rechts. Kommissar Hansson hat das anfangs auch gemacht, bis ich ihm gesteckt habe, dass er sich die Psychospielchen sparen kann.

»Ich bin Hanna. Wo brennt's denn?«

Erst jetzt merke ich, dass nur die untere Hälfte ihres Gesichts lächelt; ihre dunklen Augen mustern mich mit einer Mischung aus Professionalität und Desinteresse. Für sie bin ich lediglich ein weiterer Fall, der die Hälfte seines Lebens nur mit staatlicher Fürsorge bewältigen kann. Ja, die Augen sind echt wichtig, sie verraten dich, wenn du es nicht ehrlich meinst! Deshalb nehme ich ihr die Show mit der netten Tante auch nicht ab.

»Frau Hanna«, sage ich in der Hoffnung, dass meine Zunge mitspielt. »Ich ...«

Sie unterbricht mich: »Nur Hanna.« Ihre Mundwinkel schießen nach oben.

Aha – wir nennen uns beim Vornamen und sind sofort dicke Freunde. Ich könnte heulen vor Wut, dass sie mich nicht ernst nimmt, aber den Gefallen tue ich ihr nicht!

»Ich bin wegen meiner Mutter hier.« Fast hätte ich »Mama« gesagt. »Sie ist – sie ist nicht zu Hause. Ich meine ...«

Hanna runzelt die Stirn, ohne dass sie ihr falsches Lächeln aufgibt. Eine Portion Botox wäre jetzt nett, damit sie endlich die Kontrolle über ihr Grinsen verliert!

»Ich war über Nacht bei einer Freundin. Als ich heute Morgen nach Hause gekommen bin«, meine Worte schmecken bitterer als Galle, »war sie nicht da. Meine Mutter, meine ich.« Meine Stimme wackelt.

Hanna nickt, scheinbar verständnisvoll.

Wieder rauscht ein Moment vorbei, in dem ich aufspringen und wegrennen will. Wenn Kommissar Hansson nickt, dann kann ich sicher sein, dass er alles bedacht hat, was er über uns weiß, vor allem über mich. Aber diese junge Möchtegernkommissarin hat kein Recht, mein Leben einfach so abzunicken!

Hanna beugt sich vor. »Wollte deine Mutter vielleicht ...«

Plötzlich fällt der Ton aus. Der Bildausschnitt verengt sich auf das Gesicht der Kommissarin, die etwas von Einkaufen und Wochenendurlaub plappert. Mein Gott, sie hat wirklich keine Ahnung! Kann sie ja auch nicht, sie war genauso wenig anwesend wie ich, als ...

Das Großraumbüro fängt an, sich zu drehen, ich muss mich am Schreibtisch festhalten. Anscheinend verschlechtert sich meine körperliche Performance, denn Hanna springt auf, zwei Schatten kommen von irgendwoher auf mich zu, dann starre ich in Hannas Mund, der sich unaufhörlich über mir bewegt.

»...n Ordnung? Nelli?«

Jemand hat den Ton wieder aufgedreht. Ich sitze immer noch auf dem Besucherstuhl. Einer der beiden Schatten hält mich fest, damit ich nicht vom Stuhl kippe, der andere ist eine auffallend blonde Frau. Sie drückt mir ein Glas Wasser in die Hand. Zitternd trinke ich.

»Wann ist Kommissar Hansson wieder da?«, frage ich schwach.

»Er kommt erst morgen wieder«, sagt Hanna. Sie ist angespannt wie ein Bogen kurz vor dem Schuss. »Du kannst mir auch sagen, was du auf dem Herzen hast, Nelli.« Plötzlich schimmern Sternchen in ihren Augen. Ihr Lächeln hat die magische Grenze des Jochbeins überschritten. Ich habe das irre Gefühl, dass ich ihr vertrauen kann, obwohl sie mich nicht kennt.

Mein Mund öffnet sich, doch im selben Moment wird mir klar, dass ich das Wort nicht über die Lippen bringen werde. Wenn Mama weggeht, lässt sie normalerweise einen Zettel auf dem Küchentisch, aber da war keiner. Bloß ein riesiger, dunkelroter, metallisch riechender See aus ...

»Blut«, stoße ich hervor. »In der Küche. Auf dem Fußboden.«

Alarmiert richtet Hanna sich auf. »Was sagst du?«

Heftiges Zittern überkommt mich. »Alles ist kaputt«, würge ich heraus. »Überall Chaos.« Meine Arme schlingen sich um meinen Körper, als wollte ich mich eigenhändig erdrosseln. Die Geräusche um mich herum schwellen an, Hanna nickt der Kollegin mit dem Wasserglas zu, die so plötzlich verschwindet, wie sie gekommen ist.

»Ein Einbruch?«, fragt Hanna.

Ich zucke mit den Schultern. Das will ich gar nicht so genau wissen. Der Polizist lässt mich los, Sätze fliegen hin und her, jemand nennt meine Adresse. Ich will aufstehen, weil ich glaube, dass sie mich nach Hause bringen werden. Aber meine Knie geben nach und ich komme nicht von diesem verdammten Stuhl hoch.

»Nelli!«

Ich merke erst, als ich hochschaue, dass ich die ganze Zeit auf meine Finger gestarrt habe.

Hannas Augen sehen dunkler aus als vorhin. »Du hast deine Mutter also nicht angetroffen, als du nach Hause gekommen bist?«

Ich nicke verstört. »Ich war nur im Flur und in der Küche. Vielleicht ist sie in einem anderen Zimmer, aber das – Blut …«

Hanna nickt jemandem hinter meinem Rücken zu, noch einmal entsteht Unruhe. »Wir fahren«, sagt eine Stimme.

Wieder droht das Licht auszugehen. Ich konzentriere mich auf einen Kratzer in der Tischplatte, um nicht nach vorn zu kippen. Ich weiß genau, dass ich etwas vergessen habe, etwas, das Hanna unbedingt wissen muss. Aber ich weiß nicht mehr, was es war, obwohl Mama es mir gestern Abend eingetrichtert hat: »Vergiss … nicht!«

Genau. Vergiss nicht. Aber was?

»In der Küche ist Blut, sagst du?« Hannas Stimme klingt so sanft.

Ich nicke. Das Bild des dunkelroten Sees verblasst, ein neuer Gedanke tritt in den Vordergrund. »Wir hatten Streit«, murmele ich. »Gestern.«

»Wann genau?« Das ist die Stimme des Polizisten.

»Abends. Bevor ich zu meiner Freundin gegangen bin.« Jetzt flüstere ich nur noch.

»War deine Mutter nach eurem Streit in Ordnung?« Hannas Stimme trieft plötzlich vor Verständnis, und damit verpufft die Sympathie, die ich gerade für sie entwickele. Trotzdem wage ich nicht, etwas Aufmüpfiges zu sagen oder zu lügen, denn das Blut, das leere Haus, das Durcheinander sind schon schwer genug zu begreifen.

Ich murmele: »Nein.« Und noch bevor ich das Wort ausgesprochen habe, weiß ich, dass ich einen Fehler gemacht habe. Meine mühsam aufrechterhaltene Selbstbeherrschung bröckelt. Mama war wirklich nicht in Ordnung. Sie war wegen dieses blöden Streits genauso fertig wie ich, so dass sie mit mir geweint hat, und weil ich sie einfach allein lassen wollte. Heute Morgen hätte ich mich entschuldigt, weil es mir leid tut und – weil in der Nacht etwas geschehen ist. Aber sie war nicht zu Hause, war in diesem Augenblick vielleicht noch viel schlimmer nicht »in Ordnung«, wie Hanna es nennt, und wenn ich ihren Blick nur ein bisschen zu deuten versuche ...

»Habt ihr heftig gestritten?«, schießt sie die nächste Frage auf mich ab. Ich beiße mir auf die Lippen.

»Sind dabei Dinge passiert, die dir ... leidtun?«

Meine Augen füllen sich mit Tränen. Ich presse die Zunge gegen den Gaumen. Hannas Blick wandert hinunter zu meinen Händen, fährt über meine Kleidung, sucht in meinem Gesicht nach Anzeichen, dass ich vielleicht doch mehr über das Blut in der Küche weiß. Ich habe Mama nicht angefasst, bevor ich gegangen bin, denke ich, kein einziges Mal! — Als nichts weiter passiert, riskiere ich einen Blick zu Hanna hinüber. Zwischen ihren Augenbrauen steht eine tiefe Falte. Sie will ihre Empfindungen mit den Schlussfolgerungen über den Menschen in Einklang bringen, der vor ihr sitzt: Nelli, vierzehn, alkoholisiert, vermisst nach einem heftigen Streit ihre Mutter, von der bis auf eine Blutlache keine Spur zu finden ist. Eigentlich liegt es doch glasklar auf der Hand, dass nur eines geschehen sein kann. Etwas, das so schrecklich ist, dass ich mich einfach nicht mehr daran erinnern will ... Doch Hanna rührt sich nicht, bis nach quälend langen Minuten ihr Tischtelefon klingelt. Sie nimmt den Hörer ab, lauscht, brummt etwas, legt wieder auf.

»Nelli, die Kollegen sind in eurem Haus. Deine Mutter ist nicht da, wie du gesagt hast.« Hanna seufzt energisch. »Kann gestern außer dir noch jemand bei deiner Mutter gewesen sein, nachdem du weg warst?«

Plötzlich klopft mein Herz so heftig, dass mir die Luft wegbleibt. »Keine Ahnung.«

»Hat deine Mutter vielleicht Besuch erwartet?« Hannas Stimme bekommt etwas Drängendes.

Ich schüttele verzagt den Kopf.

Hanna fährt sich durch die Haare. Sollte ich sie jemals gemocht haben, habe ich mich wohl für kurze Zeit in ein Paralleluniversum verirrt. Jetzt hebt sie den Kopf und schaut mich prüfend an. »Nelli ...«

Ich ahne, dass es gleich richtig schlimm wird, aber ich sitze einfach nur da. Ich kann ja doch nichts ändern.

»Vielleicht ist alles ganz harmlos und du bist bald zu Hause bei deiner Mutter.« Wieder ein langer Blick. »Um auf Nummer sicher zu gehen, werde ich ein Spezialteam in euer Haus schicken, um nach dem Blut zu sehen.« Hanna hält kurz die Luft an, als hätte sie ihren Text vergessen. »Wir müssen deine Fingerabdrücke und eine Speichelprobe von dir nehmen.«

Etwas in mir erstarrt.

»Das ist reine Formsache«, fährt Hanna hastig fort. Ihre raue Hand tätschelt meinen Arm.

Reine Formsache, echoe ich. Meine Nackenmuskeln werden so steif, dass ich ein Stöhnen unterdrücken muss. Red du nur, Kommissarin Hanna. Ich weiß ganz genau, was du damit sagen willst: Du glaubst, dass ich dir etwas verheimliche. Du glaubst …

Das Zittern kommt und geht so schnell, dass die kleinen Härchen auf meinen Armen keine Gelegenheit haben, sich aufzurichten. Verzweifelt sinke ich gegen die Stuhllehne, die Stimmen und Farben um mich herum verblassen. Erschrocken stelle ich fest, dass ich die unausgesprochene Frage nicht eindeutig mit »ja« oder »nein« beantworten kann.

Habe ich Mama auf dem Gewissen?

*

»Hallo, Björn, hier ist Hanna.«

»Du klingst so genervt.« Kommissar Hansson lachte fast ein bisschen.

Kein Wunder, ich war ja auch fast zwei Wochen allein im Dienst! Hanna schluckte die scharfe Erwiderung lieber hinunter. »Nelli Larsson ist mal wieder hier.«

»Hm.« Björns Brummen wurde von fernem Rauschen begleitet. »Ist das ein Problem für dich?«

Hannas Antwort kam hastig: »Nein.«

»Also ja«, gab Björn zurück. »Hanna, nicht alle Jugendlichen sind wie …«

»Ja, schon gut«, unterbrach sie ihn barsch. »Wie schnell kannst du hier sein?«

Sekunden verstrichen. Durch den Telefonhörer hörte Hanna den fernen Autobahnverkehr. Björns älteste Tochter brüllte etwas, ihre Geschwister antworteten mit grölendem Gelächter.

Noch ein paar Jahre, dann sind auch sie Teenager, dachte Hanna bitter. Schade.

»Wir stehen gerade an der Raststätte Partille bei Göteborg«, sagte Björn so ruhig wie möglich. »Mein Navi behauptet, dass zwischen hier und euch schlappe 350 Kilometer liegen. Allerdings legen wir heute Nachmittag noch einen Zwischenstopp bei den Schwiegereltern ein. Wenn alles gut geht, bin ich am frühen Abend zu Hause, dann noch eine halbe Stunde ausladen, damit Linda mich nicht in der Luft ...«

»Ja, schon gut!« Wütend landete Hannas Faust auf ihrem Oberschenkel. Morgen würde dort ein blauer Fleck zu sehen sein. Der Klumpen in ihrem Magen wuchs.

»Lennard könnte dir auch helfen«, schlug Björn vor.

»Er ist krankgeschrieben.«

»Ach, Hanna.« Björn schniefte. »Du machst mal wieder aus einer Mücke einen Elefanten. In einer Stunde ist Nelli wieder zu Hause und ...«

»Ihre Mutter ist verschwunden«, unterbrach sie ihn barsch. »Es sieht schlecht aus.«

»Moment mal.« Knistern im Hörer. Björn sagte etwas zu seinen Kindern, die neben ihm spielten. Zwei, drei Atemzüge zischten in Hannas Ohr, ehe er weitersprach: »Was heißt das?«

Hanna schloss die Augen und gönnte sich einen Moment der Erleichterung. Endlich nahm ihr Kollege sie ernst! »Das heißt, dass Nelli Larsson heute Morgen mit einer Fahne von hier bis Kiruna auf der Matte stand und behauptete, dass ihre Mutter verschwunden sei. Die untere Etage des Hauses ist verwüstet, in der Küche hat das Team Blutspuren gefunden. Und jetzt rate mal, wer Stina Larsson zuletzt lebend gesehen hat.«

Wie erwartet fiel Björns Erwiderung knapp aus: »Oh.«

»Danke für deine Unterstützung«, fauchte Hanna.

»Hanna, jetzt hör mir mal zu.« Das leise »Danke« galt seiner Frau, bevor er etwas schlürfte, wahrscheinlich Kaffee. »Du bist

Polizistin! Ich weiß, es ist schwer, in solchen Fällen die Ruhe zu bewahren, aber du musst deine Gefühle unter Kontrolle bringen.«

Manchmal kam es Hanna so vor, als bekämen Chefs zum Amtsantritt einen Textbausteinkasten mit Motivationssätzen ausgehändigt, die sie ihren Untergebenen um die Ohren hauen mussten, um sie wieder auf Linie zu bringen. »Du hast sicher schon Nellis Fingerabdrücke genommen«, fuhr Björn fort.

»Ja, und eine Speichelprobe habe ich auch schon, und die Spurensicherung krempelt demnächst das Haus um«, schnappte Hanna. »Ich bin keine Anfängerin! Es macht mich nur fertig, dass vielleicht schon wieder ein Jugendlicher einen Elternteil …« Sie verstummte. Wie damals konnte sie förmlich spüren, wie ihr ganzer Körper vor Entsetzen taub wurde. Worte wurden zu Bildern: Ein schmächtiger Junge zappte sich auf einer abgewetzten Wohnzimmercouch gelangweilt durchs Nachmittagsprogramm. Auf dem Teppich: eine eingetrocknete Spur, die ins Schlafzimmer führt. Im Doppelbett: ein Mann, eine Frau, blutrot, tot. Erschlagen von ihrem eigenen Sohn. Als seine Eltern zufällig herausbekamen, dass er seine Drogensucht mit Gefälligkeiten für ältere Herren finanzierte, war er durchgedreht.

»Dann hol Lennard aus dem Krankenurlaub und gib den Fall ab«, schlug Björn vor. »Und am besten besorgst du dir gleich einen Termin beim Polizeipsychologen.«

Björns Stimme tat gut, half ihr jedoch nicht, ruhig zu werden. »Du weißt, dass sie mich dann kaltstellen!«

»Könnte sein.« Beim nächsten Schluck Kaffee ließ Björn sich besonders viel Zeit, bis er ihn endlich hinunterschluckte. Am liebsten hätte Hanna ihn so laut angebrüllt, dass ihm in Partille das Handy aus der Hand fiel. »Gibt es denn konkrete Hinweise, dass Nelli es getan haben könnte?«, fragte er.

»Nein«, musste Hanna zugeben. »Aber sie hat Gedächtnislücken, was die letzten zwölf Stunden angeht. Oder sie verheimlicht uns etwas.« Und wenn ich herauskriege, dass sie ihre Mutter angefasst hat, fügte sie stumm hinzu, stehe ich im Handumdrehen vor dem Haftrichter, weil ich Nelli verprügelt habe ...? Ich muss mich zusammenreißen, dachte Hanna verbissen.

Wieder dankte Björn seiner Frau, diesmal für ein belegtes Brot. »Versetz dich mal in ihre Lage.« Knirschend biss er hinein, kaute, schluckte unendlich langsam. »Sie hat wegen der Sauferei Dauerstress mit ihrer Mutter. Dazu kommt die Liebe, die ein Kind für die Mutter empfindet ...«

»Bleib mir weg mit dem Sozialgesülze!«, fuhr Hanna ihn an. »Ich habe schon verstanden, dass du dich da nicht einmischst.«

»Na, na, na!«, tadelte Björn mit vollem Mund. »Wenn du keinen Rat von mir willst, stör mich auch nicht im Urlaub, ja? Also. Wäre ich in Nellis Haut, würde ich wegen einer Kleinigkeit ausrasten, weil ich mich nicht entscheiden kann, ob ich meine Mutter hassen oder lieben soll. Wahrscheinlich täte ich beides.«

»Würdest du deine Mutter auch erschlagen?«, fragte Hanna lauernd.

Es dauerte einen weiteren Bissen, bis Björn antwortete: »Nein. Vielleicht unglücklich schubsen. Aber nicht vorsätzlich töten.«

»Hab dich!«, brüllte eine Kinderstimme in Partille.

»So komme ich nicht weiter«, murmelte Hanna. »Aber danke für deine Unterstützung. Kann ich dich unterwegs anrufen?«

»Klar, jederzeit.« Björn gab sich unerschütterlich. »Wo ist Nelli jetzt?«

»Im Besprechungsraum. Sie frühstückt.«

»Na, dann hast du die Sache doch im Griff«, brummte er.

»Irrtum. Ich will ihren Energiehaushalt auf Vordermann bringen, damit sie uns ein bisschen mehr erzählt und mir die Arbeit erleichtert.« Unzufriedenheit ist heute mein zweiter Vorname, dachte Hanna.

»Wer von den Kollegen hat Dienst?«, fragte Björn beiläufig.

»Gunnar kommt heute aus dem Urlaub zurück.«

»Wunderbar. Halt mich einfach telefonisch auf dem Laufenden. Und, Hanna …«

Sie konnte Björn direkt vor sich an der gemütlichen Sitzgruppe im Grünen sehen, wie er sich von seiner Familie abwandte und mit der Hand das Mobiltelefon abschirmte, damit nicht jeder hörte, was er sagte.

»Besorg dir am Montag sofort einen Termin bei Dr. Berg. Die Göteborg-Sache scheint dich ja immer noch ziemlich fertigzumachen.«

Wütend riss Hanna das Fenster auf und lehnte sich hinaus, sie brauchte unbedingt frische Luft. Ja, sie fühlte sich mit Nelli überfordert! Aber musste Björn ihr das so direkt unter die Nase reiben? Ihr Blick blieb an der Küstenlinie hängen. Der Frühnebel hatte sich verzogen, das Meer gab sich heute freundlich. Später kam vielleicht die Sonne heraus. War es nicht herrlich, an diesem Ort fest verankert zu sein? Nein, beschloss Hanna, heute nicht, morgen vielleicht wieder.

»Okay«, sagte sie beherrscht. »Gibt es noch etwas, das ich über Nelli wissen muss?«

»Schau in ihrer Akte nach. Bis bald.« Es knackte im Hörer, Björn hatte das Gespräch beendet. Er hatte anscheinend genauso wenig Lust auf diesen Fall wie Hanna. Wer konnte es ihm verübeln?

Natürlich, die Akte, wie konnte ich die vergessen, dachte Hanna bitter. Da sich vor allem Hansson um Nelli kümmerte, kannte sie das Drama hauptsächlich vom Hörensagen. Während sie sich das Handy ans Ohr presste, um Gunnar telefonisch dazu zu bewegen, seinen Dienst früher anzutreten, suchte sie den Hefter aus Hanssons Schreibtischablage. Lustlos blätterte sie in den Aufzeichnungen über Mutter und Tochter Larsson: Das erste Mal war Nelli mit dreizehn in Malmö aufgegriffen worden, weil sie nach zwei Bier einen Verkäufer in einem Laden angepöbelt hatte. Es folgten kleinere Diebstähle. Vor einem halben Jahr war sie mit ihrer Mutter von Malmö nach Ystad gezogen. Die Mutter war Ballettlehrerin an einer Tanzschule. Hanna runzelte die Stirn. Reichte das, um aus einem Teenager einen Verbrecher zu machen?

Es wurde Zeit, nach Nelli zu schauen, beschloss Hanna. Vielleicht hatte Björn recht, Stina Larsson tauchte irgendwann von alleine wieder auf und sie konnte sich den Rest des Tages hinter ihrem Schreibtisch verkriechen.

Energisch riss Hanna die Tür zu dem kleinen Besprechungsraum auf. Es entging ihr nicht, dass Nelli zusammenzuckte. Von dem Croissant, das sie sich gewünscht hatte, waren nur noch Krümel auf ihrem Pullover übrig. Feuchte Kreise, Abdrücke der Teetasse, umgaben ihren Teller wie eine unregelmäßige Korona.

»Wie geht's?« Hanna nickte der Kollegin zu, die bis jetzt bei Nelli gewesen war, ließ sich auf den Stuhl fallen und beugte sich über den Tisch, um so wenig Distanz wie möglich zwischen sich und Nelli zu lassen. Mit direkter Konfrontation kam man bei solchen Klienten am weitesten.

»Besser«, murmelte Nelli. »Wissen Sie schon was?«

War die Sorge in ihrer Stimme echt? Alles nur Schauspielerei, beschloss Hanna. »Nein«, antwortete sie kühl. »Aber vielleicht kannst du mir ja noch etwas Neues erzählen. Zum Beispiel, was damals in Malmö los war.«

Schuldbewusst senkte Nelli den Kopf. »Sie meinen die Diebstähle.«

»Zum Beispiel«, setzte Hanna nach. »Waren die gestern Abend auch ein Thema?«

Nelli zuckte mit den Schultern. »Weiß ich nicht. Dazu steht doch sicher was in meiner Akte.« Sie blickte zu dem Hefter, den Hanna an den äußersten Rand des Tisches gelegt hatte.

»Erzähl du es mir noch mal. Ich bin kein guter Morgenleser.« Hanna verzog den Mund zu etwas, das nicht mal sie für ein Lächeln hielt.

Nellis Hände zitterten, als sie das Geschirr zur Seite schob, die Krümel vorsichtig zu einem Häufchen zusammenstrich und die Hände vor sich auf den Tisch legte. Hanna konnte ein beifälliges Nicken nicht unterdrücken. Das war schon mal ein guter Anfang, um reinen Tisch zu machen.

»Das war doch nur, weil …« Nelli schloss die Augen. »Ich wollte auch mal wieder wichtig sein.«

»Das hat ja auch funktioniert, nachdem die Kollegen eingegriffen haben«, stellte Hanna fest.

Nelli blitzte sie an. »Manchmal braucht man einfach Hilfe von höherer Stelle.«

Sprach so jemand, dem die Konsequenzen seines Handelns egal waren? Hanna hob auffordernd die Augenbrauen.

»Ich hab das Zeug gar nicht gebraucht. Nagellack, Abdeckpuder – Blödsinn«, fuhr Nelli fort.

»Das ist eher was für Künstler wie deine Mutter«, stimmte Hanna zu. »Hast du auch Ballettunterricht?«

»Weil meine Mutter Tanzlehrerin ist, meinen Sie?« Nelli schüttelte den Kopf. Ihre Worte kamen erstaunlich klar dafür, dass sie vor einer halben Stunde noch völlig außer sich gewesen war. Auch von ihrem Rausch merkte man nichts mehr. Nur noch der süßliche Biergeruch hing in ihren Kleidern. »Nicht, dass ich es nicht toll fände, auf der Bühne zu stehen. Ich bin einfach nicht der grazile Typ. Das habe ich Mama auch gesagt.«

Hannas Blick wurde starr. »Und sonst so? Wie lief es zu Hause nach der Sache mit der Schminke?«

Ganz langsam atmete Nelli aus. »Wie wohl? Schlecht. Ist ja auch nicht gerade schön, wenn das einzige Kind so einen Bockmist macht.«

Es scheint ihr tatsächlich leidzutun, überlegte Hanna. »Warum hast du dann weitergemacht, nachdem ihr umgezogen seid?«

Wieder begannen Nellis Finger mit dem unruhigen Tanz auf der Tischplatte. Mit einem Ruck hob sie den Kopf. Angestrengt starrte sie aus dem Fenster. »Druckausgleich oder so.«

»Und der Umzug, hat der etwas mit deinem Verhalten zu tun?« Hannas Worte schienen die Luft für einen Moment in Schwingung zu versetzen.

Nellis Lider zuckten. Sie war auf der Hut. »Meinen Sie den Alkohol?«, fragte sie bedächtig.

»Auch.« Gespannt wartete Hanna auf ein weiteres verräterisches Zucken, Lachen, Tränen.

»Sicher«, murmelte Nelli. Ihr Blick fixierte das erste schüchterne Funkeln des Meeres.

In Hanna begann etwas zu kribbeln. Nelli kam ein bisschen schmuddelig rüber, aber den verwahrlosten Teenager konnte sie ihr seltsamerweise nicht abnehmen. »Deine Mutter war eine angesehene Lehrerin in Malmö. Dein Verhalten muss für sie ein ziemlicher Schlag gewesen sein. Ist sie deshalb mit dir in die Provinz gezogen?«

Nelli nickte. »Ich habe ihren Ruf ruiniert. Absichtlich.«

Dieses Geständnis kam für Hannas Geschmack zu schnell. Ihre Hand landete auf Nellis Arm. »Ach, komm. Du liebst deine Mutter doch! Du machst nicht ohne Not ihre Karriere kaputt.«

Nelli schwieg.

So kam sie also auch nicht weiter. »Deine Mutter verschwindet«, begann Hanna behutsam. »Zurück bleibt ein See aus Blut.« Sie hoffte, dass dieser Vorstoß Nelli zusammenbrechen lassen würde, falls sie wirklich …

Die Tür wurde aufgeschoben. Eine Polizistin kam schweigend herein, reichte Hanna einen Zettel und verschwand wieder. Verärgert las Hanna den Ausdruck. »Du hast noch 0,3 Promille Alkohol im Blut. Wie viele Bierchen waren das?«

»Zu viele«, gab Nelli zu.

»Wie viele genau?«

»Weiß ich nicht mehr. Vielleicht drei, vier.«

»Wann hast du die getrunken?«

»Gestern Abend, heute Nacht. Mit meiner Freundin Anka.«

»Wann genau bist du zu Anka gegangen?«

»Keine Ahnung. Gegen acht oder neun Uhr am Abend.«

»Nach dem Streit mit deiner Mutter?«

Nelli nickte.

Das Kribbeln wurde unerträglich. Hanna wollte nicht mit Fingerspitzengefühl vorgehen, sondern Nelli schonungslos mit der Wahrheit konfrontieren. Mit Gnade kam man ihrer Meinung nach hier nicht weiter. »Hast du damit das Gefühl ertränkt«, sie tat, als müsse sie die nächsten Worte mit Vorsicht wählen, »Schuld am Zustand deiner Mutter zu tragen?«

Nelli hob beunruhigt den Kopf. »Welchen Zustand meinen Sie?« Anscheinend hatte sie wirklich keine Ahnung. Einen Moment fühlte Hanna sich unsicher. Vergaloppierte sie sich gerade mit ihrer Meinung, dass Nelli ihre Mutter erschlagen haben könnte?

»Nun, ihr Verschwinden, ihr Kummer, die Blutlache«, sagte Hanna.

Endlich schien Nelli zu verstehen. »Sie meinen, ich habe meine Mutter so hart geschlagen, dass sie schwer verletzt ist. Oder tot.« Die Farbe wich aus ihrem Gesicht. »Ich habe meine Mutter nicht ... Warum denn?«

»Weil du lieber in Malmö bei deinen Freunden geblieben wärst«, schlug Hanna vor. »Weil du sie und das Ballett beschissen findest. Weil du in ihrem Leben keine große Rolle spielst.«

»Sie haben doch ein Rad ab«, murmelte Nelli. »Meine Mutter hat sich immer um mich gekümmert.«

»Und warum sitzt du dann hier?«

»Weil sie weg ist und ich nicht weiß, ob sie ...« Nellis Mund klappte zu.

Hanna holte tief Luft. »Also gut, Nelli. Du verheimlichst mir etwas, so viel ist klar. Ich werde die Kollegen in Malmö anrufen. In der Zeit kannst du dir ja mal Gedanken darüber machen, ob du wirklich nicht weißt, wo deine Mutter ist und was mit ihr passiert ist. In Ordnung?«

Kraftlos sank Nelli auf dem Stuhl zurück.

Hanna erhob sich. »Wer kümmert sich eigentlich sonst um dich, wenn deine Mutter beschäftigt ist?«

»Entweder bin ich bei meiner Freundin Anka oder Greta Blom. Sie ist Mamas Chefin.«

»Anka ist die Freundin, zu der du nach dem Streit gegangen bist?«, schlussfolgerte Hanna. »Na, prima, dann kann sie sicher bestätigen, dass du bei ihr warst. Bei wem kannst du bleiben, bis deine Mutter wieder aufgetaucht ist?« Sie hatte die Klinke schon in der Hand.

Ratlos zuckte Nelli mit den Schultern.

»Was ist mit Greta Blom?«, schlug Hanna vor.

»Sie ist eine blöde Ziege«, wehrte Nelli ab.

»Und deine Freundin Anka?«, bohrte Hanna weiter.

Stumm schüttelte Nelli den Kopf.

»Dann werde ich gleich mal die Fürsorge anrufen.« Mit einem Ruck zog Hanna die Tür auf.

Nelli seufzte. »Ich gebe Ihnen Gretas Nummer.«

Braves Mädchen, dachte Hanna zufrieden. Das wurde sicher ein kurzes Vergnügen. Erst als sie die Nummer der Polizei in Malmö wählte, wunderte sie sich, dass Nelli nicht darauf bestanden hatte, zu ihrer Freundin Anka zu gehen.

*

Energisch schaltete Hanna in den nächsten Gang. Die Strecke zur Regementsgatan hätte sie auch laufen können, aber wenn etwas Unvorhergesehenes geschah und es deshalb schneller gehen musste, war sie auf das Auto angewiesen. Sie nahm sich vor, spätestens am Nachmittag in der ungewöhnlich milden Julisonne zu Fuß zum Strand zu spazieren, um dort im Café einen Espresso zu trinken, vielleicht sogar mit Gunnar … Selbstvergessen zog sie die Sonnenbrille aus der Ablage und steckte sie sich in die Haare.

Chronischer Personalmangel machte auch der Polizei in der Kreisstadt zu schaffen. Der Kollege in Malmö, der den Fall Nelli Larsson betreut hatte, würde hoffentlich im Laufe der nächsten Stunde zurückrufen. Ihr Gefühl riet ihr, so schnell wie möglich einen Blick in das Larssonsche Haus zu werfen. Vielleicht war das alles doch nur eine Lappalie.

Ein Streifenwagen parkte an der von Einzelhäusern gesäumten Kreuzung von Regementsgatan und Mariagatan. Obwohl es erst kurz nach zehn war und die Bewohner samstags um diese Zeit ihre Wochenendeinkäufe erledigten, mussten die beiden Streifenpolizisten bereits die ersten Passanten weiterwinken. Teils fasziniert, teils angewidert ließ Hanna das Fenster herunter und blieb noch einen Augenblick im Auto sitzen.

Die blonde Jenny trug ihr Polizistenschiffchen heute wieder besonders keck, was eine ältere Dame mit ausgesucht feiner Kleidung nicht im Mindesten beeindruckte: »Aber erlauben Sie mal! Die Polizei in unserer Straße, da kann doch etwas nicht stimmen!«

»Ich muss Sie trotzdem bitten, weiterzugehen«, wies Jenny sie mit Nachdruck an. Neugierig reckte die Frau den frisch frisierten Kopf, um einen Blick durch die geöffnete Haustür zu werfen. Als hätte Jenny nichts bemerkt, richtete sie sich auf und machte sich so breit es ging, bis die Frau entnervt aufgab. Hanna war beeindruckt.

»Na, alles im Griff?« Sie warf die Autotür ins Schloss und schlenderte zum Haus hinüber.

Grüßend legte Jenny die Hand an die Mütze. »Alles im Griff. Peer wartet drin.« Sie beugte ich vor. »Die Spurensicherung kommt gleich. Sie werden Jan Persson mitbringen.«

In gespielter Verzweiflung verdrehte Hanna die Augen. »Warum ausgerechnet der?«

Unbeeindruckt hielt Jenny ihr einen Beutel hin. »Er war frei und begeistert von der Idee, vom heimischen Mittagstisch wegzukommen.«

»Ich hoffe für uns alle, dass er etwas findet, sonst ärgert er sich trotzdem.« Den Beutel mit der Schutzkleidung ignorierend, sprang Hanna die Stufen hinauf. Sie kam nicht weit.

»Stopp.« Plötzlich stand Peer Wikström auf der obersten Stufe des Reihenhauses und schob Hanna wieder hinunter. Er trug bereits einen weißen Papieroverall. »Da drin sieht es aus wie nach einem Schlachtfest.« Mit unbewegtem Gesicht deutete er hinter sich.

»Hast du die Mutter entdeckt?«, fragte Hanna vorsichtig. Wieder breitete sich das Kribbeln in ihr aus.

»Nein.« Peer holte tief Luft. »Jedenfalls soweit ich sehen und riechen konnte.«

Angeekelt wandte Jenny sich ab.

Entschlossen streifte Hanna den Schutzanzug und die Plastikfüßlinge über. Persson würde sie so oder so angiften, dass sie vor ihm das Haus betreten hatte. Er hasste es, dass sie sich als Kommissarin vor ihm ein Bild vom Tatort machen durfte, bevor er von der Spurensicherung verändert wurde.

Angetan wie die Anführerin eines Seuchenkommandos, betrat sie knisternd den engen Windfang. Die dunkelbraunen Handabdrücke an den Wänden waren nicht zu übersehen. Sie zogen sich durch den Flur bis in die Küche. Vorsichtig holte Hanna durch den Mund Luft, um den metallischen Geruch auszublenden, der mit jedem Schritt stärker wurde. »Wie sieht es in der Küche aus?«

Peer zuckte mit den Schultern. »Nicht schön. Weiter als bis hier war ich auch nicht. Mein Magen ...«

»Ja, ja, schon gut.« Hanna winkte ab. Vorsichtig drückte sie gegen die Küchentür, die einen Spalt offen stand. Sie schwang auf.

Es war, wie Nelli gesagt hatte: Ein See oder vielmehr eine größere Pfütze aus Blut trocknete auf den angeschlagenen Fliesen. Über den Boden liefen braune Abdrücke von verschiedenen Schuhprofilen. An Wänden und Möbeln überlagerten sich verschmierte Handabdrücke.

Hanna schluckte und setzte einen Fuß in die Küche. Mit zusammengekniffenen Augen musterte sie einige der Abdrücke, die auf den ersten Blick nicht zu passen schienen: Das eher schmale Handpaar war eindeutig weiblich, daneben waren breite, eckige Umrisse zu sehen. Hanna erinnerte sich an Nellis schlanke Hände, konnte sich jedoch nicht vorstellen, dass die derberen von ihrer Mutter stammten. Eine Tanzlehrerin mit Händen wie Bratpfannen?

Vorsichtig, um nicht die Spuren auf dem Boden zu beschädigen, ging sie zum Tisch hinüber. Noch mehr Finger und Handteller waren auf der Tischplatte zu sehen. Sehr interessant. Veranstaltete Stina Larsson etwa Painting Happenings mit Eigenblut? Kein Wunder, dass die Tochter durchdrehte.

Mit zusammengekniffenen Augen betrachtete Hanna die Spuren, die sich lediglich auf einer Tischhälfte verteilten. Sie beugte sich tiefer über den Tisch. Doch der eisenhaltige Geruch stieg ihr unaufhaltsam in die Nase, obwohl sie immer noch durch den Mund atmete.. Wenn sie nicht alles täuschte, hatte sie es hier erneut mit dem grazilen Handpaar und einem dritten Abdruck zu tun, eher regelmäßig geformt, nicht verwischt, als ob jemand alle Zeit der Welt gehabt hätte, ihn hier zu platzieren.

»Gruselig.« Langsam richtete sie sich auf und schaute sich um. Behutsam sog sie die Luft durch die Nase ein, drehte sich einmal um sich selbst – die Geruchsintensität veränderte sich nicht. Falls dieses Haus einen Keller hatte, konnte dort auch noch eine unangenehme Überraschung auf sie warten.

»Brauchst du mich noch?« Peers Frage schreckte Hanna auf. So blass, wie er war, konnte sie ihn hier nicht gebrauchen. »Fang doch schon mal an, die Nachbarn zu befragen. Damit hilfst du mir momentan mehr, als wenn du umkippst.«

Hinter Peer krachte es. Schwere Stiefel stampften durch den kurzen Flur.

»Hallo?« Jan Persson, der Super-Spurensicherer, und seine Papierkrieger waren unüberhörbar eingetroffen.

»Wir sind in der Küche.« Innerlich wappnete Hanna sich gegen seinen ersten Verbalangriff.

»Wahrscheinlich haben Sie die entscheidenden Spuren durch Ihr übereiltes Betreten des Hauses bereits vernichtet«, maulte Persson, bevor er die Küchentür aufschob. Hanna wollte zu einer scharfen Erwiderung ansetzen, als ihr Handy klingelte. Beinahe erleichtert verließ sie die Küche, schenkte den Spurensicherern im Hinausgehen ein kollegiales Nicken und zerrte das Gerät unter dem Papieranzug hervor. »Lundqvist«, bellte sie hinein.

»Hier Präsidium Ystad, Löfgren«, quäkte Löfgren. »Ich wollte Bescheid geben, dass wir Frau Blom erreicht haben. Sie ist in zwanzig Minuten da, um mit Ihnen zu sprechen.«

»Wer?«, fragte Hanna benebelt.

»Die Chefin von Stina Larsson«, erklärte Löfgren ruhig.

Die Frau, die Nelli nicht ausstehen konnte. Hanna fröstelte. »Ja, ja, ich weiß schon.« Der Anblick der Küche steckte ihr in den Knochen. Das Zusammentreffen von Nelli und Frau Blom würde sicher auch nicht einfacher werden. »Was ist mit Malmö?«

»Ich leite den Rückruf an Sie weiter, sobald er … Ach, ich glaube, da ist er auf der anderen Leitung. Kleinen Moment.« Es klackte, dann tutete es einmal.

»Hanna Lundqvist? Aleksander Olofsson hier«, meldete sich eine müde Stimme. »Sie tun mir leid, dass wir Ihnen ausgerechnet diesen Fall vermacht haben.«

»Hallo.« Einen Moment hing Hanna hinter den Ereignissen her. »Wie meinen Sie das?«

»Weil, na ja.« Der Kommissar lachte verlegen. »Das war so eine Stalkergeschichte. Jemand hatte Fotos von Frau Larssons Schülern während des Trainings gemacht und im Internet veröffentlicht. Der Verdacht fiel natürlich auf Stina Larsson, aber sie war genauso schockiert wie die Eltern der Schülerinnen.«

Nachdenklich musterte Hanna ihre Fingernägel. Interessant. »Ich hatte eigentlich wegen ihrer Tochter Nelli angerufen.«

»Ja, schon klar«, bestätigte Olofsson. »Sie hatte an der Sache besonders zu knabbern und ist wohl deshalb ein bisschen, nun, entgleist.«

Statusverlust, gepaart mit öffentlicher Ächtung, das erträgt man schon als Erwachsener kaum, stimmte Hanna stumm zu und wischte den Gedanken beiseite. Hier ging es um etwas anderes. »Nelli hat ihre Mutter als vermisst gemeldet.«

»Wie bitte?« Die Verblüffung ließ Olofssons Stimme nach oben schnellen. »Haben Sie schon eine Spur?«

Allmählich entfaltete die neue Information ihre Wirkung: Ein Stalker bedrohte die Existenz der Mutter und riss die Tochter mit. Wie verkraftete ein Teenager so etwas? Wahrscheinlich gar nicht!

»Es gibt Hinweise, dass Nelli mit dem Verschwinden ihrer Mutter etwas zu tun haben könnte«, meinte Hanna trotzdem.

Olofsson antwortete nicht sofort. »Nelli war ein ganz normales Mädchen, bevor …« Er setzte noch einmal an: »Aber ich kann mir nicht vorstellen, dass sie ihre Mutter …« Es fiel ihm schwer, die Sätze zu Ende zu führen.

»Sie denken an Göteborg«, sagte Hanna ihm auf den Kopf zu.

»Sie doch auch«, gab Olofsson zurück. »Aber Nelli … nein. Das könnte sie nicht.«

Diese Aussage befriedigte Hanna nicht. »Was hat sie dann damit zu tun?«

»Sie ist die Tochter.« Olofsson dachte nach. »Es war hart für sie, wegen ihrer Mutter in der Schule gemobbt zu werden. Das war auch ein Grund, warum die beiden nach Ystad gezogen sind.«

Wie vorsichtig er sich ausdrückte! Als ob Nelli nicht die Hauptverdächtige, sondern das Opfer wäre. Auch wenn Hanna den Gedanken beruhigend fand, dass Nelli unschuldig am Verschwinden ihrer Mutter war, hatte sie das Bedürfnis, Olofssons Sicht gerade zu rücken: »Ich habe gelesen, dass sie wegen ein paar Flaschen Bier aufgefallen ist.«

»Unter uns: Ich hätte an ihrer Stelle auch so reagiert«, murmelte Olofsson. »Sie hat einen Weg gesucht, damit fertigzuwerden, und prompt den falschen gewählt.«

Verwundert lauschte Hanna der Aussage nach. Es kam ihr so vor, als ahnte Olofsson, dass sie Nelli verdächtigte, und nun wollte er sie mit aller Macht davon abbringen. Aber wieso stand für Hanna überhaupt fest, dass Nelli ihre Mutter getötet hatte? Auch für sie galt schließlich zunächst die Unschuldsvermutung.

»Wie geht es ihr denn jetzt?« Olofssons Stimme unterbrach ihre Gedanken.

»Sagen wir mal so«, meinte sie zögernd. Sie blickte sich um, ob jemand in der Nähe stand. Das musste nun wirklich nicht jeder hören. »Sie war nicht ganz nüchtern, als sie auf dem Präsidium erschien.« Und weil der Gedanke sich nicht vertreiben ließ, fügte sie noch hinzu: »Es könnte durchaus sein, dass Nelli nicht ganz unschuldig …«

»Jetzt bleiben Sie mal auf dem Teppich.« Olofssons scharfe Stimme ließ sie verstummen. »Nelli und ihre Mutter wohnen seit einem halben Jahr bei euch. Da müsste ja eine Menge passiert sein, damit sie wirklich Hand an ihre Mutter legt.«

»Könnte doch sein.« Noch war Hanna nicht bereit, sich von ihrem Verdacht zu trennen. »Mit genug Alkohol und einem guten Freund ist das bestimmt noch einfacher.«

Die Spannung zwischen ihnen wurde greifbar, Olofsson schnaufte laut und ärgerlich. »Wissen Sie was, Frau Kollegin? Suchen Sie doch erst mal nach Indizien, bevor Sie solche Behauptungen aufstellen. Ich bin nicht in den Fall involviert, also darf ich mir eine persönliche Meinung erlauben: Nelli Larsson war es nicht. Sie und ihre Mutter sind ein Herz und eine Seele. Zumindest waren sie das in Malmö.«

»Eben, sie *waren* es«, sagte Hanna stur. Aber sie fühlte sich dabei nicht besonders wohl.

»Wieso sind Sie eigentlich mit dem Fall betraut?«, fragte Olofsson scharf. »Ich hatte die Sache doch damals Björn Hansson übergeben.«

»Ich bin seine Urlaubsvertretung«, gab Hanna bissig zurück. Dann fiel ihr noch etwas ein. »Hat Frau Larsson damals etwas gegen den Stalker unternommen?«

»Sie hat Anzeige erstattet«, meinte Olofsson. »Gegen Unbekannt.«

»Und weiter?«, fragte Hanna.

Olofssons Schniefen wurde von Papierrascheln begleitet, als er durch die Akte blätterte. »Frau Larsson hat sie im Januar wieder zurückgezogen.« Er klang ausgesprochen widerwillig.

»Seltsam«, murmelte Hanna unbeeindruckt. »Warum zieht jemand eine Anzeige gegen Unbekannt zurück? Aus Enttäuschung, weil die Polizei den Fall nicht lösen kann? Gerade in so einer Sache läge es mir als Lehrer besonders am Herzen, meine Schüler zu schützen. Da kann der Täter noch so unbekannt sein.«

»Hm«, brummte Olofsson nur.

Es war Hanna egal, dass er keine Lust mehr hatte, mit ihr zu sprechen. »Eigentlich wartet man doch eher ab, bis die Polizei den Fall löst oder als ungelöst schließt«, fuhr sie ungerührt fort. »Wann war das, sagten Sie?«

»Im Januar.«

Sie rechnete nach. »Das war einen Monat vor dem Umzug nach Ystad.«

»Hören Sie, Frau Lundqvist.« Olofsson atmete mehrmals ein und aus, als wollte er Hanna wegpusten. »Ich weiß nicht, welches Ziel Sie verfolgen. Aber damit Nelli bei Ihrem Ermittlungseifer nicht zu Schaden kommt, noch ein Tipp: Stina Larsson hat eine Menge Unterlagen zu den Ermittlungen beigesteuert. Vielleicht finden Sie etwas, wenn Sie ihre Wohnung auf den Kopf stellen. Und jetzt lassen Sie mich bitte mein Wochenende genießen.«

»Keine Ursache.« Hanna bemühte sich, genauso kühl zu klingen. »Ich halte Sie auf dem Laufenden.«

Statt einer Antwort drückte Olofsson das Gespräch weg.

Langsam steckte Hanna ihr Handy ein. Ein merkwürdiger Fall … Die Tochter war als Einzige tatverdächtig, aber Olofsson stellte sie als unschuldig dar. Im Haus der Larssons schien ein heftiger Kampf stattgefunden zu haben, aber das Opfer fehlte. Anscheinend hatten die Nachbarn nicht mal etwas davon mitbekommen, sonst hätten sie längst die Polizei alarmiert. Und nun gab es auch noch eine Vorgeschichte mit einem weiteren Unbekannten.

Mindestens einem, fügte Hanna still hinzu.

Schützend legte sie die Hand über die Augen und schaute wehmütig in den blauen Vormittagshimmel. Ob es heute mit dem Strandbesuch noch etwas wurde?

*

»Fassen Sie hier um Himmels willen nichts an! Sie müssen sich schon gedulden, bis wir alles gesichtet haben.«

Hanna warf Peer einen vielsagenden Blick zu. Der Spurensicherer Persson hatte sofort den richtigen Ton getroffen, um ihre Kampflust zu wecken. »Gibt es denn schon erste Ergebnisse?«

»Sehe ich aus wie ein Zauberer?« So, wie Persson den Pinsel gegen sie richtete, konnte man tatsächlich davon ausgehen, dass er sich auf unheimliche Künste verstand.

»Ehrlich gesagt: nein«, antwortete Hanna ruhig. »Deshalb würde ich Ihnen gern ein wenig zur Hand gehen. Sie wissen ja, die ersten 24 Stunden nach einem Verbrechen sind die wichtigsten.« Sie ließ den Blick über den verklebten Küchentisch gleiten. Perssons Gruppe war ein eingespieltes Team mit simplen Hierarchien: Die Brennpunkte eines Tatorts waren dem Chef vorbehalten. Alles, was peripher lag und nur bedingt Hinweise lieferte, wurde von seinen Mitarbeitern unter die Lupe genommen.

Vage deutete Hanna in den Nebenraum. »Kann ich schon ins Wohnzimmer?«

»Das Wohnzimmer? Weiß ich nicht. Da müssen Sie Filip fragen.« Persson war sichtlich in seinem Element – Blutlachen und andere Körperflüssigkeiten. Fahrig wedelte er sie hinüber zu einem Mitarbeiter, der aussah, als hätte er gerade erst die Uni verlassen.

Hanna dankte Persson mit einem Lächeln und sah zu, dass sie aus der Küche kam. Vorsichtig beugte sie sich zu dem jungen Mann hinunter, der die unteren Fächer des Wohnzimmerschranks durchwühlte. »Sie sind Filip, ja? Haben Sie zufällig wichtig aussehende Unterlagen gefunden?«

»Da hinten. Neben der Tür. In den Kisten sind Aktenordner.« Langsam dreht er sich zu Hanna um, maß sie mit etwas, das er wohl für einen Kennerblick hielt.

»Die sind noch nicht untersucht«, flüsterte er. »Wenn Sie Handschuhe anhaben ...« Besorgter Blick in die Küche, wo sein Chef leise vor sich hin summte. Offensichtlich fürchtete er Perssons scharfe Ohren.

»Jajaja.« Zielsicher zog Hanna einen Ordner heraus, auf dessen Rücken »Fotos« stand. Allzu viel Einfallsreichtum hatte Frau Larsson bei der Beschriftung nicht bewiesen. Die Seiten blätterten auf, als hätten sie Hanna bereits erwartet. Jemand hatte Farbfotos mit niedriger Auflösung ausgedruckt. Sie enthüllten ein unheimliches Kaleidoskop aus verwischt aufgenommenen Leibern, die sich bei genauerem Hinsehen als Kinder und Jugendliche in Trikots entpuppten.

Hannas Finger tasteten über das Papier und hielten schließlich wie von allein inne. »Deshalb«, sagte sie zu sich selbst. Nicht Mobbing oder Statusverlust hatten Nelli auffällig werden lassen. Dieser Stalker hatte auch sie fotografiert. Es stimmte, dass Nelli nicht so grazil wie die Schülerinnen ihrer Mutter war, aber ihr kräftiger Körper strahlte die Art Eleganz aus, über die die anderen Schülerinnen noch nicht verfügten. Wie fühlte man sich, wenn man eines Tages dieses Foto unter die Nase gehalten bekam, weil ein Mitschüler es im Internet gefunden hatte? Wurde das Bisschen Stolz von dem Wissen überlagert, einem Unsichtbaren ausgeliefert zu sein, der mit einem machen konnte, was er wollte? War diese Entdeckung Futter für den Hass gegen die eigene Mutter?

Erst nach einer Weile fiel Hanna der grau-weiße Rahmen auf, der jedes Motiv umgab. »Was ist das eigentlich?«

Mit einem Stirnrunzeln unterbrach Filip seine Arbeit. Schwerfällig richtete er sich auf. Sein Gang erinnerte an einen Bären, der nach dem Winterschlaf erwacht war. Na gut, dachte Hanna, ein sehr kleiner, dünner, haarloser Bär. Mit Nickelbrille.

»Das da?« Filip blies sich die Haare aus der Stirn. »Das ist eine Hauswand, würde ich sagen. Die Fotos wurden wahrscheinlich von außen aufgenommen.«

»Das heißt?«, fragte Hanna herausfordernd.

»Dass jemand in einem anderen Gebäude mit einem verdammt guten Objektiv gesessen und immer genau gewusst hat, wann er abdrücken muss. Aber die Unschärfe der Fensterscheiben hat er nicht bedacht.«

»Irgendwie cool«, murmelte Hanna. »Und schaurig.«

»Genau.« Filip strahlte. »Und genial: Der Fotograf hat sich auf der anderen Straßenseite ein leeres Zimmer im ersten Stock gesucht, um mit den Tanzsälen auf einer Höhe zu sein. Auf der anderen Straßenseite war er praktisch unsichtbar für die Opfer. Da versteht jemand sein Handwerk. Ziemlich pervers, wenn Sie mich fragen.«

»Seltsames Lob.« Hanna klappte den Hebel hoch und nahm das Foto mit Nelli heraus. »Kann ich den Ausdruck mitnehmen?«

Filip zog ein Gesicht. »Eigentlich muss ich den erst untersuchen.«

»Tun Sie sich keinen Zwang an.« Hanna probierte noch mal den Trick mit dem Lächeln.

Kurz darauf drückte Filip ihr das Blatt in einer Klarsichthülle in die Hand. »Bitte gut darauf aufpassen, das wird alles noch für die Analyse gebraucht.«

Ich bin doch keine Anfängerin, wollte Hanna sagen, aber dann dachte sie, dass es nicht gut war, das Wohlwollen eines Quasi-Verbündeten im Team Persson zu sehr zu strapazieren.

Sie hob den nächsten Ordner aus der Kiste. Ein Schwung Papier rutschte heraus und verteilte sich auf dem Boden. Filip warf ihr einen strengen Blick zu, dann ging er in die Hocke und half ihr, die herausgefallenen Blätter zusammenzuschieben. »Hoffentlich haben Sie nicht gerade eine wichtige Spur zerstört.«

»Pssst!« Scheinbar nervös deutete Hanna in die Küche, wo sich Perssons Begeisterung im Summen klassischer Orchesterstücke zeigte. Behutsam zog sie ein Heft zwischen den Blättern heraus und betrachtete den Umschlag. »Ist das Stina Larsson?«

»Sagen Sie bloß, Sie wissen nicht, wie Stina Larsson aussieht?« In Filips Stimme schwang Empörung mit. »Das, was Sie da gerade in der Hand halten, ist das Programmheft ihrer letzten Vorstellung an der Oper.«

»Ach ja?« Desinteressiert drehte Hanna das Heft um. »Und was hat Frau Larsson so an der Oper getrieben?«

»Sie war bestimmt nicht Kartenabreißerin!« Fassungslos über so viel Unwissen schüttelte Filip den Kopf. »Stina Larsson war Solistin des Balletts Malmö! Na, klingelt's jetzt?«

Ungerührt zuckte Hanna mit den Schultern. »Ist das schlimm?«

»Ein Sakrileg«, bestätigte Filip. »Sie sollten mal was gegen Ihre Unwissenheit tun und …«

Sie zog ihm das Heft weg, als er danach griff. »Halt, das brauche ich als Beweismittel auf dem Revier. Können Sie schnell machen und das auch noch untersuchen?«

Filip lächelte zuckersüß. »Erstens: Schnell mache ich prinzipiell nur, wenn *ich* es will. Zweitens: Wenn Sie mir versprechen, mit mir mal in die Oper zu gehen.«

Hanna parierte gewohnt lässig: »Mein Freund hat ein Opern-Abo für zwei. Kriege ich jetzt das Programmheft oder soll ich Sie wegen Behinderung der Ermittlungen bei Ihrem Vorgesetzten melden?«

Verdrossen reichte Filip ihr ein paar Minuten später das Heft, ebenfalls sorgfältig eingeschlagen in eine Plastikhülle. »Das will ich aber auch wiederhaben.«

»Klar doch. Vielleicht treffen wir uns ja mal auf einen Sekt in der Spielpause.«

Ohne Filip eines weiteren Blickes zu würdigen, stieg Hanna vorsichtig über seine Analysegerätschaften, ging auf Zehenspitzen durch die Küche, um Meister Persson nicht zu stören, und erklomm die Treppe in den ersten Stock. Drei Türen gingen vom Flur ab. Eine davon stand halb offen und war mit dem Schild »Achtung, Explosionsgefahr!« gekennzeichnet – für Hanna ein Hinweis, dass sie in Nellis Zimmer führte. Vorsichtig schob sie den Kopf durch den Spalt. »Kann ich schon rein?«

Die zierliche Gestalt im weißen Overall, die mit einer Pinzette etwas vom Teppich aufhob, drehte sich um. Ein gewaltiger roter Bart leuchtete auf.

»Hoppla, ich habe Sie glatt für eine Frau gehalten«, stammelte Hanna verwirrt.

»Kein Problem«, antwortete Rotbart mit vibrierender Bassstimme. »Ich bin fast fertig. Nur herein in die gute Stube.«

Persson tauschte seine Mitarbeiter öfter aus als andere Teamchefs. Er hielt es für eine gute Methode gegen Betriebsblindheit. Hanna hatte keine Lust, sich schon wieder vorstellen zu müssen. Rotbart schien es ähnlich zu sehen. Sie wandten sich voneinander ab, bevor sie sich ihre Namen verraten mussten.

Es war Hanna immer noch unangenehm, in fremden Wohnungen herumzuschnüffeln, auch wenn es zur Aufklärung eines Verbrechens nötig war. Gerade Jugendzimmer, diese Welten zwischen Kindheit und Erwachsensein, bereiteten ihr Kopfzerbrechen. Nellis Zimmer bildete keine Ausnahme. Hanna hielt für Sekunden die Luft an. Hier würde sie die ersten Hinweise finden, ob Nelli ein Monster oder eine verlorene Seele war …

Blödsinn. Hanna schluckte den aufsteigenden Pathos hinunter. Ermitteln sollst du, nicht in Tränen ausbrechen!

Sie betrachtete das Regal, auf dem Kuscheltiere und süßliche Nippesfiguren kaum noch Platz hatten. Einige davon zeigten deutliche Abnutzungsspuren. Daneben stapelten sich dunkle CD-Hüllen mit aufgedruckten Totenköpfen und Blutspritzern. Schriftzüge, wie von einer Kettensäge geschrieben, verrieten ihr die Namen der Bands, denen Nelli in ihrer Welt lauschte: Blood Sister. Savage Girls. Destroyin' Cats.

»Interessant, was?«, meinte der zierliche Rotbart. »Wohl eine Art Aggressionstherapie.«

»Was haben Sie denn gehört?« Hanna kniff die Augen zusammen. Staub, Staub, Staub.

»Death Metal«, antwortete Rotbart.

Klar. Was sonst. Gedankenverloren ließ Hanna den Blick durchs Zimmer schweifen. Das sollte also ein Abbild von Nellis Innenwelt sein. Angespannt suchte sie nach Anzeichen dafür, dass etwas vertuscht werden sollte: Tücher mit Blumenmustern an der Wand, darunter Löcher in der zerfetzten Tapete, heimlich angebrachte Edding-Zeichnungen, etwas in der Art.

»Das Tagebuch liegt auf dem Schreibtisch«, unterbrach Rotbart ihre Betrachtungen.

Sie bedachte ihn mit einem langen Blick, bevor sie in ihren Plastikstulpen zum Fenster hinüberraschelte. Vorsichtig nahm sie das schmale Büchlein in die Hand. »Was steht denn drin?«

Rotbart zuckte mit den Schultern. »Keine Ahnung.«

»Ich dachte, Sie hätten es gelesen. Weil Sie doch auch über die musikalischen Abgründe der Jugend so gut informiert sind.« Hanna wusste nicht, warum sie das Bedürfnis hatte, sich ihm verbal entgegenzustellen. Als ob sie jemanden verteidigen müsste. Vorsichtig schlug sie das Buch mit ihren Latexfingern auf. Mehrere Dinge gingen ihr gleichzeitig durch den Kopf: Nelli sitzt einen knappen Kilometer von hier in einem Besprechungsraum, und ich stehe in ihrem Zimmer und schaue heimlich in ihren Kopf. Das ist nach dem Gesetz legitim, aber ist es ihr gegenüber auch fair?

»Ich finde es auch immer seltsam, in den privaten Angelegenheiten anderer herumzuwühlen.« Rotbart machte ein unschuldiges Gesicht. Irrte Hanna sich oder neigten die Typen von der Spurensicherung zum Lesen fremder Gedanken?

»So steht's nun mal in unserem Arbeitsvertrag.« Rasch blätterte sie zum letzten Eintrag:

13. Januar
Wir ziehen um. Als ob das etwas ändert.
Stina, ich hasse dich!

Behutsam legte Hanna das Buch aufgeschlagen auf den Tisch, platzierte links das Programmheft, rechts die Fotografie mit Nelli im Trikot.

»Nettes Triptychon«, kommentierte Rotbart.

Stumm zog Hanna ihr Handy heraus und schoss ein Foto. Halt einfach die Klappe, Rotbart. Du hast doch keine Ahnung.

Verärgert nickte sie zum Abschied – Zurückhaltung konnte belastend sein – und ging ins gegenüberliegende Schlafzimmer der Mutter. Ein breites, ungemachtes Bett in einem ungelüfteten Raum, eine nachlässig angelehnte Schranktür, auf dem Boden vergessene Socken. War daran etwas ungewöhnlich? Nein.

Langsam trat Hanna ans Fenster. Der Vorhang war nur halb zugezogen. Von hier hatte man einen astreinen Blick auf den Parkplatz am Industriehafen. Gleichzeitig war das Zimmer aufgrund seiner Lage im ersten Stock und der Entfernung nicht einsehbar. Sie seufzte. Schade, so kam sie nicht weiter, sie musste auf die Ergebnisse der Spurensicherung warten. Und vorher mit Frau Blom, der Leiterin der örtlichen Ballettschule, sprechen, die wahrscheinlich schon im Präsidium wartete.

Hanna verkniff sich die allgemeine Abschiedsrunde, um zu verhindern, dass Persson ihr die Beweisstücke wieder abnahm, und trat hinaus in die Mittagswärme. Unten vor dem Haus rief sie Jenny kurz zu sich. »Irgendwelche Auffälligkeiten?«

»Nichts Ungewöhnliches bis auf ein paar Neugierige. Peer konnte eine Nachbarin beruhigen, die eigentlich mit Ihnen sprechen wollte. Sie hat heute Morgen jemanden aus dem Haus kommen sehen.«

»Die Tochter«, vermutete Hanna.

»Die Nachbarin war sich ganz sicher, dass es sich um einen Mann handelte«, widersprach Jenny. »Soll ich Peer holen, damit er es dir bestätigen kann?«

Hanna schaute auf die Uhr. »Ich muss zurück ins Präsidium. Er soll mich anrufen und diese Nachbarin noch heute einbestellen. Sie muss sowieso fürs Protokoll vorbeikommen.« Wieder nickte sie zum Abschied, was ihr bei Jenny wesentlich leichter fiel, und lief über die Straße zu ihrem Wagen.

Ein fremder Mann kommt am Samstag aus dem Haus der Larssons, dachte sie. Jetzt wurde es wirklich spannend.

*

Drei Minuten brauchte Hanna für die Strecke von der Regementsgatan zum Präsidium. Drei Minuten, um die neuen Erkenntnisse auf sich wirken zu lassen. Noch vor zwanzig Minuten hatte sie es für möglich gehalten, dass Nelli für das Blutbad im Larsson-Haus verantwortlich war. Die Gefasstheit, mit der sie das zweite Gespräch absolviert hatte, war Hanna wie eine Farce erschienen. Sie war davon ausgegangen, dass sie zu Hause bei den Larssons nur das richtige Indiz hervorziehen musste, um Klarheit zu schaffen.

»Von wegen!« Unzufrieden startete Hanna den Motor. Hansson hatte recht, sie ließ sich zu sehr von den Vorfällen in Göteborg beeinflussen, obwohl sie sich vorgenommen hatte, diese

Erfahrung auszublenden, so gut es eben ging. Nicht jeder unschuldig dreinblickende Teenager mutierte zum Attentäter, sobald seine Geheimnisse ans Licht kamen.

Hanna setzte den Blinker und bog auf die schmale Hauptstraße ab. Gehen wir mal davon aus, dass Nelli in ihrem Leben bisher alles richtig gemacht hat, dachte sie widerwillig, soweit es ihr mit einer Lehrerin als Mutter möglich ist. Lehrer, überlegte sie weiter, sind sowieso ein ganz spezielles Völkchen. Stina Larsson ist sicher noch spezieller, denn sie war Teil des Ballett-Olymps, bevor sie als normale Sterbliche auf die Erde zurückkehrte.

Hanna schniefte. Das macht den Alltag für einen Teenie nicht einfacher. Oder ist es für Nelli nur deshalb nicht leicht, weil die Kommentare der »Normalos« zu ihrem Leben so bescheuert sind wie die von diesen Spusi-Fritzen?

Dazu kam, dass Nellis Zimmer so ernüchternd normal wirkte. Nichts war auffällig stilisiert, nichts fehlte: Ordnung und Hass, Liebe und Staub. Sogar das Tagebuch enthielt die typisch pubertären Gedanken über die Mutter. Schließlich war jetzt die Zeit für das rasende Gemisch aus Wut und Liebe gegenüber den Eltern ... Und wenn das alles nicht echt war?

Hannas Opel glitt auf den nächsten freien Platz vor dem Präsidium, der Motor erstarb. Ein rascher Blick auf die Uhr. Hoffentlich kam Gunnar pünktlich zum Dienst! Beim Aussteigen wählte sie seine Nummer und ließ es mindestens zwanzigmal läuten, um nicht darüber nachdenken zu müssen, dass Nelli sie auch an der Nase herumführen könnte. Natürlich nahm Gunnar das Gespräch nicht an, der Faulpelz schlief bestimmt noch. Dafür kam die Sonne endlich richtig hinter den Wolken hervor. Eigentlich war heute der falsche Tag, um eine Vierzehnjährige zum Verschwinden ihrer Mutter zu verhören. ...

Aber sie hatte einen Ansatz. Hanna stieg die Stufen zur Präsidiumslobby hoch. Wie sich die Lage momentan darstellte, hatte Nellis Foto aus dem Internet vielleicht etwas mit dem vergangenen Abend zu tun. Und der Bericht der Spurensicherung brachte sicher auch eine Reihe von Erkenntnissen.

»Trotzdem sagt mir mein Gefühl, dass sie es ist, die geschützt werden muss.«

»Was?« Elin von der Anmeldung schaute erstaunt auf, als Hanna brummelnd an ihrem Glaskasten vorbeikam.

»Ich denke nur laut«, winkte Hanna ab. »Gibt's was Neues?«

»Frau Blom ist da.« Elin deutete auf die Sitzgruppe im Wartebereich.

»Weiß ich doch schon.« Hanna drehte sich um – und zögerte. Es lag nicht an der sportlich-eleganten Erscheinung der Mittfünfzigerin oder daran, dass sie hektisch auf Hanna zutrippelte. Frau Blom hatte sicher auch jede Menge Hinweise, die bei der Aufklärung von Stina Larssons Verschwinden weiterhalfen! Aber Hanna fragte sich, wie Nelli zu dem vogelartigen Gesicht mit der spitzen Nase und den eigentümlich braungoldenen Augen stand, denen nicht zu entnehmen war, was dahinter vorging. Hanna runzelte die Stirn. Wie würde sich Frau Blom Nelli gegenüber verhalten, sobald sie wusste, was sich ereignet hatte? Und wieso war Hanna plötzlich so schrecklich verständnisvoll?

Sie setzte ein unverbindliches Lächeln auf und streckte der großen, blonden Frau die Hand hin. »Ich bin Hanna Lundqvist. Danke, dass Sie so schnell hergekommen sind.«

»Was soll man sonst tun?« Frau Blom klang besorgt. »Ausgerechnet Stina, die keiner Fliege etwas zuleide tut!«

Hanna schwieg, bis Frau Blom wie Nelli vor einer Dreiviertelstunde auf dem Besucherstuhl an ihrem Schreibtisch saß. Frau Bloms Antwort auf ihre kurze Einstiegsfrage überraschte sie nicht: »Stina ist wirklich eine wunderbare Lehrerin. Jeder, der bei ihr lernt, darf sich glücklich schätzen! Seit sie an meiner Schule unterrichtet, mussten wir drei neue Kurse einrichten, so groß ist der Zulauf. Und nun das!« Theatralisch schlug

Frau Blom die schlanken Hände zusammen. Die Schlupflider und die frühen Falten, die ihr Gesicht durchzogen, verliehen ihrem Kummer geradezu dramatische Präsenz. »Ich weiß gar nicht, was ich morgen machen soll.«

Hanna hob die Augenbrauen. »Was ist denn morgen?«

»Morgen findet die Matinee statt.« Frau Blom warf Hanna einen strafenden Blick zu, als wäre es ein Verbrechen, nicht Bescheid zu wissen. »Einmal im Halbjahr zeigen die Schülerinnen, was sie gelernt haben. Stellen Sie sich vor, über hundert Mädchen werden morgen auf der Bühne stehen, da wird jede Hand gebraucht!« Hektisch kramte Frau Blom in ihrer Tasche nach einem Taschentuch, um sich die Stirn zu betupfen. »Was wird aus Stinas Schülerinnen, wenn sie nicht da ist?«

»Frau Blom«, unterbrach Hanna sie sanft. »Momentan ist es wichtiger, herauszufinden, *warum* Frau Larsson nicht da ist.«

»Ja, was ist überhaupt los?«, fragte Frau Blom schrill. »Und was sind das für Zeiten, in denen Menschen einfach verschwinden?!«

Hanna ging nicht darauf ein: »Wann haben Sie das letzte Mal mit Frau Larsson gesprochen?«

Der Mund der Ballettlehrerin schnappte zu. Ihr porzellanfarbener Teint wurde eine Nuance heller.

»Frau Blom?«

Mit gesenktem Kopf flüsterte sie: »Das ist mir überaus unangenehm.« Anscheinend bemühte sich Frau Blom nach Kräften, dem Klischee der überspannten Ballettlehrerin zu entsprechen. Das Taschentuch zerknüllte sie in den Händen. Wahrscheinlich fehlte nicht viel und sie brach in Tränen aus.

»Was ist Ihnen unangenehm?« Warum ist Gunnar noch nicht hier?, fragte Hanna sich. Der hat doch ein Händchen für sensible ältere Damen!

»Stina hat mich vorgestern am frühen Abend angerufen, weil ... Wenn ich das gewusst hätte!«

Hanna kam ein Gedanke. »Ging es um die Vorfälle in Malmö?«

Frau Bloms Augenlider flatterten. »Sie wissen davon?«

Hanna zuckte mit den Schultern. »Da ich entsprechende Vermerke in Nellis Akte gefunden habe …«

»Nelli«, sagte Frau Blom schwach. »Das arme Kind.«

Gleich verlangt sie nach ihrem Riechfläschchen, dachte Hanna gereizt. »Worum ging es denn in dem Anruf von Frau Larsson?«

Frau Bloms Kopf ruckte herum. Stumm stierte sie aus dem Fenster. Am Strand brachen sich die Sonnenstrahlen auf den auslaufenden Wellen. »Das weiß ich nicht. Ich musste mich um die Organisation der Matinee kümmern. Ich hatte keine Zeit für andere Dinge.« Unruhig schüttelte sie den Kopf. »Ich habe ihr gesagt, dass wir uns am Sonntag unterhalten können.«

»Mehr hat Frau Larsson nicht gesagt?«, hakte Hanna nach.

Frau Blom schüttelte den Kopf. »Vielleicht … vielleicht wollte ich es auch gar nicht wissen. Verstehen Sie doch! Sollte dieser Verrückte wieder Fotos gemacht haben, reicht es, wenn wir uns am Sonntag nach der Matinee damit beschäftigen.«

Diese Antwort machte Hanna stutzig. »Es ist Ihnen also egal, dass vielleicht die Fotos von weiteren unschuldigen Kindern im Internet auftauchen?«

»Nein, natürlich nicht, aber es ist so … so schwierig. Wir hatten alle gehofft, dass die Sache mit Stinas Umzug erledigt ist.«

»Offensichtlich ist sie das nicht.« Hanna beugte sich vor. Die Augen von der Blom sind wirklich seltsam goldbraun, dachte sie. »Was genau hat Frau Larsson am Telefon gesagt?«

Frau Bloms edle Stirn wurde von weiteren Falten überzogen. Welcher Anteil ihrer konservierten Porzellanschönheit war künstlich?

»Sie rief an und sagte, dass sie dringend mit mir sprechen muss.« Trotzig senkte Frau Blom den Kopf. »Mehr nicht. Und da habe ich ihr angeboten, dass wir am Sonntag nach der Matinee einen Kaffee trinken.«

Es war offensichtlich, dass sie mauerte. So kam Hanna nicht weiter. »Wie ist Frau Larsson eigentlich auf Ihre Schule gekommen?«

Augenblicklich wurde aus dem Trotz auf Frau Bloms Gesicht ein Lächeln. »Stina hat nach ihrer Bühnenkarriere in Malmö die Filiale einer Tanzstudio-Kette übernommen, zu der auch meine Schule gehört. Nach der Sache mit den Fotos«, sie musste tief durchatmen, »wollte sie unbedingt weg. Da habe ich sie hier eingestellt. Sie dachte, hier kann so etwas nicht passieren. Und es ist ja auch nichts passiert.«

»Ja, bis auf die Tatsache, dass Nelli schon in Malmö den Halt verloren hat und hier auch nicht zurechtkommt.« Es fiel Hanna schwer, sich den Ärger über die Unbedarftheit dieser Frau nicht anmerken zu lassen. »Um welche Uhrzeit hat Frau Larsson denn bei Ihnen angerufen?«

Frau Bloms Augen wurden groß und rund. »Das kann ich nicht so genau sagen. Vielleicht gegen sieben Uhr? Können Sie das nicht mit Ihrer Spurensicherung ermitteln?«

Sie schaut zu viele Krimis, dachte Hanna und kritzelte eine Sieben auf ein Stück Papier. »Ich möchte es aus Ihrem Mund hören.«

»Dann eben sieben Uhr.« Wieder zog Frau Blom einen Schmollmund.

Ganz schön pampig, fand Hanna. »In Ordnung. Der Kollege wird das alles noch ins Protokoll schreiben.«

»Was? Aber ich dachte ...«

Hannas Handy klingelte. »Kleinen Moment«, entschuldigte sie sich. Sie stand auf und ging zum Fenster. Im Vorbeigehen warf sie den Zettel mit der Sieben in den Papierkorb. »Gunnar?«

»Nein, Sigge Nordin von der Spurensicherung«, sagte Rotbarts Stimme. »Ich habe unter Frau Larssons Bett etwas gefunden.«

»Was Sie nicht sagen.«

»Ja. Wollen Sie raten, was?« Er lachte.

»Nein«, antwortete Hanna gelangweilt.

»Schade. Aber gut, ich sage es Ihnen: ein benutztes Kondom, nicht älter als zwölf Stunden. Frau Larsson hatte gestern Abend noch Männerbesuch.«

»Danke.« Hanna drückte das Gespräch weg. Sollte Hanna sich für Nelli freuen? Sie dachte an das verstörte Mädchen, mit dem sie gleich noch sprechen würde. Zusammen mit der Aussage der Nachbarin war Nelli somit nicht mehr die Hauptverdächtige.

Frau Blom zuckte zusammen, als das Telefon auf Hannas Schreibtisch klingelte. Gutes Timing, dachte Hanna grimmig und hechtete nach dem Hörer. »Ja?«

»Hier spricht Peer Wikström«, meldete sich der Kollege. »Ich wollte sagen, dass die Nachbarin der Familie Larsson in den nächsten Minuten zu Ihnen kommt. Sie ist ganz wild darauf, ein Phantombild von dem Fremden zusammenzustellen.«

»Der Mann, der heute Morgen …«

»Genau der«, bestätigte Peer. »Jung, athletisch, dunkle Haare, wirkte etwas erschöpft und ist mit dem Bus weggefahren.«

»Mit dem Bus? Wie dreist ist das denn«, entfuhr es Hanna. »Aber wenn er wirklich der Täter ist, muss er irgendwie aufgefallen sein.«

»Klingt absurd«, stimmte Peer zu. »Entschuldige mich bitte, ich muss noch ein paar Leute befragen.«

»Natürlich. Danke für den Anruf.« Nachdenklich legte Hanna auf. Gut, dass die Nachbarin gleich herkam. Dumm, dass

Peer die Befragung anscheinend allein durchführte, weil mal wieder zu wenig Leute im Dienst waren. Und wo blieb überhaupt Gunnar, der alte Schnarchsack?!

Ihr Blick fiel auf Frau Blom, die wie festgeklebt auf dem Besucherstuhl saß. Viel dürfte sie von der Unterhaltung nicht verstanden haben.

»Ich habe eine Bitte.« Hanna setzte ein Lächeln auf, das sie für herzlich hielt. »Würden Sie Nelli für eine Weile aufnehmen, falls sich niemand anders findet?«

»Was?« Frau Blom schreckte auf.

»Nelli meinte, dass Sie sich hin und wieder um sie kümmern«, setzte Hanna behutsam nach. »Aus ihrer Akte geht hervor, dass sie sonst niemanden hier hat außer einer Freundin.«

Frau Blom blinzelte irritiert. »Ehrlich gesagt wäre es mir lieber, wenn sie bei ihrer Freundin unterkommt, ich habe für morgen noch so viel vorzubereiten. In welchem Zustand ist sie denn?«

Hanna wiegte bedächtig den Kopf. »Es geht ihr nicht besonders gut. Die Familienfürsorge wäre noch eine andere Möglichkeit, aber Sie können sich bestimmt vorstellen, wie schlimm es für ein Kind ist, plötzlich in einer fremden Familie oder im Heim zu sitzen.«

»Na gut.« Die ältliche Ballettlehrerin seufzte schwer. »Aber fragen Sie Nelli nach der Freundin, bevor Sie sie mir mitgeben, ja?« Sie sah alles andere als zufrieden aus.

»Danke, Frau Blom.« Gelebte Herzlichkeit, dachte Hanna ärgerlich. Sie löschte das Lächeln von ihrem Gesicht. »Während ich mit Nelli rede, kann der Kollege mit Ihnen das Protokoll aufnehmen.« Geschäftig winkte sie einen Kollegen aus dem Innendienst heran und eilte davon.

Endlich gab es ein paar Anhaltspunkte. Die Jagd hatte begonnen.

Nelli

Greta dreht den Zündschlüssel, der Motor startet, alles vibriert.

Ich könnte kotzen. Aber in Gretas Auto käme das nicht gut. Ich werfe einen Blick zu ihr hinüber. Seit wir uns von dieser Kommissarin verabschiedet haben, ist es vorbei mit der Herzlichkeit. Die alte Tucke ist stinksauer auf mich, weil ich sie bei den Vorbereitungen für die ach so wichtige Matinee gestört habe. Megapeinlich war es ihr, dass sie wegen mir aufs Revier musste, das habe ich genau gesehen! Das geschieht ihr aber recht. Sie ist schließlich Schuld, dass Mama ständig arbeiten muss. Weil sie ja so eine tolle Lehrerin ist. Ankas Mutter Rebecca hat erzählt, dass man sich in der Yoga-Schule gegenüber auf einer Warteliste eintragen lassen muss, weil dort so ein komischer Guru unterrichtet, zu dem alle wollen. Mama findet die Idee mit der Warteliste ganz gut, glaube ich, aber Greta hat keine Lust dazu. Sie wittert die Kohle, die mit jedem Schüler reinkommt. Lieber gleich ganz viel absahnen, als jahrelang ein regelmäßiges Einkommen haben. Mama findet diese Einstellung aber nicht so gut.

Gretas Fahrstil ist bescheiden. Der knappe Kilometer reicht, dass mir noch schlechter wird, und als sie endlich vor ihrem Haus anhält, falle ich förmlich aus ihrem Nobel-Hobel. Ihr Haus sieht ungefähr so aus wie unseres, nur steht es in einer »besseren« Wohngegend mit viel Grün und lauter Angeber-Mercedessen am Straßenrand. Jeder zweite Bau geht als Villa durch. Greta kann sich nur eines der kleineren Häuschen leisten. Ich glaube, das wurmt sie.

Am liebsten wäre ich noch eine Weile hier herumgelaufen, um den Kopf freizukriegen. Außerdem scheint die Sonne endlich richtig. Ich mag es warm. Aber Greta schiebt mich ins Haus, damit mich niemand sieht. Was sollen die Nachbarn denken?

»Du solltest duschen«, sagt sie und knallt die Haustür hinter uns zu. Leider stimmt das, ich sehe immer noch aus wie jemand, den man unter dem Bierfass herausgezogen hat.

Weil ich öfter bei Greta übernachte, wenn Mama Workshops in anderen Städten gibt, habe ich in ihrem Gästezimmer ein paar Klamotten gebunkert. In der Ecke steht eine gammlige Duschkabine, in die ich mich jetzt quetsche. Nicht, dass wir uns falsch verstehen: Nicht ich bin so dick, die Kabine ist so eng! Im Tropfenregen werde ich allmählich ruhiger und fühle mich rasch wieder als Mensch.

Keine zehn Minuten zu Fuß von hier wohnt Anka. Die Kommissarin hat mir angeboten, mich hinzubringen, bis Mama wieder auftaucht. Aber bei Anka wäre es jetzt nicht so gut. Sie würde sagen: Ist natürlich mal wieder Nellis Schuld. Ich sage: Wenn Anka nur halb so viel mit ihrem Smartphone filmen würde, müsste ich nicht ständig mit ihr streiten. Ich wollte ihr gestern Abend vom Streit mit Mama erzählen. Zack, Anka fängt an zu filmen. Ich meinte: Handy aus, sonst Beule. Hat sie aber nicht interessiert. Dann habe ich eher beiläufig einen von Ankas Glasengeln vom Nachttischchen auf ihr Bett gefegt. Konnte ja nicht ahnen, dass gleich beide Flügel abbrechen.

Ja, ich gebe zu, das war blöd, weil das ein Geschenk von Ankas Vater war. Ihre Eltern sind geschieden, vielleicht macht sie deshalb jedes Mal so ein Tamtam um seine Geschenke und die Wochenenden mit ihm. Dieses Wochenende hätte sie auch bei ihm verbringen sollen, aber er hat im letzten Moment abgesagt. Tja, irgendwoher muss die Kohle ja kommen, die er für seine Ex-Frau und Anka ausgibt! Wütend, wie ich war, habe ich das auch noch gesagt, weil Anka sich wegen des Engels total aufgeregt hat. Danach war Feuer unterm Dach … Das Bier, das wir vorher gezischt hatten, war auch nicht gerade förderlich für eine chillige Atmosphäre: Anka hat getrunken, weil sie ihren Vater vermisst, und ich wegen dem Streit mit Mama.

Und deswegen ertrage ich jetzt freiwillig Gretas schlechte Laune.

Der Kommissarin habe ich aber nichts davon gesagt. Sonst hätte sie es noch mehr ausgenutzt, dass es mir so beschissen geht. Es hat mir schon gereicht, dass sie den Ordner mit den Fotos gefunden hat! Ganz miese Kiste, das. Mama hatte die ganze Woche Stress gemacht, dass ich endlich mein Zimmer aufräumen soll. Weil ich einmal eine gute Tochter sein wollte, habe ich das auch getan. Ich habe alle Kinderbücher und Spiele auf einen Haufen gepackt, um sie auf den Speicher zu räumen. Ich hätte auch alles wegwerfen können, aber das bringe ich einfach nicht übers Herz. Unser Speicher ist vollgestopft mit Kisten und Kartons, in denen Mama Kostüme und alte Spitzenschuhe aufbewahrt. Früher habe ich gern damit gespielt, aber seit ich so stark gewachsen bin, habe ich Angst, dass ich etwas kaputt mache. Die Schuhe darf ich sowieso nicht anziehen, aber das tut jetzt nichts zur Sache.

Ich wollte meine Bücher und die Spiele in einen großen Karton legen und habe ein paar Kartons aufgemacht, um zu schauen, ob sich etwas umschichten lässt. Und dabei bin ich auf die Ordner gestoßen. Ich wusste ja, dass Mama alle Beweise von der Malmö-Sache gesammelt hat. Aber sie hatte versprochen, das ganze Zeug zu vernichten, sobald wir die Stadt verlassen. Und dann finde ich alles hübsch sortiert auf dem Speicher!

Ich habe das Zeug gepackt und hinuntergetragen. Im Garten haben wir einen Sommerofen, darin wollte ich alles verbrennen, damit ich endlich meine Ruhe habe vor dem schäbigen Kram. Aber als ich im Wohnzimmer nach einem Feuerzeug gesucht habe, ist Mama plötzlich aufgetaucht, obwohl sie noch Unterricht gehabt hätte. Wenn ich mich recht erinnere, sah sie gar nicht gut aus, was aber an ihrer Wut auf mich gelegen haben könnte …

Eigentlich ist Mama an allem Schuld. Früher ihre Tanzschule, jetzt der Unterricht bei Greta, und dazu noch die ganze Opern-Vergangenheit, das bringt sie immer noch total durcheinander. Sie verkraftet es nicht, dass sie wegen ihrer Tochter nicht mehr auf der Opernbühne steht. Statt Applaus kriegt sie jeden Monat einen Scheck von Greta und eine Ladung hysterischer Eltern frei Haus. Aber sie braucht den Applaus wie die Luft zum Atmen. Und ich habe ihr das kaputt gemacht, weil ich mich, als ich noch ein hirnloser Zellhaufen war, unbedingt in ihrer Gebärmutter einnisten musste.

Vorsichtshalber komme ich schon nach ein paar Minuten aus der Dusche, damit Greta keinen Grund hat, mich anzumeckern.

Kommissar Hansson sieht das natürlich anders. Mama hat mich gewollt und bekommen und deshalb ihr Leben geändert. Niemand hatte sie gezwungen, ihre Bühnenkarriere aufzugeben, das war ganz allein ihre Entscheidung. Das hat auch die Sozialarbeiterin in Malmö gesagt, aber Björn Hansson kommt irgendwie lässiger rüber als sie. Trotzdem bin ich nicht scharf drauf, ihn immer wieder zu treffen …

Mama war kalkweiß, als sie mich gestern mit der Kiste überrascht hat. Da war es ungefähr acht Uhr am Abend. Ich solle gefälligst die Finger davon lassen, es sei nun doch noch nicht vorbei. Dann hat sie den Brief aus der untersten Schrankschublade gezogen. Meine Knie werden weich, wenn ich daran denke, wie fremd ihre Stimme geklungen hat: »Wenn etwas passiert, nimm diesen Brief und geh damit zur Polizei.«

Ich dachte, jetzt markiert sie wieder, will ein bisschen Drama in unser Leben bringen, weil es ihr mit mir allein zu langweilig ist. Ich habe ihr den Brief aus der Hand geschlagen. Ich habe sie angebrüllt, dass sie endlich aufhören soll mit der ganzen Scheiße, das echte Leben ist anders als in den Krimis, die sie in jeder freien Minute liest. Sie hat irgendwas zurückgebrüllt, ich weiß nicht mehr, was.

Ich bin rauf in mein Zimmer, weil ich keinen Bock mehr auf sie hatte, habe ein paar Sachen in meinen Rucksack gestopft und wollte zu Anka. Unten hat Mama mich noch mal aufgehalten und mir den Brief in den Rucksack gestopft. Ich wollte ihn ihr vor die Füße werfen, weil mir ihre Paranoia auf die Nerven geht, aber das ging auf einmal nicht mehr. Sie sah so hilflos aus, weil ich ihr die Riesenverschwörung hinter den Fotos einfach nicht abnehmen wollte.

Dann bin ich gegangen.

Eine Weile lausche ich auf die Geräusche im Haus. Greta hat sich wahrscheinlich in ihr Zimmer zurückgezogen und probt ihr Lächeln für die morgige Matinee. Was anderes kann sie mit mir am Bein ja auch nicht unternehmen. Wie immer wird ihr spätestens nach dem Mittagessen einfallen, dass sie noch »was ganz Wichtiges« in der Schule zu erledigen hat, und dann wird sie abdampfen. Dann hocke ich hier allein herum. Auch wie immer!

Unruhig schiele ich zu meinem Rucksack. Ich frage mich, warum ich der Kommissarin nichts von dem Brief gesagt habe. Im Grunde kann sie sich aus Mamas Verschwinden und meiner Akte zusammenreimen, dass Malmö noch nicht vorbei ist. Vorausgesetzt, sie ist hell genug …

Ich überlege, ob ich sie anrufen soll, sie hat mir ihre Nummer für alle Fälle gegeben. Aber was ist, wenn sie nicht glauben will, was in dem Brief steht? Mir kam er beim ersten Lesen ja auch so vor, als ob Mama die Quintessenz aller Krimis, die sie jemals gelesen hat, zusammengemixt hätte. Aber jedes beunruhigende Detail, das Mama darin beschreibt, macht die Sache mit den Fotos noch beängstigender. Und ich wünsche mir nichts sehnlicher, als dass Mama wieder zurückkommt! Das ist das einzige Gefühl, das ich momentan spüre. Alles andere ist ganz weit weg. Das liegt nicht am Restalkohol ...

Ich mag Hanna nicht. Aber ich muss sie ja auch nicht mögen, sondern nur anrufen, damit sie ihren Job machen kann. Ich ringe mich zu einer Entscheidung durch: Die Kommissarin ist die einzige neutrale Person außer Hansson, die vielleicht weiterhelfen kann.

Bevor ich ihren Namen im Menü meines Handys antippe, will ich mich noch einmal versichern, dass ich wirklich alles richtig verstanden habe, was Mama aufgeschrieben hat. Ich greife in den Rucksack, wühle darin herum, reiße schließlich alles heraus und verteile den Inhalt auf dem Bett. Dann stülpe ich den Rucksack um und alle meine Hosen- und Jackentaschen dazu. Aber es ist, wie es ist: Der Brief ist nicht da. Ich muss ihn im Laufe der Nacht verloren haben.

*

Zitternd berührt der Finger das Display. Das Handy wird an das gespannte Ohr gepresst. Nach einer Weile unterbricht der Finger die Verbindung. Das Handy verschwindet in der Hosentasche.

Sein Blick gleitet über den vollgestellten Campingtisch vor blinden Fenstern. Er lässt sich auf einem der beiden Stühle nieder. Angestrengt lauscht er in die stille Dunkelheit.

Er muss geduldig sein.

Lautlos hat sie Tränen für ihn vergossen, groß und rund wie Perlen sind sie auf das Fleisch gefallen. Er hat sie mit ihrem bestickten Taschentuch abgetupft; gedankenverloren schlingt er es um seine linke Hand. Das Warten beginnt, hin und wieder unterbrochen von den Geräuschen seines Privat-Verlieses. Nach einer Weile schließt er die Augen. Ihre Stimme hat er tief in seine Erinnerungen eingelassen, weshalb sie nur in seinem Kopf erklingt. Lautlos sind auch ihre Schritte, die er nicht mit Gewalt zu sich fordern darf, will er sie nicht verlieren.

Da!

Seine Augenlider flattern auf. Glückseligkeit überrollt ihn, als er das Scharren erkennt. Sacht tastet er hinter sich und streichelt die raue Oberfläche des Tisches mit den Fingerspitzen. Die Haare auf seinem Handrücken recken sich ob der Kälte ehrfürchtig gen Himmel.

Es ist alles in Ordnung, solang er sich nicht umdreht, solang der Atem ruhig geht wie der Herzschlag einer Nymphe.

Vorsichtig beugt er sich nach hinten, den Blick starr geradeaus gerichtet: »Hier bist du in Sicherheit.« Dann erhebt er sich und steigt wieder hinauf.

Zurück bleibt der warme Abdruck seiner Hand auf der Tischplatte.

*

Persson, der Patriarch der Spurensicherung, schlenderte ins Besprechungszimmer. Beiläufig trat er ans Fenster und warf einen Blick auf den Parkplatz vor dem Präsidium. Über dem Asphalt waberte bereits heiße Luft. Demonstrativ fächerte er sich mit ein paar Computerausdrucken Kühlung zu.

»Ich wäre dann soweit.« Mit einem Ächzen ließ er sich auf den nächsten Stuhl plumpsen.

»Schön für Sie«, brummte Hanna. Die Klimaanlage ließ sie frösteln. Mindestens zwanzigmal hatte sie inzwischen bei Gunnar angerufen. Wo blieb der Kerl? Wenn er blaumachte und den Tag am Strand verbummelte, statt endlich wieder zur Arbeit zu kommen, konnte er sich auf etwas gefasst machen! »Wir fangen jetzt an. Gunnar wird sicher gleich dazukommen.«

Sie hatte mit Björn Hansson verabredet, ihn um die Mittagszeit anzurufen, damit er telefonisch an der Besprechung teilnehmen konnte. Er stand seit zwanzig Minuten auf einem Rastplatz bei Snapparp und hörte sich wahrscheinlich die Vorwürfe seiner Frau an, weil sie nun noch später nach Hause kamen.

Als die Verbindung stand, fasste der Polizist Peer Wikström als Erstes zusammen, was Stina Larssons Nachbarin zu Protokoll gegeben hatte: »Gestern Abend hat die Tochter gegen halb neun das Haus verlassen, danach ist Stina Larsson noch mal raus. Circa eine halbe Stunde später ist sie mit einem Mann ins Haus zurückgekehrt.«

»Gut aufgepasst.« Persson nickte anerkennend.

Hanna verzog zweifelnd das Gesicht. »Wenn alle Nachbarn so gut aufpassen würden … Egal. Peer, mach weiter.«

Er räusperte sich. »Im ersten Stock wurde zum Garten hin das Licht eingeschaltet. Frau Strämberg musste nachts mehrmals raus und meinte, dass es die ganze Nacht gebrannt hat.«

»Wer ist Frau Strämberg?«, quäkte Björn Hansson aus dem Lautsprecher des Telefons.

»Die Nachbarin«, warf Peer ein. »Sie war ziemlich besorgt, weil Nelli die ganze Nacht weg war. Dazu hat sie auch noch was gesagt, Moment.« Er drehte das Blatt um. »Ich zitiere: ›Kein Wunder, dass das arme Kind auf die schiefe Bahn gerät, wenn die Mutter sich ständig fremde Männer ins Haus holt.‹ Anscheinend hat Stina Larsson öfter Herrenbesuch.« Peer runzelte die Stirn.

»Was dagegen?«, fragte Hanna angriffslustig. Moralisten konnte sie nicht ausstehen.

»Nein, gar nicht«, stammelte er. »Jeder soll tun, was er will. Aber das schränkt den Täterkreis nicht unbedingt ein. Falls sich gestern Nacht zufällig ein eifersüchtiger Lover gerächt hat …«

»Wie sieht es mit dem Phantombild des Mannes aus, der heute Morgen das Haus verlassen hat?«, unterbrach ihn Hanssons Stimme blechern. Peer kratzte sich am Kopf. »Frau Strämberg konnte zwar seine Statur beschreiben, aber er war zu weit weg, um mehr zu erkennen als die dunklen Haare. Sie ist jedoch ganz sicher, dass er kurz nach neun Uhr gegangen ist. Und sie betont, dass er von Stina Larsson an der Tür verabschiedet wurde.«

Hanna nickte ihm zu. »Dann war sie da wahrscheinlich noch wohlauf. Was hat das Team Persson herausgefunden?«

»Welch Ehre, auch gefragt zu werden!« Persson kniff die Lippen zusammen. »Im Kinderzimmer lag ein dunkelbraunes Haar auf dem Teppich, das weder Stina noch Nelli gehört. Nach Frau Strämbergs Beschreibung würde ich sagen, es gehört dem geheimnisvollen Morgenmann.«

Hanna hakte etwas auf ihrem Notizzettel ab, bevor sie sich genötigt sah, auf seinen misslungenen Witz einzugehen.

»Weiter!« Prompt fing sie sich einen strafenden Blick von Persson ein.

»Im Wohnzimmer hat Filip zwei benutzte Weingläser sichergestellt, die sind noch im Labor. In der Küche und im Flur habe ich ungefähr einen halben Liter Blut von Stina Larsson auf Boden und Wänden lokalisiert. Ein bisschen was davon gehört wohl auch Nelli Larsson, aber die Spur ist älter. Kleiner Unfall beim Kochen.« Außer Persson schmunzelte niemand. »Die beiden anderen ...«

Hanna richtete sich auf. »Zwei weitere Spuren?«

»Genau«, erwiderte Persson spitz. Er duldete keine Unterbrechungen. »Das ist ein wenig merkwürdig. Von Spur Nummer eins findet sich ein Abdruck im Flur an der Wand und der Rest auf dem Tisch, dort aber eher wenig. Die Menge könnte von einer kleineren Verletzung stammen. Spur Nummer zwei wurde großzügiger verteilt, wenn ich das so sagen darf.« Affektiert rückte er seine Lesebrille zurecht. »Sie findet sich auf dem Küchentisch, auf dem Boden, hat sich anscheinend stellenweise mit Stina Larssons Spende vermischt ...«

»Ähem«, räusperte sich Björn im Telefon.

»Eine unfreiwillige Spende«, ergänzte Persson trocken. »Und sechsundzwanzig der siebenundzwanzig Handabdrücke im Flur stammen auch von Blutprobe Nummer zwei.«

»Scheiße.« Peer errötete.

»Spur Nummer eins ist zehn bis zwölf Stunden alt, Spur Nummer zwei stammt wahrscheinlich von heute Morgen«, schloss Persson seinen Bericht.

Jenny, die ihre Unterlagen eifrig mit Notizen ergänzt hatte, meldete sich. »Besteht Grund zur Annahme, dass der Verursacher der zweiten Spur erst heute Morgen ins Haus gekommen ist?«

Persson nickte. »Durchaus möglich. – Ah, Nordin hat hier noch etwas vermerkt: Demnach war ein winziges Tröpfchen von Probe Nummer eins im Kinderzimmer auf dem Teppich. Und der Inhalt des Kondoms«, er gab sich Mühe, das Wort besonders anzüglich auszusprechen, »wird derzeit noch auf Ähnlichkeiten mit den vorliegenden Blutspuren und Haaren untersucht, besonders mit den Exemplaren, die wir im Bett der guten Frau Larsson gefunden haben.«

Hanna schauderte. »Und was sagt uns das?«

Persson zuckte mit den Schultern. »Woher soll ich das wissen? Finden Sie es heraus!«

»Sonst gibt es nichts?« Hansson klang besorgt.

»Bisher noch nicht.« Persson stand auf. »Aber Sie können sicher sein, dass wir keinen Stein auf dem anderen lassen werden, um dieses Verbrechen aufzuklären. Meine Empfehlung!« Mit dramatischem Kopfnicken verabschiedete er sich und wandte sich zum Gehen.

Krachend flog die Tür gegen die Wand.

Überrascht taumelte Persson zurück.

»Mahlzeit.« Wie aus dem Nichts stand Gunnar im Türrahmen, hoch aufgeschossen, gebräunt, sein freches Lächeln auf den Lippen, als wäre nichts geschehen. Hanna überlegte, wie sie auf Gunnars Erscheinen reagieren sollte: Konnte sie ihm vor aller Augen um den Hals fallen, weil er ihr mehr gefehlt hatte, als sie jemals zugeben würde? Oder war ein Schlag gegen die Schulter angebracht, weil er nicht auf ihre Anrufe reagiert hatte? Der Kampf zwischen dem Entzücken und dem unterdrückten Ärger, den Gunnars Anblick bei ihr auslöste, äußerte sich in einem gestammelten:

»Se-setz dich.« Energisch klopfte Hanna auf den freien Platz neben sich.

»Hey.« Als hätte er ihre Gedanken gelesen, schob er hinterher: »Ich bin aufgehalten worden.«

Hansson lachte lahm. »Lass mich raten, sie war blond?«

»Ich dachte, du bist im Urlaub, Hansson.« Gunnar rutschte auf den Stuhl. »Was liegt an?« Sein Lächeln zerfiel, als er wieder einen Blick auf Hanna riskierte.

Allmählich gewann die Wut auf Gunnar die Oberhand. »Sag mal, hast du sie noch alle?« Sie gönnte sich einen Moment der Erleichterung, weil ihre Stimme nichts von ihrer gewohnten Entschlossenheit eingebüßt hatte. »Ich habe stundenlang versucht, dich zu erreichen!« Die Worte befreiten sie von dem, was Hansson mit seinem »Lass mich raten, sie war blond« angerichtet hatte. Vorsichtig gestattete Hanna sich, aufzuatmen.

»Tut mir leid.« Verlegen streifte Gunnar sich den dunklen Pony aus der Stirn und vertiefte sich in die Unterlagen, die Peer ihm hinschob. Sein Duft nach Mandeln und Vanille bescherte Hanna die nächste Wutwelle. Zuletzt hatte sie diese Mischung in einer Parfümerieabteilung für Frauen gerochen.

»Ich begrüße die späten Schäfchen herzlich in unserer Mitte«, ächzte Hansson aus dem Telefon, »und fasse zusammen: Mutter und Tochter Larsson streiten, Tochter Larsson verlässt gegen halb neun das Haus. Frau Larsson geht noch eine Runde spazieren und kehrt mit einem Mann zurück, mit dem sie die Nacht im Haus verbringt. Zwölf Stunden später wird sie zum letzten Mal lebend von der Nachbarin Strämberg gesehen. Nelli Larsson zeigt das Verschwinden gegen zehn Uhr am Samstagmorgen an.«

Gestört hob Hanna den Kopf. Gunnar raschelte mit geröteten Wangen eine Spur zu laut mit seinen Unterlagen herum. Messerscharf schloss Hanna, dass ihm Björns Frage nach der Haarfarbe seiner nächtlichen Partnerin genauso unangenehm war wie ihr.

Björns Räuspern unterbrach ihre Überlegungen. »Dazu die vier verschiedenen Blutspuren im Haus der Larssons, davon zwei nicht identifizierte, ein Kondom und verschiedene Haare, die zu unterschiedlichen Zeiten ins Haus gekommen sein könnten. Vermutlicher Tatzeitpunkt: heute Morgen kurz nach neun.«

Reiß dich zusammen, schalt Hanna sich. Private Ansichten hatten bei einem Mord- oder Entführungsfall keinen Platz! Mit spitzen Fingern zog sie ein Blatt hervor und legte es oben auf Gunnars Unterlagen.

»Da geht's weiter.« Sie schoss einen warnenden Blick hinterher. »In zehn Minuten fahre ich nach Malmö.«

Es dauerte einen Moment, bis Gunnar reagierte. »Soll ich mit?«

»Klar«, meinte Hanna irritiert.

»Ich – ich schaue mir nur schnell das hier an.« Gunnar beugte sich immer tiefer über den Papierstapel, damit er Hanna nicht ansehen musste.

»Na, dann ist ja alles gesagt. Ich klinke mich hier aus.« Björn klang genervt. »Bis morgen.«

Das allgemeine Murmeln beendete die Runde.

»Tja, dann mal frisch ans Werk. Peer, du kümmerst dich um die Zeugin. Jenny, du übernimmst die Weiterleitung der Informationen, sobald sie eintreffen.«

»Okay.« Mit ausdruckslosem Gesicht raffte Jenny ihre Unterlagen zusammen und ging hinaus, gefolgt von Peer.

Gunnar hob vorsichtig den Kopf. Hannas Laune war wegen Björns blöder Bemerkung unter den Gefrierpunkt gesunken. Er musste etwas tun, um sie zu besänftigen, damit er nicht den Rest des Tages Stress mit ihr hatte. Das sicherste Mittel, sie für sich einzunehmen, war, sich dumm zu stellen »Eine Frage – wieso Malmö?«, fragte Gunnar betont ahnungslos.

Ohne ihn eines Blickes zu würdigen, schob Hanna den Stuhl zurück und ging hinaus.

Hastig raffte Gunnar seine Papiere zusammen und folgte ihr aus dem Besprechungsraum. Er wagte nicht, sie von hinten anzusprechen. So schwierig hatte er sich seine Rückkehr nach dem Urlaub nicht vorgestellt.

Hanna antwortete ihm erst, als sie die Tür zum Parkplatz öffnete. »Stina Larsson hat bis vor einem halben Jahr eine Tanzschule in Malmö geleitet.« Beherzt trat sie ins Freie. Sommerliche Hitze schlug ihnen entgegen. Sie rannten über den heißen Asphalt und warfen sich in Hannas Wagen.

»Ah«, machte Gunnar blöd.

»Genau.« Allmählich kam Hanna sich blöd vor. »Können wir?«

»Klar.« Er zog seine Sonnenbrille aus der Hemdtasche und setzte sie auf.

Einsilbigkeit kannte Hanna von ihm nur, wenn er sich wegen seiner Frauengeschichten genierte. So schnell wollte sie ihn aber nicht entkommen lassen. »Bist du okay?«

»Ja. Wieso?« Gunnar schaute aus dem Fenster.

Hanna startete den Motor. »Du wirkst ein bisschen von der Rolle.«

»Das liegt an der Hitze.« Surrend fuhr das Beifahrerfenster hinunter.

Hanna beschloss, dass sie der Sache auch noch später auf den Grund gehen konnte. Der Wagen rollte vom Parkplatz. Sie ordnete sich in den spärlichen Verkehr ein, um auf die Hauptstraße stadtauswärts zu gelangen. Zu gern hätte sie ihn auf die Frauen angesprochen, die er wahrscheinlich in seinem Urlaub kennengelernt hatte. Andererseits hatte sie keine Lust darauf, sich später wieder mies zu fühlen, weil sie weder blond noch besonders gut »ausgestattet« war.

»Fährst du noch mal zum Tatort?«, fragte Gunnar nach einer Weile.

»Später«, gab sie zurück.

»Du könntest mich dort kurz rauslassen, damit ich mir selbst ein Bild machen kann. Später treffen wir uns im Präsidium.« Gunnar vermied es immer noch, sie anzuschauen.

»Und ich soll die ganze Arbeit in Malmö allein machen oder was?«, fragte Hanna empört. »Hättest ja früher kommen können. Was war überhaupt los?«

Gunnar antwortete nicht gleich. »Was wohl«, meinte er schließlich. »Es war tatsächlich wieder wegen der Bräute.«

»Was auch sonst.« Ärgerlich gab Hanna Gas.

Nelli

Man kann über Greta denken, was man will, aber ihre Blaubeerpfannkuchen sind einsame Spitze. Vorausgesetzt, das Leben schlägt einem nicht auf den Magen.

Das mit dem Brief macht mich fertig. Ich habe mich noch mal komplett ausgezogen und alle Klamotten ausgeschüttelt, habe das Bett ausgeräumt und bin dreimal den Weg vom Gästezimmer zur Haustür gelaufen – nichts. Dieser verdammte Brief ist einfach nicht da! Ich habe das blöde Gefühl, dass ich damit die Malmö-Sache endlich hätte beenden können, und das will ich auch, ehrlich. Mama ist zwar manchmal ganz schön bescheuert, aber je länger ich darüber nachdenke, desto realistischer erscheint mir das, was in dem Brief stand. Sie ist in eine total irrwitzige, bekloppte, gefährliche Sache hineingeraten. Und daran ist sie ausnahmsweise nicht selbst Schuld.

Greta stellt eine Kanne auf den Tisch. »Ich habe dir Kakao gemacht.« Sie hat den Tisch im Esszimmer richtig aufwendig gedeckt und klingt im Gegensatz zu sonst echt besorgt. »Möchtest du?«

Stumm schüttele ich den Kopf. Betreten schaue ich auf meinen Pfannkuchen und zähle die Blaubeerflecken. Ihre Sorge um mich ist mir unangenehm, weil ich sie jetzt nicht mehr hassen kann. Wer sich sorgt, empfindet irgendwie auch Empathie. War das das Wort, das Mama manchmal verwendet? »Sei empathisch! Dann verstehst du dein Gegenüber besser.«

Ach, Mama.

Widerwillig schneide ich ein Stück von dem Pfannkuchen ab, das beim Kauen in meinem Mund anzuschwellen scheint. Ich will es an dem Kloß im Hals vorbeischlucken, aber die Tränen sind schneller. Pitsch, patsch, tropfen sie auf meinen Teller.

Als Gretas Hand über meinen Kopf streicht, zucke ich nicht zurück. Es tut gut und dann auch wieder nicht, weil ihre Hände so kalt und dünn sind. Außerdem ist Greta eine gute Schauspielerin. Sie lächelt dich an und tritt dir eine Sekunde später in die Kniekehlen, wenn du nicht aufpasst. Mama hat mal gesagt, dass viele Tanzlehrer, die nie auf einer richtigen Bühne standen, unbewusst die Opernwelt nachahmen, aber so, wie sie sich das Leben für die Kunst vorstellen, mit Mord und Totschlag um die besten Rollen. Dabei wollen Profitänzer lediglich einen guten Job machen und können es sich nicht leisten, eine Kompanie kaputt zu mobben. Das kann sie ihr Engagement kosten, zumindest aber die Vertragsverlängerung.

Ich hatte das zweifelhafte Vergnügen, Greta in Aktion zu erleben. Jeder wusste, dass Greta ihre beste Schülerin Rita darin bestärkte, sich wie ein Tanzprofi zu ernähren, um noch leistungsfähiger zu werden. Dass Rita immer dünner wurde, ignorierte Greta, bis Rita eines Tages zusammenklappte. Ich höre noch, wie Greta zu ihrer Mutter sagt: »Wer ein Profi sein will, muss Opfer bringen. Anscheinend hat Rita geglaubt, sich selbst opfern zu müssen. Das hätten Sie ihr beizeiten ausreden sollen.«

Mama hat Rita ein paarmal in der Klinik besucht. Dort macht sie eine Therapie, um von der Magersucht loszukommen. Für Greta existiert Rita nicht mehr.

Mir kommen die Bilder von Mamas Bühnenzeit in den Sinn. Sie hatte immer eine ganz gute Figur, nix mit Rippen, die sich durch die Haut drücken, und um die Muskeln an ihren Oberschenkeln beneide ich sie. Ihr Gesicht wirkte ein bisschen voller, weil sie schon als Kind zu Hamsterbäckchen neigte. Auf Fotos war sie irgendwie niedlich. Einmal hat sie eine Aufnahme von mir neben ihr Porträt gelegt. »Du hast meine Nase«, hat sie gesagt und mich angelächelt.

Ich kann gar nicht aufhören zu weinen und drehe mich weg, als Gretas Finger schon wieder auf mich zukommen. Nur Mamas weiche Hand mit den perlmuttfarbenen Fingernägeln kann mich jetzt trösten, warum kapiert sie das nicht? Das stumme Flehen in Gretas Augen, dass ich doch bitte nicht so leiden soll, regt mich auf. Soll ich etwa darauf Rücksicht nehmen, dass sie die Situation nur erträgt, wenn ich sie an mich heranlasse? Wessen Mutter wird denn vermisst?!

Okay, ich lasse mich gerade ein wenig hängen. Es steht ja noch gar nicht fest, dass ich vom Schlimmsten ausgehen muss. Irgendwie hoffe ich, dass in dem Brief wenigstens ein Satz pure Fiktion ist, was die ganze Sache entschärfen würde. Mama ist doch viel zu beschäftigt mit sich, um sich mit einer Organisation anzulegen, die Leute einfach verschwinden lassen kann! Und falls sie sich wirklich wieder was zusammengesponnen hat, sollte ich Mama nicht dadurch zur Last fallen, dass ich mich vor Kummer zum Skelett gehungert habe. Sie war nie magersüchtig, also werde ich es auch nicht sein.

Endlich steht Greta auf und geht in die Küche.

Wenn es nach mir ginge, würde ich die restlichen Pfannkuchen einpacken und damit zu Anka gehen. Pack schlägt sich, Pack verträgt sich, das war schon immer so. Anka mag Blaubeeren genauso wie ich, die Pfannkuchen wären mein Friedensangebot. Und wenn wir uns dann ausgesöhnt haben, gehen wir zusammen zu unserem Haus und …

Vor Schreck fange ich an zu schlingen. Mit Anka zu uns nach Hause in die Bluthöhle, wo die Polizei gerade die Vergangenheit ausgräbt? Niemals! Solang Mama nicht da ist, kann ich nicht dort leben. Das Haus ist ohne sie wie tot!

Plötzlich höre ich Ankas Stimme ganz deutlich in meinem Kopf: »Musste das sein, dass wir uns so angiften?« Nein. Der ganze Streit wegen eines blöden Glasengels war lächerlich, wir waren lächerlich. Wir haben in Ankas Zimmer gesessen, uns den Rücken zugekehrt, Bier getrunken, jede hat mit Ohrstöpseln Musik auf ihrem Handy gehört. Komische Freundschaft.

Greta, die alte Nervensäge, steht plötzlich im Esszimmer. Stumm schaut sie die Kanne an, den Berg Blaubeerpfannkuchen, der nicht kleiner geworden ist, dann mich.

»Du isst ja gar nichts«, stellt sie bekümmert fest. Zu allem Überfluss sinkt sie mit einem tiefen Seufzer auf ihren Stuhl, schüttelt gedankenschwer den Kopf und haucht: »Wenn ich doch nur wüsste, wie ich euch helfen kann.«

Du blöde Kuh, findest du es nicht ein bisschen daneben, dich jetzt erst darum zu kümmern, was läuft? Am Donnerstag hättest du noch was tun können, als Mama dich angerufen hat! Da war schon was im Busch, nur habe ich das zu dem Zeitpunkt nicht richtig ernst genommen, und Mama wollte sich auch nichts anmerken lassen. Aber ich habe es gespürt und so getan, als ob ich hinauf in mein Zimmer gehe. Auf der Treppe habe ich mich ganz klein gemacht und gewartet. Mama musste dir unbedingt etwas sagen, aber du wolltest nicht mit ihr sprechen. Mama hat richtig gebettelt. Ich habe gehört, wie sie mehrmals gesagt hat: »Bitte sag mir, ob das wahr ist.« Aber das hast du nicht getan.

Greta, du bist so widerlich verlogen. Du tust so, als würdest du schwer daran tragen, dass Mama verschwunden ist. Aber im Grunde fehlt sie dir nur, weil du die Matinee jetzt allein stemmen musst. Und vorher hast du Mama nur wegen ihres guten Namens gebraucht! Aber zuhören und ihr helfen, nein, dafür warst du nicht zuständig, obwohl sie diejenige ist, die aus deiner Ystader Klitsche eine Vorzeigeschule gemacht hat! Warum hörst du nicht auf mit dem Theater und verziehst dich in deine blöde Ballettschule wie sonst auch, wenn du auf mich aufpassen sollst? Die Matinee organisiert sich doch nicht von allein, oder?! Aber du sitzt auf dem blöden Stuhl und starrst auf die blöden Pfannkuchen, als wäre das deine Rettung. Du glaubst gar nicht, wie gut es tut, dich trotz deiner Freundlichkeit zu hassen!

»Nelli, ich …«, beginnt sie, da klingelt ihr Handy.

Fast erleichtert geht sie in den Flur, wo es auf dem Schuhschränkchen am Kabel hängt. Ihre Stimme stört mich beim Weiterhassen. Plötzlich habe ich Hunger, stopfe in Windeseile zwei Pfannkuchen in mich hinein und kippe eine Tasse Kakao hinterher. Mama wäre nicht gerade stolz auf mich, weil ich mich nicht um Benimmregeln schere, aber immerhin habe ich etwas im Magen. Interessanterweise verschwindet die Übelkeit, und auch in meinem Kopf rückt einiges wieder an die richtige Stelle. Wow.

Greta kommt zurück. »Kommissarin Lundqvist möchte dich sprechen.« Sie reicht mir ihr iPhone. Ich presse es an mein Ohr und wende mich von Greta ab. Ich ertrage ihren Anblick nicht. »Ja?«

»Hallo Nelli, hier spricht Hanna. Mein Kollege Gunnar Nyberg und ich sind gerade auf dem Weg nach Malmö.«

»Hallo«, sagt eine angenehme Männerstimme. Typischer Heldentenor, würde Mama sagen.

»Ich habe den Lautsprecher eingeschaltet, damit er mithören kann. Ich hoffe, das stört dich nicht?« Hanna klingt hektisch.

»Nicht die Spur«, antworte ich.

»Okay. Wir haben uns gefragt, ob du mal etwas aufgeschnappt hast, das auf den Täter schließen lässt. Hat deine Mutter jemanden wegen der Fotos verdächtigt, hat sie mit Kollegen Vermutungen ausgetauscht, haben die Eltern der Kinder vielleicht selbst Nachforschungen angestellt? Wir suchen etwas, das nicht unbedingt in der Fallakte gelandet ist.«

Das Schicksal ist echt ein Arschloch! Wenn Greta nicht im Zimmer stünde, könnte ich jetzt mit Hanna über den Brief reden. Aber da ich Greta nicht vertraue, vermute ich, dass sie mit dieser neuen Information sofort irgendeinen Blödsinn anstellt. Und sei es nur, dass sie mit aller Gewalt den Inhalt aus mir herauszuquetschen versucht, um das neue Wissen in einen Vorteil für sich umzumünzen. Was das für ein Vorteil sein soll? Keine Ahnung. Ich bin nicht so durchtrieben wie Greta und kann mir deshalb auch nichts vorstellen.

Also gehe ich unfreiwillig in Gedanken ein halbes Jahr zurück. Die Erinnerungen sind hässlich und spannend zugleich. Mama und ich haben vereinbart, alle Kontakte nach Malmö abzubrechen. Wir haben diese Entscheidung ganz allein gefällt, ohne Unterstützung von außen. Damals hielt ich es für romantische Paranoia. Inzwischen weiß ich, dass Mama allen Grund hatte, spurlos zu verschwinden. Und da Greta immer noch wie angewurzelt dasteht, überlege ich, welche Zusatzinformationen Mama in diesem Augenblick weitergeben würde.

»Ich weiß nicht, ob es wichtig ist«, beginne ich. »Aber Mama vermutete hinter der Malmö-Sache einen Scheidungsvater.«

»Was ist das?«, fragt Hanna.

»Mama hat sie so genannt. Das sind die Väter mit dem besonders schlechten Gewissen, weil sie ihren Kindern keine intakte Familie bieten können«, erkläre ich verlegen. »Sie übernehmen die Frauenarbeit und karren die Kinder in der Besuchszeit zum Ballett.« Mir wird heiß. Hoffentlich habe ich nicht schon zu viel verraten!

»Hat sie mit dir darüber geredet?« Ich erschrecke, als dieser Gunnar sich unvermutet einmischt. Aus einer Ecke meines Gehirns schießt eine Erinnerung quer. Die Stimme kommt mir plötzlich bekannt vor …

Mit klopfendem Herzen antworte ich: »Ich habe gehört, wie sie mit Thekla darüber gesprochen hat. Sie unterrichtet Yoga und Tribal.«

»Scheidungsväter«, wiederholt Gunnar belustigt. »Wie sind denn diese Scheidungsväter so?«

Seine Stimme hat etwas, das mich ruhiger werden lässt. Ich lehne mich zurück und sitze fast bequem auf Gretas hässlichem Esstischstuhl. »Mama hat sich immer ganz schnell ins Büro verdrückt, wenn einer von denen anrückte. Irgendwie hatte man das Gefühl, dass sie versuchen, über Mama etwas über ihre Frauen herauszukriegen. Einmal hat es richtig Ärger gegeben. Die Mutter von Tuva Eklund hatte gerade die Scheidung eingereicht. Da stand plötzlich der Vater auf der Matte und wollte von Mama wissen, ob Frau Eklund einen Freund hat. Oder die Eltern stritten sich darüber, wer die Kinder nach dem Unterricht zu wem nach Hause mitnehmen darf. Das war manchmal ganz schön strange.«

»Das hast du also mitbekommen«, stellt diese Hanna fest.

»Ja«, bestätige ich.

»Gab es damals viele Scheidungsväter?« Noch immer klingt Gunnars Stimme, als ob er sich über dieses Wort amüsiert.

Ich überlege. »Das waren sicher einige. Aber da müssen Sie meine Mutter fragen.« Meine Stimme wird unwillkürlich leiser.

Kurzes, betretenes Schweigen im Telefon. Dann: »Kannst du uns die Adresse von Tuva Eklund geben?« Kommissarin Hanna klingt für ihre Verhältnisse ungewöhnlich sanft.

Ich schlucke den Kloß hinunter, der mich zu ersticken droht. »Ich glaube, meine Mutter hat die Schülerlisten für das Finanzamt aufheben müssen.« Meine Stimme versagt.

»Dann finden wir bestimmt etwas bei euch zu Hause.« Gunnar merkt nicht, wie weh mir dieser Satz tut – Fremde in unserem toten Haus!

»Danke, Nelli«, sagt Hanna plötzlich. »Du hast uns sehr geholfen. Wir melden uns so schnell wie möglich bei dir, wenn wir etwas herausfinden. Und falls dir noch etwas einfällt, rufst du einfach an, wie vereinbart.«

»Genau«, hauche ich und unterbreche die Verbindung, bevor ich in den Hörer schluchzen kann.

Hinter mir räuspert sich Greta. Ich hatte sie leider nur fast vergessen. Wortlos stehe ich auf, drücke ihr das iPhone in die Hand und gehe ins Gästezimmer.

*

Erschöpft fuhr Gunnar sich mit der Hand über die Stirn. Gott sei Dank hatten sie einen Parkplatz unter einem Baum gefunden! Er lehnte am Kofferraum von Hannas Opel und blätterte vorsichtig in dem Programmheft, das Hanna aus dem Haus der Larssons mitgenommen hatte.

Hanna saß bei offener Fahrertür im Wagen und wählte die Nummer des Präsidiums. Filip oder Sigge Nordin von der Spurensicherung sollten sich auf die Suche nach den Schülerlisten machen, um etwas über die Familie Eklund herauszufinden. Während sie darauf wartete, dass Elin sie von der Zentrale zu einem der beiden verband, betrachtete sie Gunnar im Rückspiegel.

Schade, dass er so ein Frauenheld war.

»Hallo Sigge«, meinte sie, als die Verbindung endlich zustande kam. »Ich habe einen dringenden Suchauftrag für Sie.« Die Worte fanden sich automatisch auf ihrer Zunge zu Sätzen zusammen. So blieb ihr genug Zeit, Gunnars Rücken zu mustern, bis er sich vom Kofferraum löste und zu ihr nach vorn kam. »Ja, so schnell wie möglich, wir sind nämlich schon in Malmö. Danke, Sigge, Sie haben was gut bei mir.« Ihr Strahlen, das eigentlich dem Spurensicherer galt, traf Gunnar. »Und? Was gefunden?«

»Ist dir das schon aufgefallen?« Gunnar zeigte auf eine Bildunterschrift, nach der auf dem Bühnenfoto Joakim de Bell und Stina Bergström-Larsson zu sehen waren, das strahlende Pas-de-deux-Paar der Saison.

»Schönes Bild«, meinte Hanna.

»Das auch.« Gunnar schob ihr das Heft noch näher hin. »Hier hat Frau Larsson einen Doppelnamen.«

Hanna verstand nicht. »Was ist daran so ungewöhnlich?«

»Sie wird bei uns nur als Stina Larsson geführt.« Nachdenklich knabberte Gunnar an seiner Unterlippe.

Hanna zuckte mit den Schultern. »Sie wird ihren Namen geändert haben. Weiß der Himmel, warum.«

Gunnar ließ nicht locker: »Vielleicht ist es wichtig.«

Schweigend drehte Hanna an der Klimaanlage herum.

Gunnar rollte über so viel Begriffsstutzigkeit die Augen: »Sieh mal die Begriffe Scheidungsvater, Stalker und Namensänderung im Zusammenhang. Fällt dir was auf?«

Brav lehnte Hanna sich zurück und machte ein nachdenkliches Gesicht. »Nein«, meinte sie. »Was soll mir auffallen?«

»Wenn ich einfach mal ins Blaue fantasiere«, begann Gunnar, »dann kommt dabei eine Geschichte heraus: Ein Scheidungsvater verfolgt Stina Larsson, bis sie aufgibt und wegzieht. Aus Sicherheitsgründen ändert sie ihren Namen.« Erwartungsvoll schaute er sie an.

»Mag sein«, stimmte Hanna zu. »Aber das würde jeder machen.«

Gunnar seufzte. »Mann, so schwer ist es doch nicht!«

Typisch, dachte Hanna, erst zu spät kommen und dann den Besserwisser heraushängen lassen. »Erklär es mir einfach.«

»An eine Namensänderung, ob offiziell oder nicht, müssen sich alle Betroffenen halten, also auch Nelli. Sonst fliegt die Sache auf. Das könnte bedeuten, dass Stina Nelli die ganze Geschichte erzählt hat, damit sie einsichtig ist und sich an die Vereinbarung hält.« Gunnar beugte sich zu Hanna hinunter. »Und vielleicht kennt Nelli sogar die Person, wegen der Stina ihren Namen verkürzt hat. Und diese Person ist vielleicht dafür verantwortlich, dass ihre Mutter verschwunden ist.«

Es dauerte etwas, bis Hanna seinen Gedankengang nachvollzogen hatte. »Aber wieso sagt sie es uns dann nicht?«

»Weil sie Angst hat, dass ihrer Mutter etwas noch Schlimmeres passiert«, schlug Gunnar vor.

Eine warme Brise trieb Hanna Schweißtropfen auf die Stirn. »Das klingt ziemlich hypothetisch.«

Gunnar ließ nicht locker: »Zum Beispiel könnte diese Person ein Scheidungsvater sein.«

Allmählich fand Hanna Gefallen an dem Gedanken. »Du meinst, ein Scheidungsvater hat es nicht dabei belassen, Hanna wegen seiner Frau zu bedrängen?«

Gunnar nickte heftig. »Genau. Am besten rufen wir Nelli gleich an und ...«

»Ich habe eine bessere Idee«, unterbrach Hanna ihn. »Wir schauen uns vorher die Räume der Tanzschule an, die Frau Larsson geleitet hat. Ich möchte herausfinden, von wo aus der Stalker die Bilder gemacht hat. Ja, ich weiß«, wehrte sie Gunnar ab, »das steht alles in der Akte, die die Malmöer Kollegen angelegt haben. Aber du kennst mich, ich will es mit eigenen Augen sehen.«

»Gute Polizisten verlassen sich hauptsächlich auf ihre fünf Sinne«, seufzte Gunnar und gab ihr das Programmheft zurück.

Sie hatten in einer Parallelstraße geparkt. Um diese Zeit saßen die meisten Malmöer zu Hause beim Mittagessen, entsprechend ruhig war es hier. Unbeobachtet, so glaubten sie, schlenderten Gunnar und Hanna an dem modernen zweistöckigen Gebäude, in dem die Schule sich eingemietet hatte, vorbei, beobachteten für ein paar Minuten die Gegend, kamen wieder zurück und blieben in einiger Entfernung stehen. Hier hatte Stina Larsson also bis vor ein paar Monaten gewirkt. Hanna hielt die Örtlichkeit als Arbeitsplatz für eine ehemalige Ballerina durchaus für angemessen.

»Interessante Bauplanung«, fand auch Gunnar. »Auf der einen Seite Backsteinhäuser vom Anfang des letzten Jahrhunderts, auf der anderen hypermoderne Mehrzweckbauten. Ich wette, in zehn Jahren werden sie abgerissen, weil sie marode geworden sind.«

»Trotzdem irgendwie nobel, die Sofielundsvägan«, fand Hanna. »Ich würde auch gern in einem riesigen Studio mit Glaswänden arbeiten. Das ist bestimmt schön hell und im Winter trotzdem warm.«

»Ja, der Betrachter hat freie Sicht auf alles, was hinter den Glaswänden im zweiten Stock passiert«, meinte Gunnar trocken. »Und dann braucht er sich nur noch in einer höher gelegenen Bürgerwohnung mit Parkett und Stuckdecken niederzulassen, einen Tee beim Diener zu ordern und kann den ganzen Nachmittag Schnappschüsse von unschuldigen Mädchenkörpern machen.« Er wies abwechselnd auf den zweiten Stock des Tanzschulgebäudes und des Bürgerhauses hinter sich.

Hannas Gesichtszüge verhärteten sich. »An Stina Larssons Stelle hätte ich den Schuldigen nackt durch die Stadt gejagt, wenn ich ihn zu fassen bekommen hätte.«

Hinter ihr öffnete sich eine Ladentür. Ein Mann trat heraus und zündete sich eine Zigarette an. »Internet & mehr« stand über dem Eingang.

Hanna holte ihren Polizeiausweis heraus. »Hallo, ich habe ein paar Fragen.«

»Was denn?«, fragte der Mann unwillig. Seine Stimme klang so, wie man es erwartete, wenn jemand in seinem Leben schon viele Zigaretten geraucht hatte.

»Ihnen gehört der Laden?«, fragte Hanna unbeeindruckt.

Kurzes Nicken.

»Wissen Sie etwas über die Ballettschule von Frau Larsson?« Gunnar hängte die Finger in die Gürtelschlaufen seiner Hose.

»Was meinen Sie?« Rot glühte die Zigarette auf, als er daran zog.

Hanna und Gunnar verständigten sich mit einem Blick. Er verlagerte das Gewicht auf den anderen Fuß. »Kannten Sie Frau Larsson?«

Einen Moment sah es aus, als würde der Mann erschrecken. »Kannten? Heißt das, sie lebt nicht mehr?«

Wieder ging ein Blick von Hanna zu Gunnar. »Ich meine damit, ob Sie sie lediglich vom Sehen kennen oder persönlich.« Gunnar tat, als wäre nichts geschehen.

»Mehr vom Sehen.« Der Mann rieb sich die Stirn. Nicht nur die Hitze verursachte Schweißflecken auf seinem T-Shirt. »Sie hat bei mir Kaffee und die Zeitung gekauft. Und ihre Tochter kenne ich auch, sie heißt Nelli. Wie geht es ihr?« Seine Besorgnis wirkte aufgesetzt. Es war eben nicht jeder ein guter Schauspieler.

Hanna schob sich vor. »Ganz gut. Wissen Sie auch von der Sache mit den Fotos im Internet?«

Sein Nicken wirkte vorsichtiger als beim ersten Mal.

»Geht's auch ein bisschen genauer?«, blaffte Gunnar ihn an.

»Was denn, was denn! Die Polizei hat mich doch schon vor einem halben Jahr befragt.« Wütend warf der Mann seine Zigarette weg. »Das hat doch jeder mitbekommen. Über nichts anderes haben die Eltern damals geredet.«

Hanna spitzte die Lippen. »Auch mit Ihnen?«

»Nicht direkt.« Er wurde nervös. »Ich habe nur die Unterhaltungen aufgeschnappt, wenn jemand bei mir was gekauft hat.«

Da ist doch was im Busch, dachte Hanna. Vielsagend nickte sie Gunnar zu.

Gunnar übernahm wieder: »Wir haben gehört, dass es hin und wieder Ärger mit sogenannten Scheidungsvätern gab.«

Einen Moment kniff der Mann die Augen zusammen. »Sie meinen, dass einer von den Vätern die Fotos gemacht hat? Davon weiß ich nichts.« Er zögerte. »Aber ich habe den Typ einmal gesehen, und das habe ich auch Ihren Kollegen gesagt. Hat nur nichts genützt. Er wurde nicht gefasst.«

»Was für ein Typ?«

»Einer mit einer Kamera. Er ist dort drüben reingegangen.« Der Ladenbesitzer zeigte nach links. »In den alten Prachtbau. Später ist er wieder rausgekommen. Ein paar Tage danach fing der Ärger mit den Fotos im Internet an.«

»Haben Sie gesehen, wie der Mann aussah?«, fragte Hanna, obwohl sie ahnte, dass er die Frage verneinen würde.

Prompt schüttelte er den Kopf. »Es war ja Winter. Er hatte so eine komische Mütze auf dem Kopf, eine Schiebermütze. Und einen dicken Schal umgebunden, dass nur die Nase herausschaute. Da war nicht viel zu erkennen.« Fahrig angelte er in seiner Hosentasche nach einem Zigarettenpäckchen. Als er es herauszog, war es leer. »Seit diese neue Type die Schule leitet, ist mein Umsatz zurückgegangen«, sagte er ärgerlich. »Diese Greta Blom ist … ach, egal.«

Zu seinem Leidwesen war Hanna noch nicht fertig: »Können Sie sich denn vorstellen, dass einer der Väter die Bilder gemacht hat? Zum Beispiel«, sie nahm den ersten Namen, der ihr in den Sinn kam, »der Vater von Tuva Eklund?«

Das Erstaunen auf seinem Gesicht wirkte echt. »Jorik Eklund? Der? Nein. So einer ist das nicht! Gut, er hat öfter Streit mit seiner Frau, aber du meine Güte, wer hat das nicht.« Nachdenklich knüllte er die leere Zigarettenpackung in der Hand zusammen. »Diese Stadt ist ein Dorf! Wenn Jorik Eklund so einer wäre, hätte man ihn längst geteert und gefedert und davongejagt, das können Sie mir glauben.« Er kratzte sich am Kopf und brachte seine dürre Frisur in Unordnung. »Außerdem hat Jorik eine ganz andere Figur als dieser – Fotograf. Er ist ein gemütlicher Typ. Der andere war mehr so eine Bohnenstange.«

»Und wie sieht es mit den anderen Vätern aus?«, bohrte Hanna weiter.

Unwillig schüttelte der Ladenbesitzer den Kopf. Er würde nichts mehr sagen.

Ungeduldig rieb Gunnar sich den Arm. »Tja, dann sollten wir vielleicht mal weiter. Wenn wir noch Fragen haben ...«

»Sie wissen ja, wo Sie mich finden.« Der Mann wandte sich ab, verharrte und kam noch einmal zurück: »Tun Sie mir den Gefallen und fassen Sie dieses Schwein, ja?«

»Wir tun, was wir können, Herr ...« Fragend hob Hanna die Augenbrauen.

»Hendrik Gustavsson«, brummte er.

Winkend ging Hanna hinter Gunnar her. Komischer Kauz, dachte sie.

Auf dem Weg zum Auto checkte sie ihr Handy und fand eine Nachricht von Sigge Nordin. Er hatte die Schülerlisten gefunden und ihr die Adresse der Familie Eklund geschickt. »Das war ja einfach«, freute Hanna sich. »Schau mal, das ist nur fünf Minuten von hier.«

»Hm«, brummte Gunnar. »Fast zu einfach.«

»Mal den Teufel nicht an die Wand.« Hanna steckte ihr Handy ein. »Manchmal lassen sich solche Fälle ganz leicht lösen, vielleicht auch dieser.«

Ganz so sicher war Hanna sich eine Stunde später nicht mehr, als sie wieder im Vorgarten der Eklunds standen.

Gunnar lachte leise. »Eine Frau wie ein Bügeleisen.«

»Wie eine Dampfwalze!« Wie man sich doch täuschen konnte, wenn man von den Blumenrabatten auf das Innenleben des Gärtners schloss. Nova Eklund war eine Superglucke, die ihr Küken bis zum letzten Blutstropfen verteidigte. Allerdings musste Hanna ihr zugestehen, dass sie ihre Tochter Tuva schützen wollte, die die ganze Zeit nervös mit ihrem Kettchen herumgespielt hatte.

»Ein Geschenk von Stina.« Mehr hatte Tuva nicht herausgebracht, bevor sie in Tränen ausgebrochen war.

Verwirrt drehte Hanna sich noch einmal um. So ruhig wirkte hier alles mit den Gardinen und den gepflegten Blumenkästen – bis man das Haus betrat und mit Nova Eklund zusammenprallte. Dieser Frau konnte man weder körperlich noch verbal ausweichen, sie stampfte alles in Grund und Boden.

»Immerhin wissen wir jetzt, dass Stina Larsson in Malmö geschätzt wurde«, fasste Gunnar den Redeschwall von Mutter Eklund zusammen. »Und wie glücklich wir uns schätzen können, in unserem Provinzstädtchen diese Koryphäe beherbergen zu dürfen! Wann meldest du dich zum Unterricht an?«

Hanna fand seine Heiterkeit unpassend. Energisch zog sie ihn weiter. »Wir wissen nicht einmal, ob Frau Larsson noch lebt!«

Gunnars Lächeln erlosch, als hätte sie ihm einen Eimer Wasser über den Kopf gegossen. »Hast du eine Ahnung, wer die zwei Männer sein sollen, von denen die Eklund gesprochen hat? Und warum wurden sie verhört?«

Sorgfältig schloss Hanna das Gartentürchen hinter sich. »Ich frage mich, ob es die beiden Männer überhaupt gibt. Frau Eklund kommt mir vor wie jemand, der überall eine Verschwörung wittert und kräftig in der Gerüchteküche mitmischt, damit notfalls eine Verschwörung entsteht.«

»Aber du musst zugeben, dass die Eklund ziemlich gut vernetzt ist, wenn sie sogar die Frau vom Polizeipräsidenten kennt.« Gunnar klimperte mit den Wimpern. »Dass die von der Sache mit den Fotos weiß, obwohl ihre Kinder längst nicht mehr in der Ballettschule sind, das gibt mir schon zu denken.«

»Jetzt fang du nicht auch noch mit einer Verschwörung an«, stöhnte Hanna. Mit einem Klick auf den Autoschlüssel entriegelte sie ihren Opel. Ihr Griff ging zur Klimaanlage, noch bevor sie saß. »Wer weiß, bei welchem Kaffeeklatsch sie die Geschichte aufgeschnappt hat.«

Gunnar knallte die Beifahrertür zu. »Beim Klatsch der Reichen und Schönen. Weil einer von den oberen Zehntausend drinhängt.«

»Kann es sein, dass du heute ein wenig zu Größenwahn neigst?« Hanna drückte das Gaspedal durch. Der Wagen schoss vom Bordstein auf die Straße. »Es ist Zufall, dass die Frau des Polizeipräsidenten von dem Fall weiß. Der wird schließlich auch das eine oder andere Wort mit seiner Frau wechseln. Du weißt doch, wie schnell eine streng geheime Neuigkeit die Runde machen kann. Und Stina Larsson mag ja Kontakte zur Crème de la Crème gehabt haben, aber die lassen doch bestimmt keinen Nestbeschmutzer ungeschoren.«

»Oder sie schweigen alles tot, damit das Ansehen der ehrenwerten Gesellschaft keinen Schaden nimmt. Wetten?« Gunnar hielt ihr die Hand hin.

Hanna ignorierte sie. »Wir prüfen das lieber nach. Dieser Olofsson lässt uns sicher einen Blick in die Akte werfen, ohne dass es jemand mitbekommt. Schließlich ist die Polizei dazu da, auch bei denen da oben Ordnung zu schaffen.«

»Auf ins Präsidium.«

Langsam ließ Gunnar die Sonnenbrille auf die Nase gleiten und lehnte sich zurück, als müsse er sich von den Strapazen der Befragung ausruhen.

Energisch schaltete Hanna einen Gang höher, als sie auf die Landstraße auffuhr. »Sind dir deine Bräute auf die Dauer zu anstrengend oder wie? Hier, ruf Olofsson an und sag ihm, dass wir vorbeikommen. Die vierte Nummer in der Rufnummernliste ist seine.« Schwungvoll landete ihr Handy in Gunnars Schoß, der seufzend gehorchte.

Er ließ es durchklingeln, bis die Verbindung automatisch getrennt wurde, und wählte erneut. Nach dem dritten Klingeln brach die Verbindung ab. Danach meldete sich nur noch der Anrufbeantworter. »Ich erreiche ihn nicht«, stellte Gunnar fest.

»Urlaub oder Arbeit«, kommentierte Hanna trocken. »Er lässt sich jedenfalls nicht stören.«

Autos von Ausflüglern füllten die Straßen der Malmöer Innenstadt. Sie ergatterten einen Parkplatz in einer Parallelstraße. Die Sonne schickte an Wärme herunter, was ging. Sobald Hanna ausgestiegen war, bildeten sich weitere nasse Flecken auf ihrem T-Shirt. Im Präsidium war es angenehm kühl, doch als sie sich endlich zu Olofssons Platz durchgefragt hatten, mussten sie feststellen, dass er nicht da war.

»Saubere Aktion«, brummte Gunnar.

Hanna ließ sich davon nicht entmutigen. »Es sind doch genug Innendienstler da.« Ohne Umschweife trat sie an den nächsten Schreibtisch heran und las den Namen auf dem Schildchen. »Kollege Berglund?«

Der Mann schaute auf. Erst jetzt bemerkte Hanna, dass Kabel aus seinen Ohren hingen. Mit einer geübten Bewegung zog er sie heraus. Es handelte sich um die Ohrstöpsel seines Handys. »Ja?«

»Wir suchen Kommissar Olofsson.«

»Kollege Olofsson hat heute frei.« Beim Sprechen stieß der mittelalte, blonde Berglund leicht mit der Zunge an. »Kann ich Ihnen vielleicht weiterhelfen?« Er zog ein Handy unter dem Tisch hervor. Mit ein paar Berührungen beendete er den fernen Klang eines Orchesters.

Hanna freute sich. »Das können Sie tatsächlich.«

Es dauerte eine Weile, bis sie den Kollegen Berglund davon überzeugen konnten, dass er ihnen Einsicht in die Akte Larsson gewährte, denn es ging es lediglich um zwei Zeugennamen, von denen die Mutter einer Schülerin gesprochen hatte. Hannas koketter Augenaufschlag überzeugte Kollegen Berglund letztlich davon, dass nichts dabei war, den Fall auch ohne Amtshilfeersuchen in der Datenbank für sie aufzurufen. Schließlich war es auch im Interesse der Malmöer Polizei, der Larsson-Sache auf den Grund zu gehen.

Er klapperte eine Weile auf der Tastatur herum. Der Ehering an seinem Finger blitzte dazu. Sommer, Sonne, Seele im Kreis der Liebsten baumeln lassen – nicht für mich, dachte Hanna betrübt. Mit Bedauern drehte Berglund den Bildschirm schließlich zu Gunnar und Hanna um. »Ich finde leider keine Vermerke zu irgendwelchen männlichen Zeugen.«

Ungläubig las Hanna selbst auf dem Bildschirm nach.

»Gibt's doch nicht!« Ärgerlich schlug Gunnar auf den Tisch.

So schnell gab Hanna nicht auf. »Olofsson hat während unseres Telefonats in einer Akte geblättert. Ich habe gehört, wie Papier raschelte.«

Berglund maß sie mit einem langen Blick und schaute zu Olofssons Schreibtisch hinüber. »Wie Sie sehen, gibt es bei Kommissar Olofsson keine Aktenberge. Er ist geradezu mustergültig ordentlich.«

Hanna war frustriert. »Können sie wenigstens sehen, wann Frau Bergström-Larsson ihren Namen auf Larsson geändert hat?«

Berglund zuckte mit den Schultern. »Davon steht hier nichts.«

Gespielt munter klatschte Gunnar in die Hände. »Auf, zurück nach Ystad! Wir haben noch Papierkram zu wälzen. Vielleicht finden wir ja etwas in den Listen, die Sigge dir hoffentlich schon ins Präsidium geschickt hat. Ein bisschen was wissen wir ja schon von der Eklund.«

Von Minute zu Minute sank Hannas Laune. Sie ahnte, dass sie sich den Strand für heute endgültig abschminken konnte.

*

Elin winkte Gunnar zu sich heran. »Schönen Gruß von Björn Hansson!«

Wenn man sich nur von Lobby zu Lobby bewegen müsste, wäre die Hitze erträglich, dachte er. »Danke dir. Wie geht's dir in deinem Glaskasten?«

Elin, die Polizistin am Empfang, wiegte unschlüssig den Kopf. »Ich soll dir und Hanna ausrichten, dass Hansson bei Landskrona eine längere Pause wegen der Kinder einlegen muss und deshalb erst am frühen Abend ankommen wird.«

»In Landskrona leben seine Schwiegereltern.« Hanna trat neben Gunnar und ließ ihr Handy in die Gesäßtasche rutschen. »Hat er auch gesagt, warum er sein Handy ausgeschaltet hat?«

»Er will wohl auf keinen Fall angerufen werden«, schlug Elin vor. »Das hier wurde von Sigge Nordin für euch abgegeben.«

Gunnar stöhnte. »Danke, Herr Kommissar, dass du uns mit Nelli und Stina Larsson allein lässt.«

»Quatsch nicht.« Erfreut schnappte Hanna sich den Umschlag und zog Gunnar hinüber ins Großraumbüro. »Dann muss es eben ohne ihn gehen! Ich habe sowieso das Gefühl, dass er auch nicht mehr weiß als wir.«

»Und wie sollen wir jetzt weiterkommen?«, maulte Gunnar.

Ungeduldig winkte Hanna mit dem Umschlag. »Die Spurensicherung war fleißig.« Sie zog einen Hefter und einen losen Stapel Papier heraus. Mit jeder Seite, die sie überflog, wuchs ihre Zufriedenheit.

»Na bitte, wer sagt es denn? Das sind die Schülerlisten. Hier, kümmer dich drum.« Sie drückte Gunnar die Unterlagen in die Hand. »Überprüf den Familienstand der Eltern und schreib alle auf, die sich in den zwei bis drei letzten Jahren haben scheiden lassen. Ich schaue mir die Ergebnisse der Spurensicherung an.«

»Klar, Frau Kommissarin, wird gemacht, Frau Kommissarin«, antwortete Gunnar säuerlich.

Erstaunt hob Hanna den Kopf. »Stimmt was nicht?«

Gunnar funkelte sie an. »Seit wann verteilst du die Aufgaben?«

»Seit du zu tranig bist, um in die Spur zu kommen, jedenfalls heute«, gab Hanna bissig zurück und schaute auf die Uhr. »Es ist jetzt ein Uhr. In einer halben Stunde treffen wir uns zum ersten Follow-up.« Beherzt schlug sie den Foto-Ordner von Stina Larsson auf, den Sigge Nordin ihr »mit besten Grüßen von Filip« dagelassen hatte, wie auf dem kleinen Zettel stand.

Ärgerlich verzog Gunnar sich ein paar Plätze weiter zu seinem Schreibtisch. Mehrere benutzte Tassen warteten seit einer Woche darauf, von ihm in die Kaffeeküche zum Spülen gebracht zu werden. Aufgerissene Bonbontüten lagen über den Tisch verstreut, damit er immer etwas zum Essen griffbereit hatte.

»Tja, daran merkt man, dass du keinen Tag ohne was Süßes auskommst«, hatte Björn Hansson mit einem Augenzwinkern gesagt. »Daher rührt wohl auch dein Frauenverschleiß, habe ich recht?«

Nein, hast du nicht, dachte Gunnar wütend. Gut, es gab Zeiten, da wechselte er die Partnerin öfter als manche das Hemd. Aber an Hanna kam er ja nicht heran! Seit sie spitzgekriegt hatte, wie er mit dem anderen Geschlecht umging, war es extrem schwierig geworden, privat mit ihr warm zu werden. Und warum sollte er sich in Zurückhaltung üben, wenn sie keine Anstalten machte, sich für ihn zu interessieren?!

»Ist noch Kaffee da?«, fragte er in den Raum hinein.

»Nur im Automaten!«, antwortete jemand, der sich in seinen Akten vergraben hatte.

Ergeben wuchtete Gunnar sich wieder auf die Beine und trottete in den Flur. Blöde Kollegen, blöder Dienst, blödes Wochenende! Verstimmt stellte er eine der ungespülten Kaffeetassen unter den Einfüllstutzen und zog sein Portemonnaie aus der Hosentasche. Etwas Silbriges blitzte zwischen den Münzen und verschwand wieder. Ohne weiter darauf zu achten, nahm er ein Geldstück heraus und steckte es in den Automaten. Der Kaffee musste jetzt so schwarz sein wie diese Situation. Noch war er Herr der Lage, aber es brauchte nicht viel und …

Bleib locker, ermahnte er sich.

Vorsichtig balancierte er die Kaffeetasse zu seinem Platz zurück, wo die Schülerlisten warteten. Er loggte sich im überregionalen Melderegister des Landes Schweden ein und fixierte den ersten Mädchennamen auf der Liste.

Nora Albin war die Tochter von Elisa und Jarkko. Die beiden lebten nicht mehr zusammen, waren aber nicht geschieden. Alle drei führten ein unauffälliges, bürgerliches Leben, keine Geschwindigkeitsübertretungen, kein Falschparken, kein Vermerk wegen Schwarzfahrens.

Rasch stellte er eine Tabelle zusammen, in der er die gefundenen Merkmale erfassen und später sortieren würde. Hinter jeder Fassade konnte ein dunkles Geheimnis lauern. Manchmal brauchte es eine Notiz, einen Fingerzeig, vielleicht auch nur eine Andeutung in einem polizeilichen Dokument, um die Aufmerksamkeit umzulenken … Die Returntaste klapperte, als Gunnars Zeigefinger darauf einhackte.

Erledigt! Gunnar atmete auf. Wie hieß die Nächste?

Still arbeitete er sich durch die erste Seite. Pünktlich nach dreißig Minuten tauchte Hanna bei ihm auf. »Auffälligkeiten?«, fragte sie knapp.

Gunnar schüttelte den Kopf. Ruhe bewahren, schärfte er sich ein. Jeder zu früh geäußerte Hinweis konnte die Ermittlungen in eine unerwünschte Richtung manövrieren und sie unkontrollierbar machen. Stumm atmete er auf, als Hanna unzufrieden, aber ohne weiteren Kommentar wieder verschwand.

Eine weitere Stunde verging, bis er alle Seiten durchgearbeitet hatte. Fünfundvierzig getrennte oder geschiedene Paare mit Kindern waren übrig. Gunnar sortierte und selektierte nach dem Alter der Mädchen, der Nähe des Wohnortes zu Stina Larssons Privatadresse, gesetzlichen Fehltritten – es blieb bei fünfundvierzig Familiennamen.

»Wie gewissenhaft.« Hanna beugte sich über seinen Monitor, um die Namen besser lesen zu können. An anderen Tagen hätte Gunnar die Aussicht auf gewisse Zonen ihres Körpers genossen. Ahnungslos richtete sich Hanna wieder auf und deutete auf die ausgedruckten Fotos aus dem Ordner. »Stina Larsson hat überall die Namen der fotografierten Mädchen vermerkt. Vergleich die doch mal mit deiner Liste.«

Nach ein paar Minuten hob Gunnar resigniert den Kopf. »Zwanzig«, sagte er. »Es sind immer noch zwanzig.«

»Oh Mann!« Automatisch griff Hanna nach ihrem Handy und wählte Björn Hanssons Nummer.

»Er wird nicht rangehen«, brummte Gunnar. »Das hier müssen wir ganz allein in den Griff kriegen.« Er schwitzte, obwohl die Klimaanlage auf vollen Touren gegen die Hitze arbeitete. Hanna schob es auf die Anspannung, unter der sie standen. Sie unterbrach die Verbindung und steckte das Handy wieder ein. »Ich sage es nicht gern, aber wir sollten noch mal auf Frau Eklunds Verschwörungstheorie zurückkommen, die dir so gut gefallen hat.«

»Sie gefällt mir nicht«, korrigierte Gunnar sie. »Aber sie erscheint mir nicht so weit hergeholt wie dir.«

»Ja, dann – worauf wartest du?«, drängte Hanna ihn.

Stumpf stierte Gunnar auf den Bildschirm. »Auf den ersten Blick kann ich keinen Adeligen oder Superreichen erkennen, mit dem die Präsidentengattin verkehren könnte.«

»Depp.« Hanna zog sich einen Stuhl heran und nahm Gunnar die Tastatur weg. Manchmal fragte sie sich ernsthaft, wie er die Polizeiakademie erfolgreich abschließen konnte, wenn er schon bei so einfachen Dingen stecken blieb. »Wer von denen hat ein Amt inne, das ihn in Kontakt mit den wichtigen Persönlichkeiten unseres Landes kommen lässt?«

»Ach so.« Gunnar holte sich seine Tastatur zurück. Es machte ihm fast nichts aus, dass Hanna ihn heute für grenzdebil hielt, der Zweck heiligte die Mittel. Gleichzeitig hoffte er inständig, unbemerkt von Hanna auf ein Detail zu stoßen, das er zu seinem Vorteil nutzen konnte.

Etwas später markierte er zwei Zeilen des Dokuments. »Hjalmar Halström, geschieden, Neuwagenhändler mit zwei Niederlassungen in Malmö, ein Sohn, eine Tochter. Und Steen Wallin, Stadtratsvorsitzender, in zweiter Ehe in Malmö verheiratet, ebenfalls ein Sohn, eine Tochter.« Gunnar warf einen Blick auf die Liste. »Sie haben ihre Söhne bei der Ballettschule angemeldet. Aber es wurden keine Jungs fotografiert.«

»Das heißt, wir sind genauso klug wie vorher. Ach!« Hannas Hand klatschte so laut auf Gunnars Tisch, dass ein paar Blätter davonsegelten. Es war ihr egal, weil sie gerade wieder erfolglos versuchte, Hansson zu erreichen. »Und unser Teamchef gondelt fröhlich in der Weltgeschichte herum.«

Gunnar schmunzelte. »Immerhin muss er gerade seine Schwiegereltern besuchen. Das ist auch ein Kampf für sich.«

»Damit kennst du dich ja gut aus«, giftete Hanna. »Bei den vielen Freundinnen!«

Sekunden verstrichen. Gunnar wurde wütend. Warum hackte sie ständig darauf herum? War sie eifersüchtig auf die Blondinen, die er so oft, aber keineswegs immer gern ausführte? Wenn schon, dachte er frustriert, jetzt war es sowieso zu spät!

»Und wenn es sich um ganz einfache Elternrache handelt?«, fragte Hanna plötzlich.

»Wie meinst du das?« Gunnar beruhigte sich etwas. Der gefährliche Moment war vorbei.

Verlegen zupfte Hanna an ihrer Unterlippe herum. Der Gefühlsausbruch war ihr peinlich. »Angenommen, die Eltern sind stinksauer wegen der Fotos ihrer Töchter und entführen deshalb die Lehrerin.«

»Und wieso warten sie damit ein halbes Jahr?« Verwirrt schüttelte Gunnar den Kopf. »Eltern schlagen zwar mal über die Stränge, aber dass sie sich zusammenrotten, um die Ehre ihrer Töchter derart wiederherzustellen, kann ich mir nicht vorstellen.«

»Es leben wirklich irre Typen in Malmö, die sich vermehren«, behauptete Hanna verzweifelt.

»Aber die schicken ihre Kinder nicht zum Ballett«, behauptete Gunnar.

»Sicher?«, fragte Hanna vorsichtig.

Gunnar nickte.

»Also zurück zum Anfang.« Niedergeschlagen stand Hanna auf. »Ich schaue mir noch die anderen Ordner an. Wenn was ist – ich bin an meinem Platz.«

Gunnar atmete auf. Noch konnte alles gut werden. Er brauchte nur ein bisschen mehr Zeit. »Ich schaue eine Runde beim Tatort vorbei«, rief er ihr nach.

Dann machte er sich auf den Weg.

Nelli

Obwohl alles so klar wie Kloßbrühe ist, weiß ich nicht mehr, was ich fühlen soll. Die Zeit vergeht, ich werde ruhiger, dann drehe ich wieder auf. Als ob ich aus zwei Teilen bestehe, die nicht mehr miteinander klarkommen. Weil: Ich kenne diesen Gunnar Nyberg ...

Greta hat mir erlaubt, den Fernseher einzuschalten. Sonst sagt sie immer, dass man nachmittags lieber trainieren oder in der Stadt shoppen gehen oder Freunde treffen soll. Das wäre alles besser, als vor dem Bildschirm zu kleben. Aber heute sieht sie das wohl anders. Es ist sowieso alles anders. Mich stört nicht mal der penetrante Geruch ihres Lieblingsweichspülers, der wie Seifenlauge in jedem Zimmer klebt.

Werbung unterbricht die Serie, die ich mir anschaue und trotzdem nicht mitbekomme. Zeit für eigene Gedanken. Sie kommen wie ein Orkan über mich. Ich kann nicht sitzen bleiben und gehe ins Gästezimmer. Hektisch krame ich nach meinem Geldbeutel und hole das Kettchen heraus. Gestern Abend habe ich es Mama vor die Füße geworfen, weil mich der ganze Ballettkram so furchtbar anödet. Ich übertreibe nicht, wenn ich sage, dass Ballett mein Leben zerstört hat! Mama hat das Kettchen aufgehoben und wollte es mir wieder umhängen. Aber ich wollte das Flitterzeug nicht, das sie jeder neuen Schülerin schenkt.

Das Kettchen hat einen kleinen, billigen Blechanhänger in Form einer Ballerina, die auch als Pfeil oder Pfannkuchen durchgeht, oder als deformierter Mond, je nachdem. Vorsichtig lasse ich den Anhänger hin- und herpendeln. Eigentlich hasse ich das Blechding. Heute ist es eine Erinnerung an Mama, die sie mir gestern Abend noch ins Portemonnaie gelegt hat. Ich habe ihr dabei zugesehen, als hätte ich gewusst, dass es ihr letztes Geschenk für mich ist. Ein Ausgleich für den schrecklichen Brief, den ich verloren habe.

Das Gästebett quietscht, als ich langsam aufstehe. Im Gegensatz zu Mamas Schülerinnen und diesem Ballerina-Anhänger bin ich ein Elefant mit der Anmut eines Trampeltiers. Ich werde nie so gut sein wie Mama, auch nicht in der Disco. Aber ich vermisse ihre Grazie so schrecklich, den Geruch ihres Schweißes, den ganzen Ballett-Scheiß, mit dem sie mich überfrachtet hat, ohne mich zu fragen, ob ich das überhaupt will. Wahrscheinlich kochen deshalb die Zweifel an der ganzen Geschichte noch einmal hoch. Ich brauche Gewissheit. Am besten wären Namen, mit denen ich die Kommissarin unterstützen kann. Vorausgesetzt, sie hört auf, die Zicke herauszukehren.

Vorsichtig schleiche ich mich zurück vor den Fernseher. Die Serie läuft längst wieder. Greta hat sich in den Sessel beim Fenster gesetzt und starrt auf die Straße. Ich merke ganz deutlich, dass ich sie störe. Und weil es mich mit einem Mal total zufrieden macht, dass ich ihr auf die Nerven gehe, setze ich mit aller Gewalt noch eins drauf.

Mitten im Zimmer bleibe ich stehen wie ein kleines Kind, das nachts bei den Eltern im Schlafzimmer auftaucht und nicht weiß, was los ist. Ja, ich gebe zu, dass ich diese Rolle aus dem Effeff beherrsche: »Greta, glaubst du, Mama lebt noch?«

Ich sage diesen Satz, als ginge mich Mamas Verschwinden nichts an. Das stimmt natürlich nicht. Ich würde mich am liebsten aufführen wie eine Verrückte, aber davon wird meine Angst nur größer. Ich habe festgestellt, dass es mir hilft, andere mit meinen schlimmsten Gedanken zu konfrontieren und zu beobachten, wie sie ausrasten. Anka findet das ziemlich krank.

Wie erwartet fährt Greta zusammen. »Red nicht so einen Unsinn!«

Die Furcht in ihrem Gesicht tut mir gut. Ich will sie noch ein bisschen leiden lassen. Lieber soll sie durchdrehen als ich!

Bedächtig streiche ich mir die frisch gewaschenen Haare aus dem Gesicht. »Was weißt du eigentlich von der Geschichte mit dem Stalker? Hast du ihn mal gesehen? Oder mit ihm gesprochen?«

Ich muss ihr nichts erklären. Greta hat Mamas Schule übernommen, als wir von Malmö nach Ystad gezogen sind. Und ich weiß hundertprozentig, dass Mama Greta von dem Stalker erzählt hat, denn ich habe Mama danach gefragt und sie hat es mir bestätigt. Später hat Greta Mama als Lehrerin angestellt und bei der Vorstellung in ihrer ersten neuen Klasse einfach das »Bergström« weggelassen – genau, wie Mama und ich es wollten. Frau Stina Larsson und ihre Tochter Nelli, so einfach war das. Greta weiß also ein bisschen mehr über uns als die anderen.

Leider ist sie eine gute Schauspielerin. Bevor ich mich an ihrem nervösen Herumgezucke erfreuen kann, hat sie sich wieder im Griff. »Der Stalker«, sagt sie mit belegter Stimme, »ist mir sicher mal begegnet, aber wenn, habe ich ihn nicht erkannt.«

»Er könnte was mit Mamas Verschwinden zu tun haben«, platze ich heraus. »Hat sie dir seinen Namen verraten? Vielleicht hat er es auch auf dich abgesehen.« Fürchte dich endlich, du blöde Kuh, denke ich, dir ist doch sonst jede Aufregung zu viel!

Aus irgendeinem Grund tut sie mir den Gefallen nicht. Ruhig erwidert sie: »Ich denke nicht, dass ich für ihn interessant bin. Soweit ich weiß, hat deine Mutter die Anzeige gegen Unbekannt gestellt. Wie soll sie mir da seinen Namen nennen können?« Unvermutet schießt Greta aus dem Sessel. »Gibt es einen Grund, dass du mir den Stalker an den Hals wünschst?«

Bamm – das hat gesessen. Ich mag solche Retourkutschen nicht! Heute werde ich Greta wohl nicht mehr aus der Fassung bringen.

»Mir liegt sehr viel daran, die Schule in Malmö in aller Ruhe weiterzuführen«, fährt sie fort. »Da kann ich keinen Stalker brauchen, der alles durcheinanderbringt. Umso schlimmer, dass deine Mutter die Anzeige ...« Der Rest ihres Satzes geht in Gemurmel unter. Endlich lässt Greta ihre vornehme Masche sein und ballt die Fäuste. Und sie flüstert, obwohl ich da bin, aber anscheinend hat sie mich für einen Moment komplett ausgeblendet: »Einfach unverantwortlich.«

Irgendwo in meinem Kopf macht es klick, aber ich kapiere nicht, warum. Mir bleibt nicht viel Zeit, darüber nachzudenken, denn Greta kommt plötzlich auf mich zu. »Nelli, Liebes, es tut mir alles so leid, was geschehen ist. Aber morgen ...« Sie verstummt und schaut mich bittend an.

»Die Matinee«, sage ich automatisch.

Greta nickt. »Ich muss in die Schule, sonst erleben wir morgen eine Katastrophe. Schaffst du es ohne mich?«

Tausendmal besser als mit dir, denke ich und werde das Gefühl nicht los, dass sie mir auch aus einem anderen Grund ausweicht. »Klar«, höre ich mich sagen. »Ich werde anrufen, wenn was ist.«

Greta zögert, als wüsste sie nicht, ob sie mich an ihre dürre Brust drücken soll. Zum Glück lässt sie es bleiben.

»Denk nicht, dass mir nichts an Stina liegt«, haucht sie theatralisch. »Aber das Leben geht weiter. Wenn du dich hängen lässt, nützt du deiner Mutter nichts.« Geschäftig eilt sie aus dem Zimmer. »Bis bald!«, ruft sie, dann knallt die Haustür zu.

Ich werfe mich auf die Couch und stiere vor mich hin. Die Serie interessiert mich jetzt noch weniger als vorher. Dass Greta mich auch dieses Mal allein lässt, ist nicht so schlimm, das habe ich mir ja auch gewünscht, aber ... Abschnitte aus dem Brief tauchen auf. Ich habe ihn nur zweimal gelesen. Er war nicht für mich bestimmt, sondern für die Polizei. Mama hat keine Namen hineingeschrieben, nur wortreich beschrieben, wen sie meint. Schade, dass Greta dazu nichts sagen konnte.

Zufällig schaue ich aus dem Fenster. Ein Auto fährt sehr langsam die Straße entlang. Ich versinke wieder in meinen Gedanken, und dann zucke ich genauso zusammen wie Greta vorhin. Bin ich jetzt total irre? Das Auto sieht aus wie tausend andere in dieser Stadt. Es ist gerade schon hier vorbeigekommen und hat vorn an der Ecke gewendet, keine große Sache. Was mich nervös macht, ist der Fahrer. Ich kenne ihn aus Malmö. Unter anderem aus Mamas Ballettschule, als sie ihn nach dem Unterricht zur Rede gestellt hat, weil sie sich mit ihm allein im Tanzsaal glaubte. Aber ich stand hinter der Tür, weil ich mich schon umgezogen hatte.

Entweder ist es ein Riesenzufall, dass er ausgerechnet heute genau hier auftaucht. Oder das da draußen ist der Stalker, der – ja, das scheint mir tatsächlich möglich – etwas mit Mamas Verschwinden zu tun hat. Unwillkürlich rutsche ich tiefer in die Polster. Hoffentlich hat er mich noch nicht gesehen!

Die Couch ist plötzlich alles andere als bequem. Was immer geschehen mag, ich muss hier raus. Und ich muss den Brief so schnell wie möglich wiederfinden und damit zur Polizei gehen! Als ich von zu Hause weggegangen bin, hatte ich ihn noch, denn Mama hatte alle Reißverschlüsse an meinem Rucksack zugezogen.

Ich presse mir die Fäuste auf die Augen, um nicht zu heulen. Bis zum nächsten Morgen habe ich den Rucksack mehrfach in der Hand gehabt und etwas herausgeholt oder hineingestopft. Und kurz bevor ich zur Polizei kam, war der Brief weg. Also hatte ich ihn bei Anka noch. Wo er hoffentlich noch liegt.

Ich stürme ins Gästezimmer, stopfe alles wild durcheinander in meinen Rucksack und verlasse das Haus durch die Hintertür. Nicht, dass ich *ihm* in die Arme laufe! Geduckt schleiche ich durch den Garten zur hinteren Pforte und schiebe mich auf den Schleichweg zwischen den Grundstücken. Ein rascher Blick über die Schulter, dann sprinte ich los.

Noch eine Sache geht mir nicht aus dem Kopf. Mama betont in dem Brief, dass sie die Anzeige nicht selbst zurückgezogen hat und das auch nie vorhatte. Aber die Mitteilung über die Löschung durch die Polizei lag trotzdem in unserem Briefkasten und einen Antrag mit Mamas Unterschrift gibt es auch. Nachdem sie den halben Abend stumm in der Küche gesessen hatte, kam sie zu mir ins Zimmer und meinte: »Wir müssen umziehen.« Am nächsten Tag habe ich meine Sachen gepackt.

Vorsichtig wage ich mich aus dem Schutz der gepflegten Büsche hinaus auf den Bürgersteig. Das Auto und der Fahrer sind nirgends zu sehen. Ich drücke mich so dicht wie möglich an den Grundstücken entlang und verschwinde in der nächsten engen Gasse. Er darf nicht merken, dass ich entwischt bin.

*

Schweiß läuft über sein Gesicht. Der Deal ist im Sack.

Stina gegen Nelli. Eigentlich bin ich genial.

Eigentlich sind Sie verrückt, ergänzt die heimliche Stimme seines Therapeuten. Warum haben Sie sich das ausgedacht?

Er zuckt mit den Schultern, als ob der Therapeut sein Beifahrer wäre. Ich bin nicht schuld daran. *Der Andere* war es.

Tsss, macht der Therapeut. Sie könnten zur Polizei gehen.

Ich bin die Polizei, erwidert er ruhig. Ich überwache die Sache.

Die Diagnose des Therapeuten fällt rasch: hoffnungslos. Dann löst er sich in Luft auf.

Er ist wieder allein. Die Realität bricht in Wellen über ihn herein. Sein Finger schwebt über einer Nummer des Telefonbuchs.

Ich kann ihn nicht anrufen, denkt er, ich *darf* es nicht. Doch ich muss es tun. *Er* muss mir helfen.

Die Zeit löst sich auf, er hört sich sagen: »Ich kann das nicht.«

Der Andere antwortet: »Du hast keine andere Wahl.«

»Aber ...«

»Das ist der Lauf der Dinge. Morgen früh hole ich die Kleine bei dir ab. Merk dir das.«

Er will »in Ordnung« sagen, aber die Verbindung ist bereits unterbrochen.

Er steckt das Handy ein und hebt den Blick.

Im Wohnzimmerfenster sind nur noch die Topfpflanzen zu sehen, die einzige Bewegung findet auf dem Bildschirm des Fernsehers statt, der ganz hinten läuft.

Verdammt, wo ist Nelli?!

*

Zwei Dinge nahmen Hannas Aufmerksamkeit in Anspruch, als sie am Automaten auf ihren Milchkaffee wartete. Das eine war ein Fleck auf dem Teppich, der dem mangelnden Lichteinfall zum Trotz im dunklen Flur reflektierte. Das andere war der schrille Hinweis ihres Handys, dass sie eine SMS erhalten hatte.

Hanna bückte sich und hob das Etwas auf. Es war ein Kettenanhänger aus Blech in Form einer Ballerina. Wer im Präsidium trug bitte so etwas?! Dann zog sie ihr Handy aus der Hosentasche und tippte die Nachricht an.

»Nein«, hatte Olofsson geschrieben. Mehr nicht.

Enttäuscht steckte Hanna das Handy wieder ein. Weder Hjalmar Halström noch Steen Wallin waren in der Druckversion der Malmöer Larsson-Akte als verhörte Zeugen aufgeführt. Zwar hatte Hanna gehofft, dass Olofsson ihr die richtigen Namen verriet. Jedoch deutete seine knappe Antwort darauf hin, dass es gute Gründe oder Anweisungen gab, die Namen unter Verschluss zu halten.

»Und was mache ich jetzt?«, brummte Hanna unzufrieden. Lustlos hob sie ihre Kaffeetasse aus dem Automaten und schlurfte zu ihrem Tisch zurück. Sie kannte das. Die erste Euphorie über den neuen Fall verpuffte, sobald sich die Fragen nicht mehr so leicht beantworten ließen, was bei ihr lediglich eine übliche Phase bei der Aufklärung war. Aber diese Phase nervte tierisch.

An ihrem Platz nahm sie den ersten Schluck Kaffee und rief Gunnar an. Zum Tatort war er gefahren. Wo blieb er, verdammt noch mal? War er versehentlich wieder im Urlaub gelandet? Es klingelte ewig, und als sie endlich durchkam, war Hanna so geladen, dass sie herausplatzte: »Wo treibst du dich herum? Ich brauche dich hier! Oder hat dich eine von deinen Bräuten aufgehalten?«

»Äh ...«, machte jemand. »Hanna Lundqvist?«

Das war nicht Gunnars Stimme. »Ja«, antwortete Hanna streng. Am anderen Ende gluckste es. »Hier ist Filip von der Spurensicherung.«

Verdutzt nahm Hanna das Handy vom Ohr. Ja, auf dem Display stand nach wie vor Gunnars Name. »Was machst du mit dem Handy von meinem Kollegen?«

Filip schniefte. »Im Zuge der Untersuchung fühlte ich mich dazu berufen, einem unbekannten Klingeln zu folgen, dessen Ursprung sich unter dem Kühlschrank der Larssons befand. Und da lag es, das Handy.«

Ein paar Atemzüge verstrichen. »Ja, klar.« Ihre Stimme war auf einmal belegt. »Gunnar wollte ja zum Tatort.« Verwirrt trank sie von ihrem Kaffee. »Da hat er es wohl liegen lassen.«

»Äh ... nein. Das heißt: Ja, er war hier und ist gerade auf dem Weg ins Präsidium. Aber sein Handy ...« Filip räusperte sich verlegen. »Es lag ziemlich weit hinten, fast an der Wand. Gehört es zu euren Ermittlungsmethoden, Handys zu verstecken?«

Hart stellte Hanna ihre Tasse auf den Tisch. Kaffee schwappte. Ein Kribbeln manifestierte sich in ihrer Wirbelsäule, gleich würde es hinauf in den Nacken kriechen. Ihr blieben drei Sekunden, bis sich die feinen Härchen mit der Gänsehaut aufrichteten.

»War Gunnar denn in der Küche?«, fragte sie vorsichtig, als ob sie damit den nächsten Gedanken aufhalten konnte.

»Ja, ich war die ganze Zeit dabei.« Filip klang verunsichert. »Er hat Fragen gestellt und sich umgeschaut. Mehr nicht.«

Hannas Gedanken froren ein. Es gab zwei Möglichkeiten: Jemand hatte Gunnars Handy gestohlen und warum auch immer in Stina Larssons Küche deponiert. Oder Gunnar kannte Stina und hatte es Hanna bisher verschwiegen. Aber warum?

»Tja«, machte Hanna. Jetzt war auch das letzte Bisschen Luft raus. Wenn sie nicht alles trog, musste sie demnächst damit beginnen, gegen ihren Kollegen zu ermitteln. Und darauf hatte sie absolut keine Lust.

In diesem Moment kehrte Gunnar leise pfeifend ins Büro zurück. Lässig, ob wirklich oder nur scheinbar, steckte er sich die Sonnenbrille in die Haare und kam ohne Umschweife zu ihr.

»Hey, alles klar?« Er lächelte sie an, als ob nichts geschehen wäre. »Gibt's was Neues? Bei den Larssons ist alles beim Alten.«

Irrtum, dachte Hanna.

»Alles in Ordnung?«, quälte Filip aus dem Handy.

»Mach einfach weiter, ich kläre das.« Hanna drückte den Anruf weg. »Gunnar, setz dich.«

»Ist was passiert?« Besorgt sank er auf den Besucherstuhl. »Hast du eine neue Spur?«

»Vielleicht«, sagte Hanna kurz angebunden. »Wo warst du heute Morgen zwischen acht und zehn Uhr?« Kotzen ist schöner, dachte sie grimmig.

Zunächst verstand Gunnar nicht. Er blinzelte mehrmals, schüttelte den Kopf. Zum Schmunzeln reichte es nicht. »Ihr habt was in Stina Larssons Haus gefunden«, stellte er fest.

»Dein Handy«, bestätigte Hanna. Aus der Gänsehaut wurde Fassungslosigkeit. Was immer er jetzt auch sagte, er tat es zu spät!

»Ich hatte es schon vermisst.« Zaghaft hoben sich seine Mundwinkel. »Hanna, ich glaube, ich muss dir was sagen.«

»Tu dir keinen Zwang an«, flüsterte sie.

»Kann ich mir einen Kaffee holen?«, fragte er kleinlaut.

Wortlos schob Hanna ihm ihre Tasse hin.

Er nahm einen ziemlich großen Schluck, als wollte er sich damit Mut antrinken. »Ich bin Freitagabend eine Runde joggen gegangen ...«

»Wo war das?«, unterbrach Hanna ihn schroff.

Ärgerlich musterte er sie. »Du brauchst nicht die taffe Polizistin zu spielen, Hanna. Ich sage dir alles, was du wissen musst. Und bevor du fragst: Nein, ich habe kein Alibi.«

Hannas Gesicht blieb unbewegt. »Nicht gut.«

»Das weiß ich selbst.« Gunnar holte tief Luft.

Abends hatte er sich für eine Runde am Hafen entschieden, um nicht zu Hause zu sein, wenn Sigrid vorbeikam. »Ich habe sie vor ein paar Tagen kennengelernt«, schob er ein. »Aber sie ist eher der Klammertyp, weißt du?«

»Ist das relevant für den Fall?« Hannas Stimme ließ keine Hoffnung auf Milde zu.

Gunnar dachte nach. »Nein. Eigentlich nicht.«

»Dann fass dich bitte kurz.« Ohne hinzuschauen, zog Hanna einen Stift und ihr Notizbuch hervor, das sie nie benutzte. Sie musste sich an etwas festhalten.

Gunnar leerte Hannas Kaffeetasse. Ohne weitere Unterbrechungen berichtete er vom Abend seines letzten Urlaubstages: Gegen acht Uhr war er zum Joggen am Hafen aufgebrochen und wurde von Stina, einer Bekannten, mit dem Fahrrad über den Haufen gefahren. Das Resultat war eine lange Schramme am rechten Unterarm, die ziemlich stark blutete. Stina lud ihn zu sich nach Hause ein, um die Wunde zu verarzten und »um der alten Freundschaft willen«. Irgendwann stand eine Flasche Rotwein auf dem Küchentisch, sie zogen sich ins Wohnzimmer zurück ... Gunnar wurde rot. »Heute Morgen habe ich mich gegen neun Uhr von ihr an der Tür verabschiedet und bin mit dem Bus nach Hause gefahren.« Er wagte nicht, Hanna anzusehen.

»Die Nachbarn haben euch gesehen.« Hanna zog ein Blatt aus der Larsson-Akte, als wäre ihr entgangen, dass Gunnar die Nacht bei Stina Larsson verbracht hatte. »Das hat der Phantomzeichner hier abgeliefert. Dunkle Haare, große Statur – das könntest du sein, nicht wahr?«

Zögernd griff Gunnar nach der Zeichnung. »Nachbarn mit guten Augen sind nie ganz ungefährlich«, brummte er.

»Auf der Skala der wichtigen Bekannten kommen sie gleich nach den Schwiegereltern«, bestätigte Hanna trocken. »Warum hast du nichts gesagt?«

»Was hätte ich denn sagen sollen?«, fragte Gunnar irritiert.

»Hättest du gleich nach Arbeitsantritt fröhlich in die Runde gelächelt und gesagt: ›Übrigens, ihr könnt mich gleich auf die Liste der Verdächtigen setzen‹?«

»Du weißt, dass du mit den Aussagen der Nachbarn noch nicht aus dem Schneider bist.« Hannas Stimme zitterte ein bisschen. »Du sagst, du bist mit dem Bus weggefahren. Stina Larsson ist höchstwahrscheinlich danach überfallen worden. Du hättest also die Gelegenheit gehabt, zurückzuschleichen, sie zu überwältigen und wegzuschleppen. Hast du einen Fahrschein? Kann dich der Busfahrer identifizieren?«

»Bestimmt.« Gunnar schnaubte. »Ich hatte ja nicht mal geduscht! Ich sah aus wie ein Penner in Trainingshosen.«

»Du hast sicher nichts dagegen, wenn ich das nachprüfe.« Allmählich wurden Hanna die Knie weich. »Welchen Eindruck hattest du von Stina Larsson? War sie irgendwie besonders aufgeregt oder still oder …«

Wieder errötete Gunnar tief. »Also, in der Nacht war sie – normal. Wie man bei solchen Gelegenheiten eben ist.« Dass Hanna keine weiteren Details zu hören wünschte, war ihr anzusehen. »Als wir uns begegnet sind, wirkte sie ein bisschen konfus«, wechselte er rasch das Thema. »Ich hatte das Gefühl, dass sie auf keinen Fall allein in ihr Haus zurück wollte, weil …«

»Weil sie sich verfolgt fühlte«, schlug Hanna vor.

»Nein. Ihre Angst erscheint mir im Nachhinein konkreter.« Verdammt, dachte Gunnar, warum habe ich sie nicht gefragt?

»Du meinst, ihr Verfolger hatte sich bereits gezeigt?«, hakte Hanna nach.

Zögernd nickte er. »Sie bat mich, als Erster ins Haus zu gehen, weil ich doch jetzt ihr Bodyguard sei. Und sie sagte wörtlich: ›Filz doch bitte schnell alle Räume, Darling.‹ Wenn ich bedenke, dass sie es gar nicht so lustig meinte, wie ich es aufgefasst habe …«

Irgendwo lachte jemand. Der Kaffeeautomat auf dem Flur rumpelte. Gesprächsfetzen hingen im Gang zu den Büros. Es ist alles wie immer, schoss es Hanna durch den Kopf. Nur ich habe mich in den letzten Minuten verändert. Wegen Gunnar und, sie schluckte, Stina Bergström-Larsson.

»Und dann?«, fragte sie beherrscht. Er brauchte nicht zu merken, wie sehr es sie traf, dass er die Nacht mit einer anderen Frau verbracht hatte. Genauso wie er nicht zu wissen brauchte, dass Hanna plötzlich Eifersucht gegenüber Stina Larsson verspürte.

»Dann habe ich das Haus von unten nach oben durchsucht, weil ich dachte, das wäre ihre neue Masche. Stina hatte schon immer etwas Außergewöhnliches. Außer uns war niemand im Haus. Danach hat sie die Schramme verarztet.« Gunnar hob den Arm. »Hat ziemlich geblutet. Vielleicht sollte ich Persson sagen, dass er meine DNA nicht in der Datenbank zu suchen braucht.«

»Solang sich nicht herausstellt, dass du deiner Freundin doch etwas angetan hast.« Hanna sagte es so emotionslos wie möglich. Automatisch griff sie nach ihrer leeren Kaffeetasse, führte sie halb zum Mund und stellte sie wieder hin. »Ich muss Hansson Bescheid geben.«

»Und wer ermittelt mit dir, wenn er mich vom Fall abzieht?«, fragte Gunnar.

Sie kam ganz dicht an ihn heran. »Es gibt zu Recht Gesetze, die solche Fälle regeln, Gunnar Nyberg«, flüsterte sie eindringlich. »Du bist nicht nur befangen, sondern auch noch verdächtig.« Langsam sank sie auf ihren Platz zurück. »Hansson kommt im Laufe des Nachmittags aus dem Urlaub zurück und wird deinen Platz übernehmen«, fügte sie ohne große Überzeugung hinzu.

»Ich habe einen Vorschlag«, unterbrach Gunnar sie. »Alle haben gesehen, dass ich mit dem Bus weggefahren bin, richtig? Frag den Busfahrer, ob er sich an mich erinnert. Hier ist der Fahrschein.« Er kramte einen Zettel aus dem Portemonnaie und warf ihn auf den Tisch. »Und frag auch *meine* Nachbarn, warum sie meinen Musikgeschmack morgens um halb zehn nicht zu schätzen wissen. Ich habe mit Einar Stevensson eine halbe Stunde darüber debattiert, dass er wegen dem Krach gern zur Polizei gehen könnte, aber ich wäre ja leider schon Polizist.«

Hanna maß ihn von oben bis unten. »Du wartest hier.«

Dankbar, endlich weglaufen zu können, eilte sie davon.

Nelli & Anka

Ich bin stinkwütend.

Anka ist eine Meisterin im Wiederfinden von Sachen, die ich verlegt oder verloren habe. Dass sie dabei aber jedes Mal so tut, als wäre ich zu dämlich, jeden Morgen meinen Arsch zu finden, ist einfach scheiße. Ich bin eben der geborene Chaot, na und? Und ihre blöde Klappe kann sie auch nicht halten, da kann ich noch so kaputt aussehen.

»Suchst du das hier?«, flötet sie und wedelt mit dem Brief, als ich verschwitzt und erschöpft vor ihrer Haustür ankomme.

Ich schnappe ihn mir und dränge mich an ihr vorbei ins kühle Haus. Sofort fließt noch mehr Schweiß, aber es ist mir egal. Ich bin endlich in Sicherheit. »Hast du ihn etwa gelesen?« Hektisch stopfe ich ihn in meinen Rucksack.

Anka klimpert mit den Wimpern. »Hast du etwa einen heimlichen Verehrer?«

Ich zeige ihr einen Vogel.

Anscheinend hat Anka heute doch ihren hellen Tag. Sie nimmt zwei Bierflaschen aus dem Kühlschrank und schubst mich die Treppe zu ihrem Zimmer hinauf. »Die Polizei hat hier angerufen. Was ist denn mit deiner Mutter?«

»Sie ist weg«, meine ich lapidar.

»Das weiß ich auch«, mault Anka. »Aber warum?«

Ich kann nur hilflos mit den Achseln zucken. Und in Tränen ausbrechen, weil Anka mich plötzlich in den Arm nimmt. Diese blöde Kuh ist wirklich meine beste Freundin.

Rebecca schaut kurz herein, fragt, ob sie irgendwas für mich tun kann – nein, kann sie nicht –, und lässt uns rasch wieder in Ruhe. In solchen Momenten beneide ich Anka um ihre Mutter. Stina kriegt das mit dem schnellen Abgang einfach nicht hin. Selbst wenn man ihr fünfmal sagt, dass man weder Durst noch Hunger hat, dass kein plötzliches hohes Fieber oder Unheil aus der Schule drohen, kann es vorkommen, dass sie noch ein paar Minuten braucht, bis sie endlich das Feld räumt. Deshalb überlege ich mir immer zweimal, ob ich eine Bekannte nach Hause bringen soll. Stina will eben auch dazugehören, denn außer ihren Schülern und den durchgeknallten Eltern hat sie seit der Malmö-Sache keine Freunde mehr. Wahrscheinlich kann sie niemandem mehr vertrauen.

Anka nimmt einen großen Schluck Bier. Sie ist wie ich eher der gemütliche Figurentyp. »Was willst du jetzt machen?«

»Keine Ahnung.« Die Versuchung ist groß, den Brief hervorzuholen und ihn ein drittes Mal zu lesen. Seit heute Morgen ist so viel passiert, dass ich die irrwitzige Vermutung habe, ich könnte jetzt mehr herauslesen. Auf Ankas Gesicht breitet sich ein Grinsen aus. »Komm, wir gehen ins Café. Du siehst aus, als ob du ein Stück Lussekatt vertragen könntest. Ich lade dich ein.«

»Quatsch«, murmele ich. Das Café erscheint mir zu unsicher. Der Typ im Auto sucht mich bestimmt noch!

»Hast du Ausgangssperre von der Polizei?« Anka kann manchmal sooo nerven!

»Nein, habe ich nicht«, blaffe ich. »Ich habe keinen Hunger!«

Beiläufig deutet Anka auf meinen Rucksack. »Was ist mit dem Brief?«

»Was soll damit sein?«

»Von wem hast du ihn denn?«

»Geht dich das was an?« Ich werfe mich bäuchlings auf den Boden und vergrabe das Gesicht im Teppich. Weil sich im Flor die Wärme staut, richte ich mich wieder auf. »Der ist von meiner Mutter. Sie hat ihn mir gestern Abend gegeben, bevor ich gegangen bin.«

Plötzlich ist Anka hellwach. »Hast du ihn gelesen? Ist das ein Abschiedsbrief?«

»Hat dir jemand ins Gehirn geschissen? Das ist doch kein …«

Ich reibe mir über die Augen. Die Tränen drohen wieder durchzubrechen. Ich will das alles nicht mehr allein ertragen! Die Kommissarin ist nicht da, Greta ist zu blöd für so was. Nur Anka hat keinen Moment gezögert, als ich vor der Tür stand, als hätten wir uns niemals gezofft … Unsicher schaue ich mich um. Der ramponierte Glasengel steht nicht mehr auf dem Nachttisch. Anka schaltet sofort. »Ich habe ihn weggeworfen. Er hat mir sowieso nicht gefallen.« Oh, Anka! Du weißt gar nicht, wie dankbar ich dir bin! »Was nützt mir der blöde Engel, wenn Papa sowieso nie Zeit hat?«, fährt sie fort. »Er fragt nicht mal, ob ich nicht was anderes haben will. Immer nur Engel. Total bescheuert, das.« Unsicher grinsen wir uns an.

»Kannst du was für dich behalten?«, frage ich spontan.

Anka macht große Augen. »Hat es was mit deiner Mutter zu tun?«

Ich beiße mir auf die Lippen. Ich weiß, dass Anka nicht böse ist, wenn ich doch noch einen Rückzieher mache. Aber sie ist momentan der einzige Mensch auf der ganzen Welt, der mich wirklich versteht. Wenn ich ihr nichts sage, explodiere ich.

Stockend erzähle ich ihr von Malmö und der Sache mit dem Stalker. Dass Mama und ich quasi zur Hälfte inkognito hergezogen sind. Warum Mama sich aus allem heraushält, was nichts mit Greta Bloms Schule zu tun hat, und so weiter. Anka hört gebannt zu. Ihr ist anzusehen, dass sie diese Geschichte am liebsten für ein ausgeflipptes Märchen halten will. Dann ist alles raus.

Anka weiß jetzt auch von dem Blutsee in unserem Haus. »Und ich frage noch, warum ihr drei Schlösser an jeder Außentür habt.« Fassungslos schüttelt sie den Kopf. »Ich glaube, an deiner Stelle würde ich jetzt auch das Café meiden.« Sie hebt ihre Bierflasche. Stumm stoßen wir an, trinken, stellen die Flaschen zurück auf ihr Nachttischchen.

»Hast du eine Vermutung, wo deine Mama sein könnte?«, fragt Anka nach einer Weile.

Wenn ich mit »ja« antworte, wird sie ihr schattiges Zimmer verlassen wollen, um Mama zu suchen. Etwas anderes will ich im Grunde auch nicht. Aber im Gegensatz zu Anka habe ich die Geschichte, die ich gerade erzählt habe, am eigenen Leib erfahren. Und ich kenne den Inhalt des Briefes. Wenn ich mit »ja« antworte, ist nicht sicher, ob wir beide jemals wieder nach Hause kommen.

»Es ist gefährlich«, sage ich deshalb.

»Dann schalt doch die Polizei ein, die ist sowieso auf der Suche nach deiner Mutter.«

Langsam schüttele ich den Kopf. Etwas habe ich Anka noch nicht gesagt. »Ich glaube«, beginne ich und halte die Luft an.

Nein. Das kann ich nicht laut aussprechen, ich muss es flüstern: »Da war heute so ein Typ vor dem Haus von der Blom, den kenne ich aus Malmö. Ich glaube, das ist der Stalker.« Mein Hals wird so trocken, dass es nicht reicht, das restliche Bier in mich hineinzukippen. »Ich weiß, wie er heißt.«

Anka wird blass. »Sag das deiner Kommissarin«, drängt sie mich.

Ich schüttele den Kopf. »Geht nicht. Er ist auch Polizist.«

Es ist eine Weile sehr still im Zimmer.

»Scheiße«, brummt Anka endlich. »Und was jetzt?«

»Du wolltest mich auf Lussekatt einladen.« Mein Mund bewegt sich, mein Gehirn ist auf Stand-by.

»Du willst jetzt allen Ernstes Kuchen essen?«, fragt Anka argwöhnisch.

»Eigentlich will ich herauskriegen, wo dieses Schwein wohnt«, murmele ich. »Ich will ihn fragen, wo Mama ist. Und danach will ich Kuchen essen.«

Anka steht auf, fährt ihren Laptop hoch und klickt das Icon des Webbrowsers an. Bestimmt geht sie davon aus, dass der Stalker in Malmö wohnt, zu weit, um ihm bei diesen Temperaturen einen Besuch abzustatten. Aber ich weiß, dass er vor kurzem hierher gezogen ist.

»Gib Ystad als Wohnort ein«, weise ich sie an. Ihr Gesicht kriegt eine Delle zwischen den Augenbrauen. Als die Suchmaschine zu seinem Namen tatsächlich eine Adresse in unserer Stadt findet, ist es aus mit ihrer Ruhe. Ich dagegen schiebe sie zur Seite und gebe die Adresse im Routenplaner ein.

»Da steht auch eine Telefonnummer.« Nervös deutet Anka auf den Bildschirm. »Ruf ihn doch an und …«

Langsam gehe ich zur Tür, der Rucksack baumelt über meiner Schulter. »Begleitest du mich?«

»Du kannst doch jetzt nicht …« Anka bricht ab. »Das ist verdammt gefährlich!«

Ja, ich weiß. Aber ich will Mama endlich wiedersehen. Alles andere ist mir inzwischen scheißegal.

*

Klirrend landete Hannas Autoschlüssel auf ihrem Schreibtisch. Gunnar zuckte zurück. Er hatte nicht gewagt, vom Besucherstuhl aufzustehen.

»Und?«, fragte er. Einen Moment befiel ihn die irre Idee, dass seine Nachbarn sich plötzlich nicht mehr an das Intermezzo am Vormittag erinnerten und er nun doch kein Alibi für die Tatzeit hatte.

Hanna beugte sich so weit zu ihm hinunter, dass sich ihre Nasen fast berührten: »Solltest du noch einmal am Samstag vor dem Mittagessen bei geöffneten Fenstern Dark Metal laufen lassen, werde ich persönlich dafür sorgen, dass du nach Kiruna strafversetzt wirst.«

Gunnar wusste nicht, ob er sich freuen oder fürchten sollte. »Warum?«

»Weil ich es deinem Nachbarn Einar Stevensson versprochen habe.« Hanna richtete sich auf und lächelte böse. »Sonst hätte er die Aussage verweigert oder gelogen. Er hasst dich.«

Ganz langsam holte Gunnar Luft. »Also bin ich aus dem Schneider.«

»Und du bist befangen und darfst nicht weiterermitteln«, schloss Hanna. »Und jetzt gibt es zusätzlich noch Stevenssons Aussage. Ich weiß nicht, wie ich das jetzt noch vertuschen soll.«

»Von Vertuschen war niemals die Rede«, begehrte Gunnar auf. »Du sollst es lediglich für dich behalten.«

»Bist ein echter Wortakrobat, was?« Hanna schüttelte den Kopf. »Vergiss es. Ich decke keinen verwahrlosten Penner in Trainingshosen.«

»Aber ...«

»Zitat des Busfahrers, der dich anhand des Phantombildes und meiner korrekten Beschreibung sofort wiedererkannt hat«, fuhr sie ihm über den Mund. »Du hast echt mehr Glück als Verstand, Gunnar Nyberg!«

Die nächste Frage schwebte wie eine schlechte Vorahnung zwischen ihnen: Warum bist du mit Stina Larsson ins Bett gegangen? Beiden war klar, dass diese Frage bis zur Aufklärung des Falls ihre Wahrnehmung beeinflussen würde.

Eigentlich muss ich den Fall auch abgeben, damit ich Gunnar nicht erschlage, dachte Hanna verbittert. Stumm verfolgte sie, dass Gunnar aufstand und in den Flur zum Automaten ging.

Als er mit zwei sauberen Tassen zurückkam, lag die Blech-Ballerina auf dem Tisch. Er stellte die heißen Tassen ab, legte den Anhänger in seine geöffnete Hand und betrachtete ihn. Hanna wagte er nicht anzuschauen, wünschte sich aber zumindest einen bissigen Kommentar. Er kam nicht.

»Hast du noch was von Olofsson aus Malmö gehört?« Der Anhänger verschwand in der Tasche seiner zerknitterten Leinenhose.

»Nein.« Über den Rand ihrer Kaffeetasse musterte sie ihn.

»Vielleicht wäre es besser, wenn wir Stevenssons Aussage vergessen. Dann bin ich nach wie vor verdächtig«, schlug Gunnar vor. »Und du kannst mich so lang befragen, bis du nicht mehr sauer auf mich bist.«

Bedächtig stellte Hanna die Tasse ab. »Sadismus ist nichts für mich. Verdient hättest du es aber.«

Stumm tranken sie ihren Kaffee. Aus den Tiefen ihres Schreibtisches zog Hanna eine Tüte krümeliger Kekse. Ohne zu wissen, wie es nun weitergehen sollte, aßen sie sie auf.

»Wir könnten Nelli fragen«, meinte Gunnar mit vollem Mund.

Hanna hob den Kopf. »Anscheinend ist das dein neuer Lieblingsvorschlag. Kennst du sie denn näher?«

»Nein«, meinte Gunnar. »Ich habe nur Stina – äh – näher kennengelernt.«

Wieder schwiegen sie sich an, bis Hanna es nicht mehr aushielt: »Also gut, wonach willst du sie fragen?«

Der letzte Keks verschwand in Gunnars Mund. »Ob sie weiß, wen die Polizei damals verhört hat.«

Hanna winkte ab. »Interessanter wäre zu wissen, ob es überhaupt nötig ist, die Namen zu erfahren. Und wieso soll ausgerechnet wieder Nelli darüber Bescheid wissen?«

Gunnar lehnte sich zurück. »Ich stelle mir gerade vor, wie ich mich in ihrer Lage verhalten würde. Erst behandeln mich diese Typen von der Polizei wie den letzten Verbrecher. Dann schieben sie mich zur Chefin meiner Mutter ab und kümmern sich nicht mehr um mich. Ich wäre furchtbar wütend. Wie kommen diese Typen in Uniform überhaupt auf die Idee, dass ich meine Mutter umgebracht haben könnte, wenn sie sich nicht mal richtig für mich interessieren?«

Hanna musterte ihn scharf. »Momentan wird Stina Larsson nur vermisst. Oder weißt du doch mehr?«

Gunnar schüttelte den Kopf. »Nein. Wirklich nicht. Jedenfalls: Wäre ich Nelli, würde ich wichtige Informationen zurückhalten, obwohl ich riesige Angst um meine Mutter habe. Soll die Polizei doch von selbst drauf kommen, wer …«

»Klingt für mich nicht sehr realistisch«, meinte Hanna glatt.

Gunnar verzog das Gesicht. »Seit wann neigen Teenager zu Realismus?«

»Auch wieder wahr.« Hanna musste sich eingestehen, dass Gunnar wahrscheinlich wieder recht hatte. »Okay, geben wir deiner Idee eine Chance. Ich rufe sie an.«

Sie ließ es auf Nellis Handy klingeln, bis die Verbindung automatisch unterbrochen wurde. »Keine Mailbox«, meinte sie.

Zu Hause bei Frau Blom nahm auch niemand ab. Ärgerlich suchte Hanna die Mobilfunknummer der Tanzlehrerin aus den Unterlagen heraus. Nach dem gefühlt hundertsten Klingeln antwortete Frau Blom endlich.

»Hier ist Hanna Lundqvist.« Sie hatte Mühe, ihre Ungeduld mit Höflichkeit zu kaschieren. »Ich würde Nelli gern ein paar Fragen stellen, aber ich erreiche sie nicht.«

Frau Blom hüstelte verlegen. »Das kommt etwas, nun, überraschend. Ich bin gerade in der Tanzschule, und Nelli …« Wieder dieses Hüsteln.

»Nelli ist allein zu Hause?«, fragte Hanna ungläubig.

»Nun, ja.« Frau Blom lachte geziert. »Sie ist kein kleines Kind mehr. Ich habe sie gefragt, ob es ihr etwas ausmacht, allein zu bleiben, weil für die Matinee noch so viel zu tun ist, und …«

»Wissen Sie, warum Nelli weder an ihr Handy noch an den Festnetzapparat bei Ihnen zu Hause geht?«, fragte Hanna lauernd. Ihr kam es vor, als zögerte die Tanzlehrerin eine Sekunde zu lang mit der Antwort.

»Nein.«

Hanna hatte aufgelegt, bevor sie daran dachte, sich zu verabschieden. »Diese blöde Schrapnelle hat Nelli allein zu Hause gelassen, obwohl sie weiß, dass wahrscheinlich der Stalker ihre Mutter gekidnappt hat. Ist das zu fassen!« Sie sprang auf.

Gunnar musste nicht fragen, was sie vorhatte. Einen Moment glaubte er, dass Frau Bloms Egoismus ihren Teamgeist erneuert hatte. Beinahe freudig rannte er hinter Hanna her zum Parkplatz und warf sich in ihr überhitztes Auto.

»Wegen euch geht die Sache am Ende noch schief!« Der Motor ihres Opels heulte auf. »Nur weil ihr alle meint, tun und lassen zu können, was ihr für richtig haltet …«

»Ich habe nichts mit Greta Blom zu tun!«, brüllte Gunnar zurück. Ups. Das war heftiger gewesen als beabsichtigt.

Stur schaute Hanna geradeaus. Der Opel schien den Weg zu Frau Bloms Haus von allein zu finden. »Ich weiß.«

Dort angekommen, klopften und läuteten sie so lang an der Haustür, bis die Bewegungen der Gardinen in den umliegenden Häusern nicht mehr zu ignorieren waren.

Gunnar gelangte über den Schleichweg zwischen den Häusern auf die Rückseite, kehrte aber keine Minute später unverrichteter Dinge zurück. »Keine Chance, im Haus ist alles ruhig.«

Hanna verkniff sich einen Fluch. »Und was bedeutet das?«

»Entweder macht sie nicht auf oder sie ist schlicht und ergreifend nicht da, weil ...« Er wagte nicht, den Satz zu beenden.

»Wir hätten sie auf dem Präsidium behalten müssen.« Resigniert ließ Hanna den Kopf hängen. »Wir hätten ...«

»Was machen Sie denn da?«

Ein gepflegter Herr in den Siebzigern eilte vom Nachbargrundstück auf sie zu. »Wenn Sie versuchen sollten, Frau Blom auszurauben, dann rufe ich die Polizei!« Aufgebracht schüttelte er die Faust gegen Gunnar. »Ich werde ...«

Beinahe synchron bekamen die beiden ihre Ausweise zu fassen und hielten sie dem rüstigen Rentner unter die Nase. »Nicht nötig, wir sind selbst Polizisten«, unterbrach Hanna ihn.

Der Mann riss ihr den Ausweis aus der Hand. »Sind die auch echt? Ich warne Sie, ich kenne mich aus mit der Polizei!«

In Gunnar begann es zu brodeln. »Wenn Sie uns nicht glauben, rufen Sie im Präsidium Ystad an und fragen Sie nach Kommissarin Lundqvist, das ist meine Kollegin, und Kommissar Nyberg, das bin ich. Ich bin sicher, dass man Ihnen dort weiterhelfen kann.«

Bei seinen letzten Worten rollte ein grüner Nissan am Bordstein aus.

Der Senior fuhr herum. »Da! Ein Komplize!« Hannas Ausweis segelte davon. Geistesgegenwärtig griff sie danach und stopfte ihn zurück in die Hosentasche.

»Sie, ich warne Sie!«, schrie der alte Mann. »Hier wird nicht eingebrochen, das sage ich Ihnen!«

Gunnar und Hanna wechselten einen Blick. Der Neuankömmling war bullig und schwitzte bei der Wärme schrecklich. Er sah zwar nicht so aus, als würde er Hilfe benötigen, aber Frau Bloms aufgebrachter Nachbar schien zu allem fähig – auch dazu, den Hünen zu überwältigen. Bevor er auf den anderen losgehen konnte, schritt Gunnar ein.

»Nun mal sachte, Herr …«

»Mein Name geht Sie gar nichts an!«, krakeelte der Senior.

Namen werden neuerdings grundsätzlich geheim gehalten, dachte Hanna bitter.

»Beruhigen Sie sich! Wir haben Ihnen doch schon unsere Polizeiausweise gezeigt. Sie rufen jetzt im Ystader Präsidium an und lassen sich unsere Namen und Dienstgrade bestätigen.« Gunnar nickte ihm aufmunternd zu.

Der alte Mann grinste ihn frech mit seinen Jacketkronen an. »Sie glauben wohl, dass ich jetzt brav nach Hause tapere und von dort aus anrufe, was? Aber ich habe das hier.« Triumphierend zog er ein hypermodernes Handy hervor. »Damit werde ich die Polizei anrufen, verstanden? Und so lang rühren Sie sich nicht von der Stelle. Keinen Moment werde ich Sie aus den Augen lassen. Ich bin kein dummer Tattergreis! Diebespack!« Er ging rückwärts und versuchte gleichzeitig, die Nummer zu wählen und Gunnar, Hanna und den Bulligen zu beobachten.

Einen Moment befürchtete Hanna, er könnte rücklings über die Bordsteinkante auf die Straße stürzen. Polizist zu sein ist schizophren, dachte sie. Wir müssen die Leute vor Unheil bewahren, die uns beschimpfen.

»Der ist ja ein richtiger Schießhund! Aber gute Nachbarn sind auch Gold wert.« Der Bullige streckte ihnen seine verschwitzte Hand hin. »Danke, Kollegen. Aleksander Olofsson aus Malmö.«

Hanna erstarrte. »Hanna Lundqvist, wir haben telefoniert.« Unsicher ergriff sie seine Hand und schüttelte sie. »Was machen Sie denn hier? Ermitteln Sie etwa parallel im Fall Larsson?«

Olofssons gerötetes Gesicht wurde eine Nuance dunkler. Er schaute sich um, als wollte er sich versichern, dass niemand zuhörte. »Greta Blom ist die Tanzlehrerin meiner beiden Engelchen. Morgen findet eine Matinee in Malmö in der Hauptfiliale statt und«, er kam noch näher, »ich habe den ganzen Kofferraum voll mit Tüll, Seide, Perlen, Glitzer und so weiter. Ich bin sozusagen der Kostümlieferant. Ich komme mir schon vor wie ein schwuler Schneider.« Er lachte verlegen.

Gunnar war anzusehen, dass es in ihm arbeitete. Konnte es so viele Zufälle geben? »Entschuldigen Sie die Frage, Kollege, aber Sie sind nicht zufällig geschieden?«

Mit einem Schlag verflog Aleksander Olofssons aufgesetzte Heiterkeit. »Ja, das bin ich. Wüsste ich nicht, dass diese Frage für den Larsson-Fall bereits wichtig war, als wir deswegen noch ermittelt haben, würde ich jetzt gegen Sie Beschwerde einreichen. Das ist meine Privatangelegenheit. Wollen Sie sicherheitshalber mein Auto filzen?«

»Ich glaube Ihnen ja«, versuchte Gunnar ihn zu besänftigen.

Olofsson tat, als hätte er ihn nicht gehört. »Kein Problem. Kommen Sie.« Er ging zum Kofferraum und öffnete ihn demonstrativ. Nachdrücklich winkte er Gunnar heran.

»Geh schon«, wisperte Hanna.

»Kollegin Lundqvist, Sie bitte auch!«

Verlegen folgte sie und sah sich keinen Atemzug später einem beängstigenden Haufen Kleidung gegenüber, der in allen Farben in der Nachmittagssonne gleißte und glitzerte. »Heißer Stoff«, brummte sie.

»Besser hätte ich es nicht formulieren können, Kollegin Lundqvist. Falls Sie mich aufs Präsidium bitten möchten, ich hätte gerade Zeit.« Sein entwaffnendes Lächeln verschlug ihr die Sprache. Anscheinend gefiel er sich in der Rolle des Witzboldes.

»Meine Herren, die Dame!« Plötzlich stand der Senior wieder neben ihnen. »Ich muss Sie zu Ihren verantwortungsvollen Posten beglückwünschen! Ystad kann stolz sein auf seine Polizisten!« Er reckte sein Handy wie eine Trophäe. »Mattes Knutsson, stets zu Diensten! Wie kann ich Sie bei der Verbrecherjagd unterstützen?«

»Verbrecherjagd?« Olofsson zog flatternde Stoffe aus dem Kofferraum hervor und marschierte zu Greta Holms Haustür.

»Sie ist nicht da«, rief Hanna ihm nach.

Olofsson blieb stehen. »Was? Sie hat mich doch extra herbestellt.« Umständlich warf er einen Blick auf seine Handuhr. »Vor etwas mehr als einer Stunde war das.«

»So lang war Nelli allein?«, entfuhr es Gunnar. Hektisch leckte er sich die Lippen. »Ich weiß nicht, aber ich habe plötzlich ein ganz blödes Gefühl.«

»Was mache ich denn jetzt damit?«, fragte Olofsson vorwurfsvoll.

»Vielleicht hat Frau Blom vergessen zu sagen, dass sie in der Tanzschule ist«, sagte Hanna geistesabwesend. In ihrem Kopf spulte sie die Liste der Orte durch, an denen sich Nelli derzeit aufhalten könnte. »Anka!«

Gunnars Kopf schoss herum. »Was?«

»Nelli könnte bei ihrer Freundin Anka sein. Dort war sie letzte Nacht auch. Oder sie ist nach Hause gegangen.« Sie zog ihr Handy heraus und wählte die Nummer der Spurensicherer, die sich noch im Haus der Larssons befinden mussten.

Aleksander Olofsson schob sich vorsichtig heran. »Kollege Nyberg, auf ein Wort. Wie weit seid ihr denn mit den Larssons?«

Jetzt war definitiv der falsche Zeitpunkt für Spielchen. Aber Gunnar hatte noch eine Scharte mit Olofsson auszuwetzen.

»Wenn Sie mir die Namen aus der Akte verraten, sage ich Ihnen, was ich weiß. Obwohl der Fall für Sie abgeschlossen ist. Deal?«

Olofsson seufzte. »Kein Deal, weil ich keine Lust habe, meinen Job zu riskieren. Herr Nyberg, ich bin wirklich nicht nickelig, aber hier sind so hoch gehandelte Leute involviert, dass die Staatspolizei den Fall unter Verschluss genommen hat.«

»Von welchen Dimensionen reden wir?«, bohrte Gunnar nach.

Olofsson schüttelte den Kopf. »Topsecret. Mehr wollen Sie nicht wissen. Ich übrigens auch nicht. Sehen Sie lieber zu, dass Sie Stina und Nelli finden. Lebend.«

Gunnar musterte ihn von oben bis unten. »Sie wollen wirklich nur die Kostüme vorbeibringen?«

»Ja, verdammt noch mal.« Wütend stapfte er zum Kofferraum zurück und warf die Kostüme wieder hinein. »Und das werde ich jetzt auch tun!«

Hanna schüttelte den Kopf. »Zu Hause ist Nelli auch nicht.«

»Also, dann Anka. – Übrigens, Olofsson.« Gunnar wollte den Kollegen aus Malmö noch nicht gehen lassen. Vielleicht brauchten Sie ihn noch. »Wir tun, was wir können.«

Der Kofferraumdeckel knallte zu, dass man es noch eine Straße weiter hörte. »Das will ich hoffen«, knurrte Olofsson.

Sanft berührte Gunnar Hannas nackten Unterarm. Er war schweißnass. »Komm.«

Aufgepeitscht von ihrer Wut, ihrer Sorge und der Ungewissheit, folgte sie ihm.

Nelli & Anka

Der Bus wirbelt eine riesige Staubwolke auf, als er abfährt.

»Komische Gegend.« Ich sehe auf den ersten Blick, dass es Anka hier noch weniger gefällt als mir. Wir stehen mitten in der Wildnis, um uns herum Wald, dazwischen irgendwo ein paar Häuser, noch mehr Wald – und das Meer. Ich kann es hören.

»Wir haben Juli, es ist Samstagnachmittag, die Sonne scheint. Alle Welt liegt am Strand. Nur wir stehen wie Idioten in der Pampa und lassen uns von der Sonne braten. Und weit und breit nichts anderes als eine Bushaltestelle.« Wütend dreht Anka sich einmal um sich selbst. »Und eine Tankstelle.« Sie ist erstaunlich lang ruhig geblieben. Deshalb bin ich nicht böse, dass sie jetzt so genervt klingt. Außerdem hat sie Angst, genau wie ich.

»Bis der übernächste Bus geht, sind wir wieder zurück«, sage ich. »Das ist nur eine Stunde. Hältst du das durch?«

»Bleibt mir was anderes übrig?«, knurrt sie. »Los, lass uns das Haus von deinem Mister Stalker suchen.«

»Kannst du bitte etwas leiser sprechen?«, zische ich.

Anka lacht schrill. »Wer soll uns denn bitte hier hören?« Mit einer ausholenden Geste weist sie auf die Bäume ringsum. »Hier ist doch nichts!«

Vorwurfsvoll deute ich auf ein Gebäude, das in vielleicht fünfhundert Metern zwischen den Bäumen hervorlugt. »Da hinten beginnt die Siedlung. Wenn jemand von dort zu einem Spaziergang aufgebrochen ist, kann er uns sehr wohl hören.«

»Kleine Paranoia, was?« Anka macht den Scheibenwischer. Ich wende mich ab, bevor ich etwas Dummes sage, und marschiere los. Bei Anka habe ich mir zum Glück etwas Dünneres angezogen, die schwarze Jeans war zu unbequem. Nichtsdestotrotz fühle ich mich nach ein paar Metern wie aus dem Wasser gezogen.

Paranoia ist fast ein zu schöner Begriff für das, was gerade in mir tobt: Ich könnte leise in mich hineinweinen, schreien, mich auf den Boden schmeißen und wegrennen gleichzeitig. Wahlweise ginge auch jedes Haar einzeln ausreißen, wenn Mama dadurch zurückkommt. Aber keine Sorge, ich bleibe vernünftig. Am Ende bin ich noch Schuld daran, falls Anka mitmacht. Ich kann die Stimme ihrer Mutter Rebecca hören: Jetzt verdirbt sie schon andere Jugendliche!

Anka schwitzt hinter mir. »Ich bin immer noch dafür, diese Kommissarin anzurufen. Wenn dein Stalker wirklich ein Polizist ist, hat er eine Waffe. Dagegen können wir nichts ausrichten.«

»Mir egal«, murmele ich.

»Mir aber nicht!«

Hinter mir verstummen Ankas Schritte. Ich laufe ungerührt weiter, denn ich habe nicht vor, auf ihre Trotzeinlage zu reagieren. Kurz darauf höre ich sie hinter mir keuchen. Ich werfe einen Blick über die Schulter. Anka sieht verzweifelt aus.

»Bleib doch stehen«, bettelt sie.

Ich fahre so abrupt herum, dass sie fast gegen mich prallt. »Warum wartest du nicht an der Bushaltestelle auf mich, wenn dir das alles zu unbequem ist?«

Von einem Augenblick auf den anderen wird Anka kreidebleich. »Ich kann dich doch nicht allein lassen. Wenn der wirklich auf dich schießt!«

Anka ist echt ein Klotz am Bein. Ich weiß, was ich tun muss, um sie loszuwerden: Es reicht, sie anzubrüllen. Wenn ich ganz sicher gehen will, beleidige ich sie dabei ein bisschen. »Schlampe« oder »Hure« funktionieren immer. Oder »Feigling«. Aber ich habe keinen Grund dazu. Sie will nur lieb sein, sie ist meine Freundin.

»Dann gehe ich eben allein hinein.« Meine Stimme zittert natürlich genau im falschen Moment. »Und du wartest draußen.«

»Aber die Kommissarin …«

»Die gehört auch zur Polizei«, unterbreche ich Anka ruppig. »Die wird nicht gegen ihren Kollegen aussagen, darauf wette ich!«

»Und wenn du wartest, bis dieser Kommissar Hansson wieder da ist?« Man hört, dass er Ankas letzte Hoffnung ist. »Er müsste doch längst wieder im Präsidium sein.«

Mehr als ein trauriges Lächeln habe ich jedoch nicht mehr für ihn übrig. Seit ich gesehen habe, wer der Stalker wirklich ist, habe ich mein Vertrauen in die Polizei verloren. Ich drehe mich um und laufe weiter. Anka holt auf, damit wir auf gleicher Höhe laufen. »Vielleicht ist der anders! Polizisten können doch nicht alle gleich sein!«

Ich spare mir die Antwort.

Auf den fünfhundert Metern bis zur Siedlung gibt Anka alles, um mich aufzuhalten. Nein, das stimmt nicht. Sie tut nur so, als ob sie unabhängig und vernünftiger wäre als ich. Aber in Wirklichkeit traut sie sich nicht, ohne meine Zustimmung etwas in der Sache zu unternehmen, weil sie total Schiss hat. Tja. So ist das, wenn sich zwei Einzelgänger zusammentun: Wenn sie streiten, sind sie wieder genauso allein und furchtsam wie vorher.

Das Haus steht ziemlich am Rand der Siedlung. Und es gibt keine Möglichkeit, sich ungesehen anzuschleichen, denn hier wohnen Leute, die den Vorgartenrasen am Wochenende mit der Nagelschere trimmen. Nutzt man die Deckung des nahen Waldes, verheddert man sich im Unterholz. Uns bleibt nichts anderes übrig, als auf der Straße zu laufen und so zu tun, als wollten wir zum nächsten Ort durchmarschieren.

Schließlich entdecken wir ein Stück Wildnis, das jemand für Wert befand, gleich neben der Straße überleben zu dürfen. Automatisch drücken wir uns in die Ansammlung aus Büschen und anderem Gestrüpp, die weiter hinten in den Wald übergeht. Ich hocke mich auf die Fersen.

»Nelli, ich kann da nicht rein.« Zwischen den Büschen ist es zwar kühl, aber Anka hört jetzt nicht mehr auf zu schwitzen, so groß ist ihre Angst.

»Weiß ich«, murmele ich. Irgendwie bin ich hellwach und trotzdem nicht da, als hätte ich meinen Körper verlassen. Ich weiß ganz genau, was in dem Haus auf der anderen Straßenseite auf mich wartet. Aber ich bin ganz ruhig, weil ich weiß: Dort werde ich Mama finden.

Ich weiß nicht, was geschehen muss, damit ich meine Entscheidung rückgängig mache. Da sich auch zufällig nichts in der Richtung ergibt, vergegenwärtige ich mir die nächsten Schritte. Ich habe mir alles ganz genau überlegt.

»Anka«, sage ich mit einer Stimme, die unmöglich meine sein kann, sie kommt jedoch definitiv aus meinem Mund. »Ich habe mein Handy dabei.« Demonstrativ ziehe ich es aus meiner Gesäßtasche und zeige es ihr. »Wenn da drin irgendwas passiert, rufe ich dich sofort an.« Ich rufe die Kurzwahlliste auf. Matt leuchtet Ankas Nummer zwischen den Sträuchern.

»Und wenn du gar nicht dazu kommst?« Anka kann nur noch flüstern.

Vielleicht gehe ich wirklich zum Sterben hinein ... Das sage ich Anka natürlich nicht. Sie flippt sonst aus. »Gib mir zwanzig Minuten. Okay?«

Falscher hätte ich nicht auf ihre Frage reagieren können. Automatisch blende ich den Redeschwall aus, der über mich hereinbricht. Ich verstehe kein Wort von dem, was sie sagt. Doch, eine Sache verstehe ich: Sie will mich nicht als Freundin und auch nicht als Mensch verlieren. Mein Panzer splittert sofort, als ich das begreife, ich werde auf der Stelle klein und hilflos.

Sie hat es tatsächlich geschafft, mich zurückzuhalten.

*

Mehrmals war Hanna versucht, auf das Lenkrad einzudreschen. Die Blicke, die Gunnar ihr zuwarf, wurden immer beunruhigter, passend zu dem, was aus der Freisprecheinrichtung von Hannas Handy kam.

»Aber wann sind die Mädchen gegangen?«, fragte er eindringlich. »Können Sie das wirklich nicht eingrenzen?«

»Na ja, vielleicht vor einer halben Stunde.« Ankas Mutter Rebecca schien sich im Gegensatz zu Hanna und ihm keine Sorgen zu machen. »Aber hören Sie mal, die Stadt ist so klein, was soll den Mädchen hier schon zustoßen?«

»Ystad ist immerhin Schauplatz mehrerer Krimiserien«, sagte Hanna spitz. »Das inspiriert wahrscheinlich genau diejenigen, von denen wir es am wenigsten erwarten!«

»Ich weiß nicht«, murmelte Rebecca. »Mir ist noch niemand begegnet, der umsetzt, was im Fernsehen gezeigt wird.«

Gunnar rollte mit den Augen. »Können Sie mir einen Gefallen tun und Ihre Tochter anrufen? Und am besten wäre es, wenn Sie sie gleich mit Nelli zu uns aufs Präsidium schicken.«

»Ist das denn wirklich nötig?«, fragte sie seufzend.

»Ja, es ist nötig«, antwortete Hanna an Gunnars Stelle. »Und vielen Dank, dass Sie unsere Arbeit unterstützen. Auf Wiederhören.« Energisch trennte sie die Verbindung und bog von der Landstraße in die Stadt ab. »Wir hätten Nelli wirklich im Präsidium behalten sollen.«

»Ich rufe mal im Büro an.« Da Gunnar sein Telefon noch nicht zurückbekommen hatte, scrollte er sich ungeschickt durch das Kurzwahlmenü von Hannas Handy. Dafür hatte er beim Kollegen Peer sofort Glück. Er war erst vor kurzem vom Tatort abgezogen worden und ging sofort an den Apparat. »Hallo Peer, hier ist Gunnar. Gibt's Neuigkeiten?«

»Ja, ich habe Hanna und dir je eine Liste mit den Telefonaten auf den Tisch gelegt, die Stina Larsson in den letzten drei Wochen bekommen hat.«

»Dort nützt sie mir nichts«, rief Hanna dazwischen. »Wenn daran irgendwas auffällig ist, will ich das sofort wissen!«

»Ähm, ja.« Im Lautsprecher raschelte Papier. »Es gibt mehrere Anrufe, die maximal drei Sekunden gedauert haben. Sigge hat etwas daneben geschrieben. – Aha, es handelt sich bei einigen anscheinend um Nummern von Prepaid-Handys. Nützt euch das was?«

»Was ist das denn für eine Frage?«, wunderte sich Gunnar. »Klar tut es das. Hat Sigge schon herausbekommen, wo die Tickets gekauft wurden, mit denen die Handys aufgeladen wurden?«

»Ich glaube, er ist gerade drüber«, meinte Peer. »Ich kann ihm sagen, dass er sich beeilen soll.«

»Nein, lass mal, wir sind gleich sowieso im Büro. Ich habe meinen Kaugummi vergessen«, fügte Gunnar an Hanna gewandt hinzu. »Erinnere mich daran, dass ich mir welchen besorge. Sonst liegt nichts vor?«

Hanna zeigte ihm einen Vogel. Das war mit Abstand sein plumpster Annäherungsversuch.

»Nein, nichts«, meinte Peer. »Bis gleich.«

»Was hast du jetzt mit Kaugummi?«, fragte Hanna.

»Wenn das so weitergeht, kotze ich dir ins Auto, falls dir das lieber ist«, meinte Gunnar glatt. »Willst du das?«

Hanna fand es unter ihrer Würde, darauf zu antworten.

*

Pontus Svatman kratzte sich am Kopf. Die Sonne brannte, aber über dem Wald bildeten sich die ersten Wolken. Das würde heute noch ein kräftiges Gewitter geben.

Nachdenklich musterte er seine geliebten Rosen. Die Sorte Diamant bestand auf regelmäßige Pflege. Wenn er sie jetzt nicht goss, würde sie trotzdem eingehen, egal wie viel Wasser noch auf sie herabstürzen mochte. Ob er beim nächsten Treffen des Rosenzüchtervereins das Thema Psychohygiene der Rosengewächse anregen sollte?

Er schwang die Gießkanne und erfreute sich am Flüstern der Tropfen, bevor sie im Boden versickerten. Manchmal glaubte er, sie wisperten sich noch ein paar nette Worte zu: Gutes Gedeihen! Bis später! Wir sehen uns im Himmel wieder!

»Ach was.« Svatman musste über sich selbst den Kopf schütteln. Er verbrachte anscheinend doch zu viel Zeit im Garten, wie seine geliebte Hilda behauptete.

Ein Geräusch ließ ihn innehalten. Verwundert hob er den Kopf, denn er hatte seinen Gedanken über die letzten Worte der Wassertropfen noch nicht zu Ende geführt. Im nächsten Moment war die Idee, die ihn aus heiterem Himmel erleuchtet hatte, verschwunden. Ärger überlagerte seinen Nachmittagsfrieden. Wer wagte es, ihn zu stören?

Zwei Mädchen, die nicht in diese Kolonie passten, lungerten auf der Straße herum. So wie sie sich verhielten, glaubten sie sich unbeobachtet. Dann zog die eine die andere in das letzte ungezähmte Eckchen des Viertels. Svatmans Empörung über so viel Unverfrorenheit war groß. Die wollten doch nicht etwa – am helllichten Tag im Gebüsch …!

Ein scharfer Ton durchschnitt die drückende Hitze. Wieder musste Svatman seine Aufmerksamkeit neu ausrichten. Es dauerte eine Weile, bis er die Melodie eines Liedes ausmachte, getragen von einem Orchester aus Streichinstrumenten. Er kannte sich da nicht so aus, obwohl sein Nachbar ihn regelmäßig zur klassischen Musik zu bekehren versuchte, Ballettmusik, um genau zu sein, etwas, das Svatman mehr als alles andere widerstrebte. Organismen verbogen sich auf einer Bühne, der nichts Lebendiges entspross, im Gegensatz zu seinen geliebten Blumenbeeten. Ballett gehörte in eine Welt, der Svatman vor Jahren entflohen war, sobald er den Brief von der Pensionskasse erhalten hatte.

Ade, verhasste Stadt! Willkommen, Landleben, du meine Sehnsucht!

»Hol sie der Teufel.« Der Fluch galt allem und jedem, da war Svatman nicht wählerisch. Solang er mit seinem Garten leben konnte … Die Mädchen und die Musik verschwanden aus seiner Wahrnehmung. Svatman hob die Gießkanne. Rosen, dachte er verzückt. Dann lauschte er den Wassertropfen.

*

Peer kam ihnen schon im Flur entgegen. »Wenn ihr wollt, kann ich euch etwas zu den Telefonnummern …«

»Ja«, antworteten Gunnar und Hanna unisono.

»Ich brauche was zu trinken.« Hanna lief der Schweiß in Strömen über den Körper. »Hat jemand kaltes Wasser für mich?«

»Das ist Gift für die Lunge«, belehrte Gunnar sie. »Ich koche dir einen Tee.«

Anscheinend will er was bei mir gutmachen, dachte Hanna kein bisschen glücklich. Ihre weiche Seite begann aufzumucken. Egal, wie viele Barbies er in seinem Urlaub vernascht hatte, sie waren immer noch Partner. Und irgendwie auch Freunde. Da konnte die Professionalität schon mal abhanden kommen. »Wie wäre es mit gekühlter Limo?«, fragte sie.

»Keinen Deut besser«, meinte Peer.

»Also Limo«, beschloss Hanna. »Peer, schieß los.« Peer folgte den beiden Kommissaren zum Automaten mit den Kaltgetränken.

»Ich habe die Nummern mit den Kriterien Wohnorte der Geschiedenen, Ort, an dem das Prepaid-Ticket gekauft wurde, und Anruf in den letzten drei Wochen abgeglichen. Es sind zwei Nummern übrig geblieben. Eine davon ist eine Prepaid-Nummer, die auch auf Frau Larssons Liste auftaucht und einer Schülerin gehört, deren Eltern geschieden sind.«

»Woher weißt du das?«, fragte Gunnar.

»Ich habe sie angerufen«, meinte Peer. »Die andere gehört einem gewissen Steen Wallin.«

Außer stilles Wasser gab es nur noch Zitroneneistee. Die letzten beiden Flaschen rumpelten ins Ausgabefach.

»Schon wieder Steen Wallin«, meinte Gunnar nachdenklich. »Leide ich unter Verfolgungswahn oder warum taucht der Name ständig auf?«

»Das kann Zufall sein.« Hanna drückte sich beide Getränkeflaschen gegen die Wangen. »Irgendwelche Vermutungen?«

Gunnar zuckte mit den Schultern. »Du, Peer?«

»Ein Verhältnis mit Stina Larsson«, schlug Peer vor.

Hanna zog die Augenbrauen hoch. »Das hätte eigentlich von dir kommen müssen, Gunnar.«

»Danke für die Blumen. Soll ich Wallin anrufen und fragen?« Er gab sich Mühe, ruhig zu wirken.

»Meinst du, er gibt dir eine ehrliche Antwort?«, fragte Hanna spitz.

»Es wird ihm nichts anderes übrig bleiben.« Gunnar marschierte davon. Auf halbem Weg rannte er fast in Filip von der Spurensicherung hinein.

»Ich hab was für dich«, frohlockte der Kriminaltechniker.

Gunnar ließ ihn stehen. »Keine Zeit, geh zu Hanna. – Übrigens, wann kriege ich mein Handy zurück?«

»Heute nicht.« Filip war enttäuscht, dass er bei Gunnar keine heftigere Reaktion hervorgerufen hatte. Dann leuchteten seine Augen auf. »Frau Lundqvist, haben Sie ein Ohr für mich?«

»Klingt seltsam, wenn einer von der Kriminaltechnik das fragt«, brummte Peer.

Hanna trank von ihrem Eistee, bevor sie antwortete: »Nur, wenn Sie mir etwas erzählen, das ich noch nicht weiß.«

Filip grinste von einem Ohr zum anderen. »Ich habe in Malmö angerufen.«

Hanna winkte ab. »Das haben wir auch schon. Wir haben Olofsson sogar getroffen, aber er ...«

Das war das Stichwort für Filip sich aufzuplustern. »Wer redet denn von dem! Ich habe mit dem Intendanten der Oper gesprochen.« Gespannt wartete er auf ihre Reaktion. Sie kam nicht.

»Warum?«, fragte Hanna ungeduldig.

»Weil Stina Larsson Ensemblemitglied des Corps de ballet war«, half Filip ihr auf die Sprünge. Vergeblich.

»Filip, bitte! Es ist zu heiß zum Denken.« Gierig leerte Hanna die Eisteeflasche.

Er seufzte tief. »Also gut. Das Programmheft hat mich auf den Gedanken gebracht. Wo getanzt wird, da gibt es auch Geschichten zu erzählen, richtig?«

»Richtig«, bestätigte Hanna lustlos.

»Und der Assistent vom Intendanten ...«

»Ich dachte, du hast direkt mit dem Intendanten gesprochen?«, fiel Peer ihm ins Wort.

»Jetzt lasst mich doch wenigstens einen Satz zu Ende sagen«, bat Filip schüchtern. »Der Assistent hat erzählt, dass 2002 gegen eine Person Hausverbot verhängt wurde, weil der Täter ... Und jetzt haltet euch fest!« Peer und Hanna rührten sich nicht.

Dann eben nicht, dachte Filip deprimiert. »Weil der Täter Kostüme geklaut hat. Besser gesagt: nur eins.«

»Aha.« Bedauernd schaute Hanna ihre leere Flasche an und warf einen Blick zu Gunnar hinüber. Er hing noch am Telefon. »Haben die Malmöer deswegen ermittelt?«

»Eben nicht«, sagte Filip aufgeregt. »Weil die Intendanz keine Anzeige erstattet hat.«

»Dann wird es wohl nicht so arg gewesen sein«, vermutete Peer. »Man einigt sich darauf, dass der Dieb die Oper nicht mehr betritt, er bezahlt den entstandenen Schaden und das war's.

»Nicht ganz.« Vor Aufregung bekam Filip Apfelbäckchen. »Ratet mal, welches Kostüm gestohlen wurde.«

»Das Kostüm von Stina Larsson«, antwortete Hanna.

Verzweifelt verzog Filip das Gesicht. Konnte man diese Frau denn mit nichts überraschen? »Routinemäßig fragte ich, warum man denn bei einer so bekannten Persönlichkeit auf eine Anzeige verzichtet habe, und da fing der Assistent plötzlich an zu stottern.«

Endlich kam Leben in Hanna. »Ach ja?« Das Kribbeln im Nacken bildete sie sich bestimmt nicht nur ein!

»Ja.« Erleichtert nahm Filip ihre Reaktion zur Kenntnis – Zeit für eine weitere kleine Einlage. »Ganz schön heiß heute.« Er zog eine Münze aus der Hosentasche und steckte sie in den Getränkeautomat.

»Und warum hat der Assistent gestottert?«, drängte Hanna.

Nicht sonderlich begeistert wählte Filip eine der letzten Wasserflaschen aus. »Also, eigentlich hat man ja noch am gleichen Abend Anzeige bei den Malmöern erstattet. Aber weil keine zwölf Stunden später ein Anruf – wie sagte der Assistent? –, eine Intervention von höherer Stelle erfolgte, wurde sie umgehend zurückgezogen. – Skål.« Seine Flasche klirrte gegen Hannas.

Gunnar kam zurück. »Bei Wallin geht keiner ran.«

»Und wieso seid ihr so sicher, dass der Diebstahl mit Stina Larsson zusammenhängt?«, fragte Peer, bevor sie den Faden verloren.

»Das Kostüm wurde in der Zeit um den Diebstahl herum nur von Stina Larsson und einer anderen Tänzerin getragen. In dieser Zeit gab es ebenfalls Beschwerden über einen Opernfan, der nach den Vorstellungen regelmäßig am Künstlereingang auftauchte und jedes Mal ein Autogramm von Stina Larsson wollte.«

»Sie hat es ihm natürlich gegeben«, mutmaßte Gunnar.

»Ja, bis der Typ plötzlich im Garderobenbereich auftauchte. Dummerweise hatte er sich zu den Männern verirrt und wurde von ihnen rausgeworfen.« Filip atmete durch. Auf die Dauer wurde dieses Spielchen mit den Kommissaren richtig anstrengend.

Sehnsüchtig verfolgten die drei anderen, wie Gunnar an seiner noch fast vollen Flasche nippte. »So weit passt alles. Ein Stalker, eine Anzeige, die zurückgezogen wird, eine Straftat. Wenn Sie uns noch verraten, wer es war, weiß ich jetzt schon, wohin ich gleich mit Hanna fahren werde.« Hanna fing einen Blick von ihm auf, den sie nicht zu deuten wagte.

»Genau da liegt das Problem«, murmelte Filip. »An der Stelle haben meine Überredungskünste versagt. Ich konnte den Assistenten nicht dazu bewegen, mir den Namen zu verraten. Angeblich gibt es eine Absprache zwischen Gentlemen, gegen die er um keinen Preis in der Welt verstößt. Ende der Fahnenstange.«

»Hast du ihm mit einer Anzeige wegen Behinderung polizeilicher Ermittlungen gedroht?«, fragte Hanna.

»Klar. Aber da war nichts zu holen. Ich glaube, er weiß wirklich nicht, wer es war.« Verlegen steckte Filip die Hände in die Hosentaschen und bereute es sofort. Sie waren nass geschwitzt.

»Und immer wieder stoßen wir auf Steen Wallin«, vollendete Gunnar. »Was ist das eigentlich für ein Typ? Hat er am Ende einen Doppelgänger?«

»Vielleicht bringt es das Amt des Stadtrats mit sich, unvorhergesehen aufzutauchen.« Hanna überlegte, ob sie sich noch ein Wasser kaufen sollte. »Andererseits macht es mich stutzig, dass wir nicht an ihm vorbeikommen – und vor allem, dass wir in diesem Zusammenhang nichts über ihn erfahren.«

»Und wieso mauern die Malmöer? Sonst arbeiten wir doch ganz gut mit ihnen zusammen.« Gunnar trank und merkte gar nicht, dass der Durst seiner Kollegen mit jedem Schluck größer wurde. »Blöd, dass Hansson ausgerechnet heute bei seinen Schwiegereltern auf netten Schwiegersohn macht. Er hat doch einen guten Draht zu den ganz hohen Tieren in Malmö. Wenn er nachhaken würde, käme bestimmt mehr heraus.«

»Ruf ihn an.« Hanna beschloss, sich im Lebensmittelgeschäft an der Ecke mit Getränken einzudecken.

»Darf Gunnar das überhaupt?«, platzte Filip heraus.

Fragend hob Peer die Augenbrauen.

Filip wurde feuerrot. »Ich – ich meine, weil ich Gunnars Handy am Tatort ...«

Stumm tauschten Gunnar, Hanna und Peer lange Blicke. »Ja«, sagte Hanna fest. »Will jemand was aus dem Laden an der Ecke?« Ihre Augen waren auf Gunnar geheftet.

Er verstand, was sie ihm damit signalisieren wollte: Du schuldest mir was.

Nelli

Nach und nach weicht das Sommerblau des Himmels einer grauweißen Wolkenschicht. Schwer lastet die feuchte Luft auf meinen Gedanken.

Ich kann die Musik hören. Alles andere ist ausgelöscht.

»Coole Musik«, murmelt Anka. Sie zittert nicht mehr. Ihre Augen glänzen komisch. Schnappt sie gleich über?

Mama holt manchmal eine Schachtel vom Speicher und Chips und Salzstangen aus der Küche. Dann legt sie eine DVD oder eine Videokassette ein, und wir schauen uns Aufnahmen von ihren Auftritten in Malmö an.

Die Melodie kenne ich. Sie ist aus einer Oper, die auf einer griechischen Sage basiert, mit Totenwelt, Elfen, Nymphen und so weiter. Mama hat mir die Geschichte erzählt, als ich noch klein war, aber ich habe vergessen, worum es genau ging. Ich erinnere mich nur noch daran, dass ein Liebespaar sich nicht gekriegt hat, weil er zu ungeduldig war. Männer halt.

»Kennst du das?« Es ist das erste Mal, dass Anka sich für klassische Musik interessiert. Bisher fand sie es boring, dass ich Ballettopern mag. Ja, ich gebe es zu, ich mag sie wegen Mama! Ich bin damit aufgewachsen. Sie gehören einfach zu uns.

Gegen meinen Willen nicke ich. Wenn Anka mich fragt, ob ich ihr den Namen verrate, werde ich schweigen. Soll sie doch selbst bei Shazam nachschauen oder sich anderweitig kundig machen. Ich werde ihr nicht sagen, wie viel mir diese Melodie bedeutet!

Mama hat das Lied in allen möglichen Arrangements zu Hause. Sie lässt ihre Schülerinnen dazu Aufwärmübungen an der Stange machen. Ob sie wissen, wozu sie sich bewegen? Ich finde es unheimlich, dass Mamas Lieblingslied davon handelt, dass ein Leierspieler mit dem Leben seiner Liebsten spielt und sie deshalb im Totenreich bleiben muss …

Es ist noch gar nicht so lang her, da habe ich Mama gefragt, warum es ausgerechnet dieses Lied sein muss. Sie hat mich angeschaut, als hätte ich etwas Schlimmes gesagt. Ich wollte mich schon in mein Zimmer verziehen, da meinte sie plötzlich: »Es hat mit dem Stalker zu tun. Er hat mir mein Leben gestohlen.«

Mehr nicht. Da habe ich endlich begriffen, dass nicht ich der Grund war, dass sie gleich nach meiner Geburt die Oper aufgegeben hat. Es war wegen *ihm*. Aber es macht die Sache nicht leichter, wenn der Stalker nach Jahren plötzlich wieder auftaucht und deine Mutter und dich bedroht. Anka fragt zum Glück nicht weiter nach. Anscheinend gefällt ihr das Lied auch so ganz gut.

»Ich geh da jetzt rein«, sage ich. Ich muss Mama rausholen. Sofort.

Anka nickt bloß. Wir umarmen uns. Ich stehe auf und stakse über die Straße.

Werde ich beobachtet? Scheißegal. Ich werde es besser machen als der Leierspieler.

*

Gunnar hatte gerade den ersten Schluck des Smoothies getrunken, den Hanna ihm mitgebracht hatte, als ihr Tischtelefon läutete. Mit der freien Hand schnappte er sich den Hörer. »Ja?«

»Mensch, wo steckst du denn, ich habe schon fünfmal versucht, dich anzurufen«, schimpfte Hansson. »Ich dachte, es wäre so dringend!«

»Ist es ja auch«, murmelte Gunnar.

»Warum gehst du dann nicht ans Handy?«, regte Hansson sich auf.

Weil es noch bei Sigge Nordin und Filip darauf wartet, untersucht zu werden, dachte Gunnar. Wenn er nicht schon geschwitzt hätte, wäre ihm spätestens jetzt heiß geworden. »Ich war in einer Besprechung und hab's abgeschaltet.«

»Ganz neue Sitten, was?« Hansson klang erschöpft. »Ist Hanna in der Nähe? Sie soll mithören, ich habe keine Lust, alles zweimal zu erzählen.« Zu viel Familiennähe machte auch ihn ungeduldig.

Gunnar schaltete den Lautsprecher des Telefons ein. Hanna ließ sich auf der Tischkante nieder. »Schieß los.«

»Die Malmöer sind nicht besonders begeistert von eurer Aktion. Das ist einer von den heiß geliebten Topsecret-Fällen. Aber«, Hansson hüstelte, »ich habe uns ein wenig deppert hingestellt, und schon ging's. Sollte euch also jemand kommen, dass man von Provinzpolizisten nicht mehr erwarten kann – das haben sie von mir untergeschoben bekommen, damit sie nicht merken, dass ich sie aushorche.«

Hanna war alles andere als begeistert. »Wow.«

»Genau«, fuhr Hansson auf. »Und jetzt hört zu, ich habe nicht viel Zeit. Die Kinder wollen nach Hause.« Wieder hüstelte er. »Das ist topsecret, verstanden? Kein Name verlässt den Raum.«

»Unser Großraumbüro ist gesteckt voll«, gab Hanna zu bedenken.

»Sorgt dafür, dass wir danach nicht alle unsere Jobs los sind«, bat Hansson. »Ihr erinnert euch sicher an die Razzia von Göteborg?«

»Natürlich.« Gunnars Grinsen wirkte unangenehm. »Das war doch die Sache mit dem anonymen Tipp, dass ein internationaler Kinderhändlerring in Südschweden einen großen Deal vorbereitet.« In Gunnars Stimme schwang immer noch Stolz mit, denn auch die Ystader Ermittler hatten ihren Teil dazu beigetragen, den Ring auffliegen zu lassen.

»Ja, das war eine interessante Sache.« Hansson schien zu grinsen. »Jedenfalls gab es in dem Zusammenhang noch einen Tipp eines Bürgers, der Angst hatte, unter die Räder zu kommen. Er wandte sich mit der Behauptung an die Malmöer, dass ein Mitglied der Stadtverwaltung mit eben diesem Kinderhändlerring in Verbindung steht. Aufgrund verschiedener Indizien wurde tatsächlich eine Durchsuchung der Stadtratsbüros erwirkt.«

»Davon haben wir hier aber nichts mitbekommen«, stellte Hanna fest.

»Die Kollegen sind auch sehr diskret vorgegangen«, stimmte Hansson zu.

Gunnar nahm einen tiefen Schluck aus seiner Flasche. »Lass mich raten, man hat dort nichts gefunden.«

»Genau!« Hansson freute sich hörbar, dass er nicht allein arbeitete. »Auffällig waren nur die nigelnagelneuen Computer bei vier von fünfzehn Mitarbeitern. Weil die alten …«

»... ein paar Tage vorher ganz zufällig den Geist aufgegeben haben?«, spekulierte Gunnar.

Hansson seufzte. »Ja. Komischer Zufall, was?«

»Und weiter nichts?« Hanna war empört. »Oder wollen die Malmöer das nicht verraten?«

»Nein, sie wissen wirklich nichts«, meinte Hansson glatt. »Und ich glaube ihnen das.«

»Seltsam«, flüsterte Hanna. Gunnar nickte.

»Jetzt kommt's«, fuhr Hansson fort. »In dem Ring hing auch ein Pornoseitenbetreiber aus Russland mit drin. Die Russen haben sich erstaunlich kooperativ gezeigt und zeitgleich zugeschlagen, so dass in Troizk bei Moskau fast alles sichergestellt werden konnte. Unter anderem«, Hansson hob die Stimme, »die Kreditkartennummer eines Malmöer Stadtrates, die auf einem Server des Betreibers gespeichert war. Und der auch einen neuen PC vorweisen konnte.«

»Und?«, fragte Hanna gespannt, weil Hansson nichts sagte.

»Die Nummer konnte zugeordnet werden. Aber die Karte war just zwei Wochen vor der Razzia als verloren gemeldet worden.«

»Oh Mann!« Ärgerlich wischte Gunnar sich den Schweiß von der Stirn. »Und wem gehörte die Karte?«

»Sagt euch der Name Steen Wallin etwas?«

Es riss Hanna förmlich vom Tisch. »Schon wieder dieser Typ!«

»Schrei nicht so, Herrgott noch mal!«, beschwor Hansson sie.

»Doch, ich schreie!« Ihre Faust hämmerte auf die Tischplatte. »Sein Sohn war an Stina Larssons Ballettschule angemeldet. Er kennt sie!« Stumm schaute Gunnar sie an. Die Wut ließ sie gefährlicher aussehen. Diese Kraft hätte sie damals in Göteborg gebraucht. »Er hat den Verlust der Karte fingiert«, schloss Hanna aufgebracht.

»Ja, das haben die Malmöer sich auch schon gedacht«, gab Hansson fast schüchtern zu. »Aber auch sie konnten ihm nichts nachweisen. Er sitzt als Stadtrat eben am längeren Hebel. Aber wehe, der Name fällt bei euren weiteren Ermittlungen, ohne dass ihr etwas in der Hand habt. Dann kann ich für nichts garantieren!«

Im Büro herrschte immer noch Samstagstimmung, als wäre nichts geschehen. Niemand achtete darauf, wenn Kollegen im Zuge von Ermittlungen übers Ziel hinausschossen. Straftaten brachten nun mal emotionale Ausbrüche mit sich.

»Schon gut, Chef«, meinte Hanna halbwegs ruhig. »Falls es hart auf hart kommt, kann ich auf Stina Larssons Schülerliste verweisen, dort steht Wallin nämlich auch drauf.«

»Was nichts besagt«, bremste Hansson sie. »In etwa einer Stunde mache ich mich auf den Heimweg und bin wahrscheinlich gegen sechs Uhr bei euch. Schafft ihr es bis dahin ohne mich?«

»Klar, Chef«, meinte Gunnar müde. »Danke für die Mühe.«

»Nichts zu danken. Macht mir keine Schande!«

»Nein, Chef«, murmelten Gunnar und Hanna unisono.

Gunnar legte auf. »Filip muss mir mein Handy zurückgeben. Hansson hat versucht, mich dort zu erreichen.«

Hanna sagte nichts dazu. Sie musterte ihn nur von oben bis unten und wühlte dann demonstrativ in den neu eingetroffenen Unterlagen. Gunnar wusste auch so, was sie dachte: Wer bei Frauen beliebt ist, kommt mitunter in Schwierigkeiten.

»Er hat den Stalker aus der Sache mit der Oper rausgehauen«, sagte Hanna plötzlich.

»Was?« Gunnar schaute auf.

»Ist doch logisch.« Hanna schüttelte den Kopf über seine Begriffsstutzigkeit. »Wir kriegen den Namen des Stalkers von damals nicht heraus, weil Steen Wallin dort angerufen und ihn gedeckt hat. Vielleicht hat der Stalker dem Stadtrat mit den Fotos sogar zugearbeitet. Uns fehlen nur noch die Beweise.«

»Vielleicht macht der Staatsanwalt diesmal eine Ausnahme und wir dürfen Wallin trotzdem festnehmen«, witzelte Gunnar lahm. »Und zwar, weil er Stina Larsson entführt hat.«

Hanna musterte ihn schräg. »Jetzt übertreibst du aber.«

»Wer hat denn damit angefangen?«, konterte Gunnar.

Die nächsten Sekunden ließen sie sich nicht aus den Augen. Es wurde Zeit für ein klärendes Gespräch, gern im Hof mit angemessen lauter Geräuschkulisse. »Finden wir lieber erst Stina und Nelli«, schlug Gunnar endlich vor.

»Dein Wort in Gottes Ohr«, meinte Hanna sarkastisch. »Wo ist die Akte?« Wie gern wäre sie hinausgestürmt und hätte die ganze Kleinstadt auf den Kopf gestellt. Aber da Ystad immer noch groß genug war, wäre Stina Larsson tot gewesen, bis sie die letzten Ganoven aus ihren Löchern getrieben hätte. So blieben ihr nur die Unterlagen der Akte, die sie mit ihrer brennenden Wut umblättern konnte, bis sie nachgaben oder ihr die Erleuchtung kam.

Stina

Er ist zurückgekommen.

Ich kann ihn nicht erkennen, geschweige denn irgendetwas anderes von ihm wahrnehmen. Trotzdem weiß ich, dass er da ist.

Seine Fingerspitzen sind so kalt wie eh und je, und doch wärmen sie meine blaue Haut. Ich friere so sehr, dass ich nicht mehr zittern kann.

Dann beugt er sich über mich, die Augen fest geschlossen. Er sieht nicht, wo mein Mund ist, und findet ihn trotzdem mit einer Zielstrebigkeit, die mich aufjaulen lässt. Aber mein Schrei verhallt ungehört in mir.

Ich verstehe nicht, was er flüstert. In seiner Stimme war nie Platz für Wahnsinn. Wenn ich mich an die wenigen Gelegenheiten erinnere – er hat nicht öfter als vier- oder fünfmal am Künstlereingang auf mich gewartet –, ist da nichts Absonderliches. Abstrus ist dagegen, dass ich mich hier unten mit erschreckender Klarheit an unsere Begegnungen erinnere …

Er ist der Regisseur dieses Stückes. Ich sollte halb tot, ohnmächtig, wenigstens verwirrt sein. Aber mir ist nicht mal schlecht von den K.-o.-Tropfen. Nur kalt.

Im Gegensatz zu ihm habe ich die Augen weit aufgerissen. Ich folge dem Zwang, im Zwielicht alles erkennen zu müssen. Sollte ich jemals wieder an die Oberfläche kommen, müssen sie mir die Augen verbinden, weil das Sonnenlicht mich sonst umbringt.

Er kennt die Sage in- und auswendig, hat er mir gleich bei unserer ersten Begegnung erzählt. Deshalb hat er mich nie richtig angesehen – damit ich mich nicht in Luft auflöste. Wie hat seine Frau mit ihm leben können? War sie auch seine Nymphe, bis sie sich von ihm losgesagt und sein Totenreich verlassen hat? Ich bin seine Eurydike … Und er hat mich nach Jahren in Malmö in meiner kleinen Schule wiedergefunden. Mehrmals habe ich versucht, den Ausbildungsvertrag für seine Tochter zu kündigen, habe ausbleibende Zahlungseingänge vorgetäuscht, war übermäßig streng mit der Kleinen, nur um auch ihn nicht mehr sehen zu müssen. Als ich ihm mit einer Anzeige gedroht habe, hat er nur gelächelt. Er saß von Anfang an am längeren Hebel …

Da steht er, die Augen zusammengepresst, stößt meinen Namen aus wie Gift und Lebenselixier zugleich. Seine Hände greifen nach dem eiskalten Himmel und wälzen ihn wieder auf den Kasten aus Beton – meinen Sarg, den er extra für mich angefertigt hat. Das Zwielicht wird zur Finsternis. Ich weiß, dass er die Augen wieder öffnet, sobald der Deckel zwischen uns liegt. Es ist so eisig im Hades.

*

Filip schlenderte vorbei, als läge nichts an. »Na, ihr Super-Ermittler? Irgendwelche Neuigkeiten?«

»Ja«, antwortete Gunnar knapp. »Aber die sind nicht für Spurensicherer.«

»Ach, komm! Euch verrate ich doch auch alles.« Lässig stützte er sich am Schreibtisch ab. »Also machen wir keinen Deal?« Beiläufig legte er eine durchsichtige Plastiktüte auf den Tisch und fächelte sich mit einem Stück Papier Luft zu. Gunnar hob kaum den Kopf. Er wusste auch so, dass es sein Handy war.

»Topsecret«, sagte Hanna genervt. »Im Übrigen bist du verpflichtet, uns alles zu sagen, weil du uns zuarbeitest. Und jetzt schieb ab, wenn du uns nur von der Arbeit abhalten willst.«

»So hässliche Worte von so einer hübschen Frau«, flötete Filip.

»Pass auf, du!« Mit einem Satz war Hanna aufgesprungen. Auf dem Ohr hörte sie besonders empfindlich.

»Sch-schon gut!« Vorsichtshalber wich Filip ein paar Schritte zurück. »Das sollte ein Witz sein, ich mache doch keine Kommissarin an.«

Langsam erhob sich nun auch Gunnar. »Dann kann ich ja jetzt mein Handy nehmen?« Filip sah ein, dass ihn diese Masche in Teufels Küche brachte, wenn er nicht aufhörte. Beleidigt zuckte er mit den Schultern. »Werd glücklich damit. Wundere dich nicht, wenn du es in der Asservatendatenbank …«

»Wolltest du uns noch was Wichtiges sagen?«, unterbrach Hanna ihn. »Ansonsten: Dort hinten ist die Tür!«

Um sie herum waren die Geräusche der anderen leiser geworden. Obwohl sie nicht ganz verstummten – die Klimaanlage summte, Computerlüfter rotierten surrend –, war es plötzlich beängstigend ruhig.

Filip biss sich auf die Lippen. Überleg dir gut, was du sagst. Entweder bist du der Held, weil du einen Kollegen entlarvt hast, oder du wirst als Verräter nie wieder eine Stelle bei der Polizei bekommen. Der Moment verstrich.

»Ich weiß, wo die Prepaid-Karten gekauft wurden.« Seine Stimme schwebte vage über dem Summen der Kühlung. Weil Hanna nicht einmal blinzelte, fasste er Mut. »Interessiert euch das?«

»Wo?«, bellte Gunnar.

Erschrocken warf Filip das Blatt von sich und stürmte davon. »Lest es und lasst mich in Ruhe!«

Langsam verfolgte Gunnar den Weg des Blattes, das zum anderen Ende des Tisches segelte und liegen blieb.

»Warum nicht gleich so«, flüsterte Hanna und griff zu. »Hm, das könnte uns weiterhelfen. Die Karten wurden an Tankstellen rund um Ystad gekauft.«

Nelli

Mama hat erzählt, dass die Bühne zum Leben erwacht, wenn man sie mit der richtigen Vorstellungsweise betrachtet. Nein, sie sagte – sie sagte, man braucht ein bestimmtes Gefühl dafür. Dann ist es wie Zauberei. Und man sollte sich merken, durch welchen Gang man die Szenerie betritt, sonst gibt es Ärger mit dem Regisseur.

Ich laufe quer über den Rasen des Vorgartens. Die Blumen könnten aus Pappmaschee sein, das Gras ein Plastikrasen aus dem Baumarkt. Wenn ich lang genug warte, taucht sicher ein an Seilen schwebender Engel auf. Derweil empfinde ich mein erstes Gefühl seit Stunden: Angst.

Durch die vorderen Fenster ist nichts Auffälliges zu erkennen, als ich kurz einen Blick hindurchwerfe. Aber wie sieht ein auffälliges Zimmer aus, in dem ein Psychopath jemanden gefangen hält? Ist es schon auffällig, dass die ganze Zeit Musik spielt – der Pas de deux von Orpheus und Eurydike in einem Endlos-Loop? Vielleicht soll das eine Aufforderung sein, mitzutanzen. Aber ich kriege nicht mal die Füße richtig hoch. Wenn ich doch nur die Regieanweisung lesen könnte …

Mama sagt auch: »Verlass dich hin und wieder darauf, dass dein Unterbewusstsein dich führt.« Dort herrscht derzeit Chaos und vor allem Durst. Das Bier ist schuld. Und meine Füße, denn plötzlich stehe ich vor dem Hintereingang, der von einem Perlenvorhang abgetrennt wird. Es fehlt nur noch das Schild über dem Türstock: Willkommen in der Unterwelt.

Der Knauf der Hintertür lässt sich ganz einfach drehen – der Leierspieler erwartet mich bereits. Ich sollte mich wundern, wie selbstverständlich plötzlich alles läuft, dass ich, ohne zu zögern, eine Waschküche betrete, die ordentlich aufgereihten Schuhe betrachte und überlege, ob ich meine danebenstellen soll. Aber ich bin nur zu Besuch da und werde gleich wieder gehen, sobald ich Mama gefunden habe.

Unwillkürlich suche ich ihre Sommersandalen – hier sind sie nicht. Aber ich bin definitiv im richtigen Haus, denn die Musik spielt unablässig, und dann ist da noch der Duft, der mich streift und den ich unter Tausenden erkennen würde.

Mama ist hier.

Mein Magen zieht sich schmerzhaft zusammen. Die Sehnsucht nach ihr wird unerträglich. Ich fürchte mich, als wäre ich wieder drei Jahre alt und allein im dunklen Zimmer. So sehr ich mir wünsche, dass die Tür auffliegt und sie mich in ihre Arme reißt, es geschieht nicht. Mama bleibt der Geist in meinem Kopf ...

Die Stahltür führt wie erwartet in den dunklen Hausflur. Hier schmeckt die Luft förmlich nach Reinigungsmitteln. Ein Hinweis, dass der Psycho einen Putzfimmel hat? Mir läuft es kalt den Rücken hinunter. Rasch wende ich mich dem Wohnzimmer zu, dort stehen nur ein paar abgewetzte Möbel. Dem Knistern nach stammt die Musik von einer Platte, einen Plattenspieler finde ich hier aber nicht. Wie sieht es aus mit Lautsprechern? Nein.

Bleibt nur noch die Treppe in den ersten Stock und der Kellerabgang, in den ich mich jetzt stelle und tief einatme. Ein zweiter Duft überlagert die Chemiekeule. Automatisch schlucke ich, als Bilder von einer Grillparty aus der Kellerfinsternis auftauchen … Allmählich drehe ich wirklich durch!

Anka hat es richtig gemacht. Sie hockt im Gebüsch bei den Krabbelkäfern und den winzigen Spinnen und wird sich abends schimpfend die Spinnweben aus den Haaren kämmen. Und das war dann ihre Heldentat für heute. Andererseits: Wäre es ihre Mutter, würde sie jetzt im Flur stehen und überlegen, ob sie sich wirklich in den dunklen Keller wagen soll. Und ich säße im Gebüsch mit dem Finger über dem Notfall-Button.

Etwas in mir löst sich. Was mich bisher zurückgehalten hat, fällt von mir ab. Ich weiß, dass ich diese Treppe hinuntersteigen und Eurydike finden muss, um mit meiner Mutter Arm in Arm wieder heraufzukommen.

Langsam tastet sich mein Fuß zur zweiten Stufe hinunter. Eine fettige Wolke trifft auf meine Illusion einer ausgelassenen Sommergesellschaft. Mamas Duft ist kaum noch wahrzunehmen. Ich wusste gar nicht, dass man im Hades auch Barbecues veranstaltet! Im Geiste sehe ich uns an einem Campingtisch sitzen, den der Stalker für uns drei gedeckt hat. Wir schlemmen, was das Zeug hält. Weil es so im Dialogbuch vorgesehen ist.

Es ist so weit, entscheidet mein Unterbewusstsein. Gleich kommt dein Auftritt zu Steak und Salat …

Leichtfüßig gelange ich über die abgetretenen Stufen in den Keller. Der Fleischgeruch wird stärker, die Temperatur nimmt ab. In den abblätternden Putz sind Gesichter hineingewachsen, darunter brandrote Ziegel, hinter denen das Höllenfeuer lodern könnte. Ich weiß, dass mir nichts passieren wird, solang ich meinen Weg gehe und mich nicht umdrehe. Hinter mir lauert die Furcht, denn ich weiß ja, wen ich hier unten noch finden werde.

Auf der letzten Stufe schlucke ich meine Abscheu gegen den verdammten Leierspieler hinunter und stelle mich auf den festgestampften Boden. Die Musik ist unerträglich intensiv, die gemauerten Wände werfen jede Schwingung gnadenlos zurück.

Licht flammt auf. Mühsam blinzele ich. Ich sehe nur Umrisse. Nach und nach taucht eine Gestalt in dem gleißenden Mittelpunkt auf: der regungslose Leierspieler. Er hat einen Strahler auf mich gerichtet, anscheinend hat er mich erwartet. Nach ein paar Sekunden weiß ich auch, woher der Geruch kommt. In der Mitte des Kellers leuchten drei sorgfältig platzierte Teller auf einem Tisch mit buntem Wachstuch, dazu drei Campingstühle und in der Mitte ein Fleischberg ...

Der Leierspieler dreht den Strahler ein wenig nach rechts und bedeutet mir, im Lichtkegel Platz zu nehmen. Der Wunsch, mich endlich entspannen zu dürfen, wird übermächtig. So gefährlich kann er gar nicht sein, wenn er hier eine Party veranstaltet, denke ich. Wann habe ich außerdem das letzte Mal etwas gegessen? Mein Unterbewusstsein grätscht dazwischen:

Nimm nichts von Fremden. Setz dich nicht zu jemandem an den Tisch, den du nicht kennst. Vertraue keinem, auch wenn er der letzte Mensch auf Erden ist!

»Setz dich doch, kleine Nelli«, flüstert der Leierspieler rau. Um seine Hand hat er ein Stück Stoff geschlungen. Trotz des blendenden Lichts erkenne ich das Taschentuch, das Mama seit einer Weile vermisst. Mich schaudert, wenn ich überlege, wie oft er unentdeckt in unserem Haus gewesen sein könnte.

Der Anblick des Fleischbergs zieht mich in seinen Bann. Es ist fast unmöglich, woanders hinzuschauen. Aber ich bin ja nicht gekommen, um mir den Magen vollzuschlagen, obwohl der jetzt knurrt wie ein wildes Tier. Ich muss dem Leierspieler ins Gesicht sehen, um ihm meine Entschlossenheit zu demonstrieren: Nun ist ein für alle Male Schluss mit dem Wahnsinn.

Lass Mama und mich gehen. Sonst geschieht etwas Schreckliches! Störrisch recke ich das Kinn. »Ich suche meine Mutter«, sage ich unfreundlich. Wenigstens mein Trotz hat mich nicht verlassen.

Das Gesicht des Leierspielers verzieht sich ärgerlich. Er macht einen Schritt auf mich zu, streift dabei das Wachstuch ... Nein. Das ist kein Tisch.

Dort, wo die Beine sein sollten, bremst massives Grau die Schwingung des steifen Tuches. Ich kann mir vorstellen, dass das Grau kühl abwartet, dass das Leben darin erstickt ...

Der Leierspieler lächelt. Mit einer Geste wiederholt er die Aufforderung, endlich zu Tisch zu kommen. Er meint es ernst. Mir bleibt nichts anderes übrig.

Ab jetzt ist alles erlaubt, was dazu beiträgt, Mama zu befreien.

Ich darf ihn nur nicht aus den Augen lassen.

*

Anka hatte bis hundert gezählt, weil sie sich sicher gewesen war, dass Nelli bei 99 fröhlich pfeifend um die Ecke biegen und sich damit herausstellen würde, dass sie sich im Haus geirrt hatten.

Nelli kam nicht.

Anka fühlte sich inzwischen erbärmlich. Trotzdem zählte sie weiter in der Hoffnung, nicht die Polizei rufen zu müssen. Mit der hatte sie in der letzten Zeit wirklich genug Ärger gehabt. Wenn man mit Nelli befreundet war, geriet man automatisch in die eine oder andere brenzlige Situation.

»Zweihundert!« Vorsichtig spähte Anka über den Strauch.

Die Straße war leer. Von Nelli keine Spur.

Also gut, dachte Anka, ich zähle noch bis dreihundert. Wenn du dann nicht kommst, dann, dann ... Nervös leckte sie sich die Lippen, zählte halblaut vor sich hin, um endlich etwas anderes zu hören als die öde Opernmelodie, untermalt von idyllischem Blätterrauschen.

»Das ist ein Scheiß-Spiel, Nelli Larsson«, murmelte sie. Konnte nicht irgendetwas passieren, das diese ganze überflüssige Aktion beendete? Sollte sie Nelli eiskalt auffliegen lassen, bevor ihr nichts anderes mehr übrig blieb, als den Notruf abzusetzen? Zitternd holte Anka ihr Handy heraus und wählte Nellis Nummer. Auf ein unbekanntes Handy-Klingeln im Garten oder dem Haus würde der Besitzer sicher reagieren, zumindest aber sein dicker Nachbar, der zwischen den Rosen in Unterhemd und verwaschenen Shorts total lächerlich wirkte. Bei zweihundertsiebenunddreißig verstummte die Musik im Haus. Man hatte Nelli also entdeckt. Gleich würde man sie hochkant vom Grundstück werfen. Das bedeutete keine Polizei, kein Ärger mit Mama. Gut so! Anka nahm das Handy vom Ohr und unterbrach die Verbindung. Innerlich richtete sie sich auf einen Sprint zur Bushaltestelle ein und wappnete sich gegen das Gebrüll des Hausbesitzers.

Aber alles blieb ruhig. Was war da los? Automatisch drückte Anka den Button für die Wahlwiederholung und wartete.

Und entdeckte Nellis Rucksack unter einem Busch. Sie hatte ihn mal wieder vergessen.

»Fuck! Kannst du blöde Kuh nicht auf deinen Kram aufpassen wie jeder normale Mensch?«

Plötzlich krachte es.

Vor Schreck ließ Anka fast ihr Handy fallen. Das war im Haus gewesen, dachte sie. Als ob Geschirr auf dem Boden zerschellt und etwas Schweres umfällt, das jemanden unter sich begräbt … Ein einzelner Satz schrillte durch ihren Kopf: Die Polizei, ruf die Polizei! Ihr Daumen schwebte über dem Notfallknopf. Aber was, wenn die Polizei es nicht schnell genug hierher schaffte? Wenn der Hausbesitzer da drin wirklich Stina Larsson entführt hatte und Nelli in Schwierigkeiten steckte …

Verdammt, warum hatte Anka Nelli nicht gezwungen, diese Kommissarin anzurufen, bevor sie in den Bus gestiegen waren?!

»Wir sind so saublöd!«, flüsterte Anka. Sie war kurz davor, einfach wegzulaufen.

»Neineinein, jetzt bloß keine Panik.« Mit Gewalt unterdrückte sie das heftige Zittern, das sie plötzlich überkam. »Ich muss nur da rein und Nelli rausholen.«

Der Nachbar stand immer noch in seinem Rosenbeet und glotzte. Schlotternd schulterte Anka Nellis Rucksack.

»Verpiss dich!«, rief sie mit piepsiger Stimme, zeigte dem Nachbarn den Mittelfinger und tappte über die Straße, hinüber zum Haus des Entführers.

*

Ob Elin am Wochenende Dienst hatte oder nicht, war ihr im Grunde egal. Sie war alleinstehend, hatte nur wenige Freunde und nicht unbedingt Ambitionen, ihren Bekanntenkreis langfristig zu vergrößern. Das lag auch an den Arbeitszeiten. Dazu kam ihre Neigung, jedes Rätsel lösen zu wollen oder vielleicht auch zu müssen. Schon als Kind war sie dafür geneckt worden, aber sie hatte sich nicht beirren lassen.

Der einzige Beruf, bei dem ihr diese Neigung zugute kam, war ihrer Ansicht nach der der Polizistin. Dass es nicht bis zur Kommissarin gereicht hatte, war anfangs schwierig für sie gewesen, und dann war auch noch der Unfall dazwischen gekommen. Aber ihr Leben hatte danach eine völlig unerwartete Wendung genommen.

»Die Verbrecherjagd beginnt in der Telefonzentrale«, hatte der Chef des Präsidiums zu ihr gesagt, als er sie in die enge Glaskabine zu den Kollegen geschoben und die Tür hinter sich geschlossen hatte. Und weil Elin nichts anderes übrig geblieben war, nahm sie ihn beim Wort und trainierte sich eine Art auditives fotografisches Gedächtnis an. Die eingehenden Anrufe pro Tag sortierte sie im Kopf nach den Telefonnummern der Anrufer und nach dem Grund des Anrufes, so dass sie auf Zuruf Informationen abfragen und verknüpfen konnte. Aus der Ermittlerin wurde nach und nach eine Sekretärin mit ausgeprägten ermittlungstechnischen Kenntnissen. Es war nach wie vor ihre Leidenschaft, Geheimnisse zu lüften. Aber sie begnügte sich damit, Verknüpfungen herzustellen und die Kollegen damit auf die Straße zu schicken.

Das Klingeln des Telefons unterbrach die ruhigen Gedanken, die sie sich gegönnt hatte. Sie hob den Hörer ab, meldete sich gewohnt kernig und hörte dann geduldig zu: Guten Tag, Herr Lindberg, aha, eine Nachbarschaftsgeschichte, wie sie sich an Wochenenden gern ereignete. Laut sei es geworden, so, so. Ach, nicht der Nachbar sei laut geworden, bei ihm handele es sich um einen äußerst angenehmen Polizisten, haha, ein netter Kollege aus Malmö, der die Wochenenden auf dem Land verbringe. Nein, ein paar junge Dinger wären aufgekreuzt und in das Haus des Nachbarn eingebrochen. Ganz nüchtern haben sie auch nicht gewirkt. Und da sollten die Kollegen doch mal nachschauen, am besten schnell.

»Können Sie etwas zu den Einbrechern sagen?«, fragte Elin. »Haben Sie Waffen gesehen oder haben die Täter Hilfsmittel dabei, mit denen sie einen Menschen verletzen können?«

»Glaub nicht«, brummte der Anrufer. »Aber es reicht ja, wenn sie das Haus verwüsten. Das sind so typische Jugendliche, die sich auf den Straßen herumtreiben und volltrunken unbescholtene Bürger um ihr Hab und Gut bringen. Dabei wirken die beiden ganz harmlos. Aber so kann man sich irren.«

»Wissen Sie, ob Ihr Nachbar zu Hause ist?«, unterbrach Elin seine Mitteilsamkeit.

»Sicher, sein Volvo steht ja vor der Tür. Soll ich hinübergehen und ihn warnen?«

Elin atmete tief durch. Vandalismus konnte jederzeit in rohe Gewalt gegen Menschen eskalieren, wenn die Täter vom Besitzer überrascht wurden. »Bleiben Sie im Haus, damit Sie sich nicht selbst gefährden«, sagte Elin eindringlich. »Ich werde sofort die Kollegen vorbeischicken. Bis dahin unternehmen Sie bitte nichts!«

»Ich könnte die Mädchen ein bisschen erschrecken«, wandte der Mann ein, doch Elin stoppte ihn sofort: »Bitte tun Sie, was ich Ihnen sage. Sie haben uns bereits damit geholfen, dass Sie uns angerufen haben. Den Rest übernehmen wir.«

Sie schrieb Telefonnummer und Adresse in die Datenbank und legte auf. Im nächsten Moment ging eine Meldung an die Kollegen auf Streife über den Funk.

*

Gunnars Tischtelefon klingelte. Er hob ab. »Ja?«

»Wie sieht's aus?« Hanna klang nicht gerade motiviert.

»Und selbst?«, gab er zurück.

Sie seufzte. »Ich hab alle Tankstellen überprüft, an denen Prepaid-Karten gekauft wurden und in deren Umfeld die ehemaligen Schülerinnen von Stina Larsson wohnen. Nichts.«

»Ich habe noch zwei Nummern«, tröstete Gunnar sie.

»Na, dann haben wir ja zwei Chancen.« Auf der anderen Seite des Großraumbüros hob Hanna den Kopf und winkte spöttisch zu ihm hinüber. »Ich komme zu dir, damit wir den erhebenden Moment der Entdeckung gemeinsam genießen können.« Sie legte auf. Und dann mussten sie Stina und Nelli so schnell wie möglich finden.

»Zwei Chancen noch, Baby«, brummte Gunnar. »Und wenn wir die auch versemmeln, dann ...«

Hanna stellte sich neben ihn. Das Kribbeln, das ihn sonst überkam, wenn sie in seiner Nähe war, blieb aus. Die Angst um Stina Larsson war zu präsent, gleichzeitig zu diffus, um zwischen privaten und dienstlichen Angelegenheiten zu trennen. Ein One-Night-Stand, der in Entführung und vielleicht sogar Mord mündete, war nichts, was man leicht wegsteckte. Schon gar nicht, wenn man sich zwischendurch eigentlich für tabu erklärt hatte und dann doch wieder zusammen im Bett landete.

Verdutzt hielt Gunnar inne. »Na, wer sagt's denn?«

Hanna kniff die Augen zusammen. »Den Namen habe ich heute schon mal irgendwo gehört.« Sanft schob sie seine Hand von der Maus und zoomte in das Landkartenprogramm hinein. »Elena Berglund, Smedjekullsgatan, Malmö. Keine zweihundert Meter weiter ist die Tankstelle. Und auf deiner Liste steht, dass ihre Eltern seit sechs Jahren geschieden sind. Volltreffer.«

Gunnar deutete auf den Bildschirm. »Wie es aussieht, ist Elena bei ihrer Mutter in Malmö gemeldet, nicht bei ihrem Vater.«

»Hegt Elena Berglunds Mutter genug Groll gegen Stina Larsson, dass sie sie von einem Prepaid-Handy anruft und bedroht? Und warum das Ganze?«, überlegte Hanna. »Aber wieso gehen wir eigentlich die ganze Zeit von einem männlichen Täter aus? Als ob nur Männer Verbrechen begehen würden. Dabei sind Frauen auch nicht ohne.«

Gunnar blieb der Mund offen stehen. »Dir ist klar, dass du gerade unser Täterprofil in Frage stellst?«

»Das stört keinen großen Geist. Andererseits wäre ich froh, wenn ich meine Vermutung irgendwie begründen könnte.« Gedankenverloren kaute sie an einem Fingernagel. »Schau bitte mal nach, wo der Vater derzeit wohnt.«

Gehorsam gab Gunnar die Daten in die Suchmaske des nationalen Melderegisters ein und klickte auf den Suchen-Button.

»Ture Berglund lebt westlich von Ystad. Ist das einsam genug, um dort einen Menschen zu verstecken?« Auffordernd schaute Gunnar zu Hanna auf.

»Wir sollten dort vorbeifahren oder die Kollegen in Malmö ... Oh nein.« Resigniert strich Hanna sich die Haare aus der Stirn. »Schau dir mal das Foto an. Das ist nicht irgendein Ture Berglund. Das ist der Kollege von Aleksander Olofsson, mit dem wir heute gesprochen haben.«

»Auch Kollegen können Dreck am Stecken haben.« Gunnars anfängliche Freude, endlich fündig geworden zu sein, verblasste. »Jetzt wird's unangenehm.«

»Warum sollte Ture Berglund eine ehemalige Solotänzerin entführen?«, murmelte Hanna.

»Unerwiderte Leidenschaft«, vermutete Gunnar.

Hanna tat, als konzentrierte sie sich auf den Bildschirm. »Ich hasse es, gegen Kollegen vorzugehen. Wenn er es überhaupt war.«

Gedankenverloren nickte Gunnar. »Das müssen wir wohl oder übel nachprüfen.«

»Check vorher bitte noch die letzte Nummer«, bat Hanna. »Könnte ja sein, dass wir uns irren.«

Jetzt schauten sie sich doch an. Ein bisschen zu lang, wie Hanna fand.

»Kollegen?« Elin vom Empfang stand plötzlich neben ihnen. »Ich glaube, ich habe was für euch.« Sie lächelte verschmitzt. »Und zwar hat gerade ein Mann aus der Ferienkolonie Sandhammaren bei Löderup wegen Vandalismus bei seinem Nachbarn angerufen. Ich habe schon einen Streifenwagen hingeschickt, aber dann kam mir ein Gedanke.« Elin warf einen Blick auf ihren Notizzettel. »Mir fiel ein, dass er zwei Mädchen erwähnte, die nicht mehr ganz nüchtern sind. Ich hatte so einen Verdacht und habe den Mann noch mal angerufen, vielleicht konnte er die Mädchen irgendwie beschreiben.« Elin lächelte zufrieden. »Eine Beschreibung passt wie die Faust aufs Auge auf Nelli Larsson.«

»Und die andere auf Anka Wallin, darauf verwette ich meinen nicht vorhandenen Bart«, stieß Gunnar hervor. »Schon wieder Wallin, du meine Güte. Am Ende ist sie mit dem Stadtrat verwandt!«

Kritisch zog Hanna die Augenbrauen hoch. »Auch wenn der Kerl uns immer wieder vor die Füße fällt – in diesem Fall glaube ich das nicht. Dafür gibt es zu viele Wallins in Schweden. Wann kam der Anruf?«

»Ist keine zwei Minuten her. Und hier ist die Adresse.« Elin gab Hanna den Zettel.

»Hat der Anrufer zufällig gesagt, wie sein Nachbar heißt?«, fragte Hanna lauernd.

Elin runzelte die Stirn. »Mist, das habe ich natürlich nicht aufgeschrieben. Ich glaube, er sagte etwas von, ja, von Berglund.«

»Ture Berglund.« Kopfschüttelnd schob Gunnar seinen Stuhl zurück. »Vielleicht sind Nelli und sogar ihre Mutter dort? So eine Ferienkolonie ist der ideale Ort für Geheimnisse.«

»Das wäre natürlich super.« Mit einem Griff hatte Hanna den Sitz ihrer Waffe überprüft. »Elin, du bist ein Schatz!«

Zufrieden schaute die Polizistin mit dem Faible für Rätsel den beiden nach. Dann kehrte sie gemächlich in ihren Glaskasten zurück.

Nelli

Es heißt, im letzten Akt kommt es darauf an, dass man wirklich gut ist. Sonst gerät das Stück in den letzten Minuten aus den Fugen, der Ausgang wird ungewiss. Das ist dem Publikum gegenüber, das Geld für die Vorstellung bezahlt, nicht fair. Für die Mitspieler bedeutet es, dass man ihre harte Arbeit vernichtet.

Gehorsam habe ich mich auf dem Campingstuhl niedergelassen, kann mich aber nicht näher an den Tisch setzen, weil er in Wirklichkeit ein grauer Betonkasten ist. Dazu kommt die kühle Kellerluft. Kaum bin ich in den Outdoor-Bezug des Stuhls gesunken, spaltet sich meine Wahrnehmung in zwei Hälften. Ich will unbedingt, dass ich an einem Tisch sitze, weil ich mir dann einbilden kann, bei einer Grillrunde an einem ungewöhnlichen Ort zu sein. Der andere Teil kann nicht ausblenden, dass unter dem Wachstuch eine Betonplatte einen massiven Kasten von zweimal einem Meter Kantenlänge verschließt, der wie ein Sarg aussieht. Ob wir hier jemals wieder herauskommen?

Außer unseren Atemzügen ist kein weiteres Geräusch im Keller zu hören. Sogar die Musik ist verstummt. Der Leierspieler hat irgendwas mit dem Licht angestellt. Ich sehe seine Gestalt, ohne sein Gesicht zu erkennen. Bisher hat er nur dagestanden und geflüstert, was mich wahnsinnig macht. Ich unterdrücke den Impuls, den Teller hochzustemmen und ihm den Fleischberg ins Gesicht zu knallen. Stattdessen versuche ich vorsichtig, meine Sitzposition auf dem Stuhl zu verändern. Mit den Knien verziehe ich versehentlich das Wachstuch.

Ein zischender Laut zerteilt die Stille.

Einen Augenblick später wird mir klar, dass er erschrocken die Luft eingesogen hat. Erst als die herunterhängenden Falten des Wachstuchs nicht mehr schwingen, beruhigt sich sein Atem.

»Iss, Nelli.«

Mir wird trotz meines leeren Magens übel. »Keinen Hunger.« Prompt knurrt mein Magen lauter. Ich nehme meinen ganzen Mut zusammen: »Was soll das hier überhaupt?«

Sekunden verstreichen, bis der Leierspieler endlich reagiert. Bedächtig legt er den Kopf schief. Seine Mundwinkel heben sich wie bei der Kommissarin; auch er tut es, ohne zu lächeln. Der Unterschied ist: Bei ihr wusste ich, dass sie mir nichts tun wird.

Geschmeidig gleitet er auf den Stuhl neben mir. Sein Gesicht ist halb Licht, halb Schatten. Das reicht mir, um Ture Berglund endlich zu erkennen. Also habe ich mir nicht eingebildet, dass er vor Gretas Haus im Wagen saß. Ich hatte alle Zeit der Welt, die Kommissarin anzurufen. Warum zum Teufel habe ich es nicht gemacht?

Beunruhigt kämpfe ich gegen die innere Kälte. »Ich habe gefragt, was das hier soll«, wiederhole ich mühsam.

Seine Mundwinkel fallen herunter. »Ich habe ein Abschiedsessen organisiert. Das sieht man doch.«

Das ist der Faustschlag in den Magen, der mir gerade noch gefehlt hat. »Ach was«, krächze ich. Mein Magen knurrt umso deutlicher. Anka hätte sicher eine passendere Antwort gehabt.

»Bedien dich«, fordert Ture mich auf. »Eine Reise sollte man nicht mit leerem Magen antreten.«

»Hat Mama auch davon gegessen?« Die Frage ist mir herausgerutscht. Einerseits will ich ihn provozieren, damit er einen Fehler macht und ich entwischen kann. Ich muss die Polizei verständigen … Andererseits beschleicht mich eine böse Ahnung, was er mit einer »Reise« meint. Ich muss ihn irgendwie ablenken, einwickeln, was auch immer, damit ich wenigstens einen Hilferuf an Anka absetzen kann.

»Stina behauptet, sie isst kein Fleisch.« Ärgerlich mustert er mich, als ob das mein Fehler wäre.

»Stimmt«, lüge ich. Mama hat nur so lang auf Fleisch verzichtet, bis sie mit mir schwanger geworden war. »Was für eine Reise meinst du?«, hake ich scheinbar gelassen nach.

Diesmal zischt er wie eine aufgestörte Kobra. Ich bin dir wohl zu neugierig!

»Eine Reise zurück zum Beginn unserer Beziehung.« Rasch fährt seine Zunge durch seine Mundwinkel. Ist es ihm unangenehm, darüber zu sprechen?

Ich werde mutiger. »Mama hat gesagt, dass nur du eine Beziehung wolltest.«

Sein Kopf ruckt hoch. In seinen Augen tanzen grelle Punkte. »Das stimmt nicht!«

Mehr oder weniger elegant setze ich mich auf meine zitternden Hände. »Woher willst du das wissen?«

»Und woher willst *du* die Wahrheit wissen?« Sein Zeigefinger schießt vor und stoppt nur Millimeter vor meiner Nasenspitze. »Du warst damals gar nicht auf der Welt!«

»Und du warst längst geschieden, als du uns in der Ballettschule aufgelauert hast!« Mist. Ich verliere die Kontrolle über meine Gedanken, und meine Zunge hat nichts Besseres zu tun, als alles sofort hinauszuposaunen!

Sein Atem geht stoßweise. »Was weißt du schon.«

»Dann erzähl es mir!«, brülle ich verzweifelt.

Verwundert blinzelt er ein paarmal. »Wozu?«

Anka, Anka! Verdammt, warum habe ich nicht auf dich gehört und bin draußen geblieben? Krampfhaft suche ich nach der passenden Erwiderung. »Wie soll ich das denn alles verstehen, wenn du mir nicht sagst, wie es wirklich war?« Die Kellerdecke droht mir auf den Kopf zu fallen. »Vielleicht sieht Mama die ganze Sache ja falsch und, und du bist in Wirklichkeit der liebe, nette Mann, den sie sich immer gewünscht hat!« Meine Wangen fangen an zu brennen. Mama hätte Ture Berglund am liebsten nach Grönland verbannt. Ich fühle mich, als hätte ich Mama gerade verraten. Aber hier geht es um unser Leben, das wird sie sicher verstehen …

Ich sollte nicht ganz so forsch auftreten, denn um seinen Mund haben sich tiefe Kerben gebildet. Ich probiere ein verlegenes Kleinmädchen-Grinsen. »Außerdem bin ich neugierig.«

Es scheint zu funktionieren. Ture Berglunds Blick wird glasig, er lächelt entrückt. »Ach, Nelli.« Und plötzlich ist so was wie Liebe in seiner Stimme. »Wenn du wüsstest …«

»Ja, das will ich. Erzähl mir alles!«, presse ich heraus. Widerwillig rücke ich näher an ihn heran, um mein scheinbares Interesse zu unterstreichen, obwohl ich innerlich vor Angst fast zerspringe. Ich bin eine Heuchlerin. Aber mir bleibt nichts anderes übrig.

»Deine Mutter«, beginnt er mit einer Stimme, mit der man wahrscheinlich von der Liebe seines Lebens spricht. »Deine Mutter war wunderschön, als ich sie zum ersten Mal gesehen habe. Es war im Opernhaus von Göteborg.«

Das Ballett, was sonst! Aber ich sagte ja schon, dass es mein Leben zerstört hat. Ich wusste nur nicht, dass es schon vor meiner Geburt der Fall war. Denn Mama hat erst in Göteborg getanzt, bevor sie ein paar Jahre durchgängig in Malmö engagiert war – bevor ich kam.

»Du weißt nicht, wie das ist«, flüstert Ture so leise, dass ich mich vorbeuge, um ihn zu verstehen. »Wenn man sich das Leben ohne einen bestimmten Menschen plötzlich nicht mehr vorstellen kann. Wenn man seinen Namen atmet. Bei jedem Wetter auf der Straße steht und darauf wartet, einen Blick zu erhaschen.«

Doch, will ich sagen, das weiß ich sehr wohl. Genau deshalb will ich Mama wiederhaben, du Arsch! Aber ich beiße mir auf die Lippen. Er soll reden, einfach nur reden!

Sein Blick geht in die Dunkelheit. Langsam zähle ich bis fünfzig. Er rührt sich nicht. Ich bin sicher, dass er mich momentan gar nicht wahrnimmt. Meine Abwehr gegen Hanna Lundqvist bröckelt. Sie wird mir helfen, wenn ich sie anrufe!

Sehr langsam ziehe ich die rechte Hand unter mir hervor und taste langsam nach oben zur Gesäßtasche, wo mein Handy steckt. Vor Aufregung werden meine Knie weich. Ich fühle, wie das Blut aus meinem Gesicht weicht. Kurz droht mich die Dunkelheit zu übermannen.

»Sie war …« Unvermittelt schaut er mich an und verstummt.

Langsam lehne ich mich zurück. Der Geruch seines Duschgels, der mit einem Mal viel zu intensiv zwischen uns steht, setzt sich in meinen Nasenlöchern fest. Ich schlucke nervös.

Mit einem Schlag sitzt Ture sehr gerade. »Du schwitzt. Du hast Angst. Wovor?«

Ich bekomme den Mund nicht auf. Langsam zucke ich mit den Schultern, als wollte ich sagen: Ich weiß nicht, was du meinst.

»Du horchst mich aus, du Kröte.« Er klingt gelassen. »Das mag ich nicht.« Plötzlich schießt er hoch. Polternd fällt sein Stuhl um.

Ich will auf dem Stuhl zurückweichen, doch das blöde Campingding kippt und ich mit ihm. Ungewollt rolle ich mich rückwärts ab und komme wider Erwarten auf die Füße. Dafür hätte mir meine Sportlehrerin die Bestnote gegeben!

Drohend kommt Ture auf mich zu. »Du spielst mit mir wie deine Mutter! Ich hasse dich!«

Er schubst mich aus dem Scheinwerferlicht, der Raum verschwimmt. Kurz verliere ich die Orientierung, dann knallen seine Hände mit voller Wucht gegen meine Schultern.

Ich strauchele, kann mich an der Wand abstützen.

Trete blind zu. Treffe.

Ture Berglund ächzt, doch schon landet ein Schlag auf meiner Brust. Mir bleibt die Luft weg.

Unwillkürlich krümme ich mich zusammen, sein Arm fährt über mir durch die Luft, ich werde gepackt und hochgerissen.

»Du hast mein Leben zerstört!«, brüllt er. »Du hast mir Stina weggenommen!«

Da brennt mir endgültig die Sicherung durch. Ich fange an zu schreien. Meine Arme und Beine bewegen sich, ohne dass ich es ihnen sagen muss. Jeder Schlag trifft.

Ich komme frei, trete noch einmal zu, ohne zu sehen, was ich treffe. Mit zwei Sätzen bin ich beim Betonsarg und reiße alles herunter. Fleisch klatscht auf den festgestampften Boden. Geschirr zerbirst klirrend.

Ich werfe mich gegen den Betondeckel.

Plötzlich tut sich unter mir ein Abgrund auf. Ganz unten umrahmen schwarze Haare Mamas blaues Gesicht. Sie sieht so klein und friedlich aus, als ob sie schläft. Ist sie etwa …?

Jemand fegt mich zur Seite. Ich sehe den erstaunten Ture vorbeistolpern, ein zweiter Schatten verdunkelt den Scheinwerfer, bevor mich etwas im Nacken trifft.

Rasende Schmerzen schießen durch meinen Körper. Mein Magen stülpt sich um. Bevor ich mich übergeben kann, wird die Welt schwarz.

*

Behutsam schloss Anka die Haustür hinter sich. »Nelli?«, flüsterte sie angespannt.

Nichts.

Der Türknauf schien in ihrer Hand zu brennen. Erschrocken ließ Anka ihn los. Von einem Psychopath hatte Nelli erzählt. Hingen deshalb die Jacken in Reih und Glied an der Garderobe?

Obwohl ihr danach war, grölend durch alle Räume zu fegen, zwang sie sich, leise aufzutreten. Diese Häuser hatten verflixt empfindliche Böden, und nichts war blöder, als sich durch knarrende Holzdielen zu verraten.

Vorsichtig schob sie sich an einem wuchtigen Flurschrank vorbei. Die Tür war nur angelehnt. Anka konnte nicht widerstehen und zog sie einen Spalt auf. Aus etwas, das aussah wie ein schwarzer Fellmantel, drang scharfer, metallischer Geruch … Angewidert wich Anka zurück. Sie wollte sich gar nicht vorstellen, was noch in diesem Schrank lagerte! Sie richtete ihre Aufmerksamkeit auf die Geräusche des Hauses. Angestrengt versuchte sie, etwas anderes zu hören als die Musik, aber da war nur das Rauschen in ihren Ohren. Du begehst gerade Hausfriedensbruch, dachte sie. Unruhig strich sie sich die Haare aus der Stirn. Verdammte Scheiße, verlier bloß nicht die Nerven!

»Nelli?«

Am Ende des Flurs war eine zerschrammte Stahltür eingelassen. In den Häusern, die Anka kannte, führten diese Türen in die Waschküche. War dort der ideale Ort, um einen Teenager samt Mutter gefangen zu halten?

DRIIIIIIIIIIIIIING!

Erschrocken fuhr sie herum.

Schrill zerriss das Klingeln des Wandtelefons den heißen Nachmittag. Panisch wich Anka zurück und stieß gegen den Schrank. Bis sie die Haustür erreichte, konnte wer auch immer hier wohnte schon im Flur stehen. Blind vor Aufregung riss sie eine der Schranktüren auf, ließ sich rückwärts unter den Fellmantel fallen, landete unerwartet weich und zog die Tür von innen wieder zu. Ihre rutschigen Hände ertasteten kurze, borstige Haare und etwas Ledriges. Hoffentlich waren das nur Jagdtrophäen!

Eine Tür krachte gegen eine Wand, dann wischte ein Schatten am Spalt zwischen den Schranktüren vorbei. Das Klingeln erstarb.

Anka wagte kaum noch zu atmen.

»Ja?«, keuchte eine ungewöhnlich hohe Männerstimme. »Ja, ich habe es mitbekommen.«

Die Neugier trieb Anka dazu, behutsam das Gewicht nach vorn zu verlagern und durch den Spalt zu linsen. Ein Mann in blauer Uniform wandte ihr den Rücken zu. Der Polizist, dachte sie erschrocken. Nelli hatte Recht gehabt!

»Es ging über Funk, bevor ich etwas unternehmen konnte«, erwiderte der Mann aufgebracht. »Was kann ich dafür, wenn mein Nachbar bei der Polizei anruft?«

Sein Gesprächspartner brüllte so laut, dass Anka fast glaubte, ein paar Worte zu verstehen.

»Aber ...« Der Mann verstummte. Ein Schweißfilm glänzte auf seinem Nacken.

Langsam lehnte Anka sich zurück, damit er sie nicht unverhofft entdeckte. Der Geruch nach gegerbtem Leder, der aus den Fellen aufstieg, wurde übermächtig. Krampfhaft schluckte sie gegen den Brechreiz an.

Wütend stampfte der Mann auf. »Heute Morgen war auf der Wache noch alles in Ordnung. Ich habe keinen Einfluss auf das, was die Ystader machen! Nein, ich habe ihnen die Akte nicht gezeigt. Ja, ja – gut. Aber Stina gehört mir! Ich will das Balg nicht. Es hat mein Leben zerstört!« Zitternd zog Anka die Finger aus dem haarigen Berg zurück, auf dem sie gerade noch so weich gesessen hatte.

»Nein!«, schrie der Polizist plötzlich. »Wenn du es nicht abholst, bringe ich es um!«

Seine Worte dröhnten in Ankas Kopf. Tränen drohten sie zu ersticken. Sie konnte einfach nicht glauben, was gerade geschah!

»Verschacher Nelli von mir aus an deine nimmersatten Pädophilenfreunde! Wo bist du gerade?« Seufzen. »Wenn du dich beeilst, bist du vor den Kollegen hier.«

Grußlos knallte der Mann in Uniform den Hörer auf die Gabel und rannte davon.

Es war, als erwachte Anka aus einem schlimmen Traum, doch der Gestank blieb und sie saß immer noch in diesem schrecklichen Schrank. Erst als sie im Rücken ein Stechen spürte, wagte sie, sich zu bewegen.

Nelli. Verschachern. Pädophile.

Anka unterdrückte ein Ächzen, als sie versuchte, sich auf den rutschigen Fellen aufzurichten. Sie musste hier so schnell wie möglich raus und Hilfe holen. Aber war die Polizei nicht schon auf dem Weg? Der Typ hatte etwas von Polizeifunk gesagt ... Sacht drückte Anka von innen gegen die Schranktür. Sie rührte sich nicht. In ihrem Nacken begann es zu kribbeln.

Da krachte es ein zweites Mal.

Instinktiv warf sie sich nach hinten. Die Schrankrückwand vibrierte gefährlich, aber sie hielt. Ankas Atem rasselte vor Angst.

»Hallo?«

Der Krampf zog ihren Brustkorb zusammen. Eine Sekunde verstrich, in der ihr Herz vergaß, wie es schlagen sollte, um urplötzlich davonzugaloppieren. Der Teppich aus den ekelhaften Fellen schien sich unter ihr aufzutun, Anka drohte in Leder und Erde zu versinken ...

»Hallo«, wiederholte die Stimme.

Ankas Welt begann sich aufzulösen. Ich muss mich vergewissern, dass ich nicht verrückt geworden bin! Ohne darüber nachzudenken, zog Anka ihr Handy heraus. Automatisch fanden ihre Finger die Film-App und drückten auf den Auslöser.

»Ture, wo bist du?«

Jemand keuchte eine Treppe herauf, der Polizist kam wieder in Ankas Blickfeld. »Was soll der Scheiß?«, brüllte er. »Warum ist Nelli hergekommen? Und Greta!«

»Ganz ruhig, Ture ...«

»Nein, ich bleibe nicht ruhig! Eine von beiden wird uns hochgehen lassen!«

Ungläubiges Lachen. »Greta kann es sich nicht leisten, uns zu schaden, weil sie dann selbst dran ist.«

»So? Und Nelli?«

Viel zu deutlich konnte Anka auf dem Display ihres Handys sehen, wie Ture den anderen musterte. Der schwieg.

»Jetzt hör mir mal zu, du Schlauberger.« Der Finger des Polizisten bohrte sich in das Hemd seines Gegenübers. »Mir gefällt dein Ton nicht! Du hast es mir zu verdanken, dass noch niemand auf dich gekommen ist. Ich werde sie ...«

»Schon gut, schon gut«, wehrte sein Besucher ab. »Sind sie im Keller?«

Ture nickte gereizt.

»Dann gehen wir jetzt beide hinunter und reden mit ihnen. Einverstanden?« Beinahe fürsorglich legte er dem Polizisten den Arm um die Schultern und schob ihn den Flur hinunter.

»Ich muss dir wegen Nelli was sagen ...« Ture Berglunds Worte wurde unverständlich.

Starr blickte Anka auf das Display, unfähig, sich zu rühren.

Kurz darauf schrie eine Frau. Irgendwo im Haus knallte es.

Schwere Schritte kamen die Treppe herauf. Die Frau, wahrscheinlich Greta, schleifte etwas hinter sich her. Als sie am Schrank vorbeikam, erhaschte Anka einen Blick auf ... Das Handy drohte ihr aus den Fingern zu gleiten.

Nellis Füße rutschten vorbei. Sie hatte einen Schuh verloren.

»Schnell jetzt!«

Hosenbeine stolperten auf der Höhe des Spaltes zwischen den Schranktüren. Anka wagte kaum noch zu atmen.

Draußen in der Einfahrt schlugen Autotüren zu, ein Motor startete. Reifengeräusche entfernten sich.

Behutsam berührte Anka den roten Button auf dem Handy. Die Aufnahme wurde unterbrochen. Vorsichtig nahm sie das Handy herunter, um es wegzustecken.

Schritte näherten sich.

Verharrten vor dem Schrank.

*

Lindberg, so hieß der Nachbar in Shorts und Unterhemd, hatte sich genau an die Anweisung gehalten und war im Haus geblieben. Unruhig schaute er immer wieder auf die dunkle Standuhr neben dem Fernseher. Wo blieb die Polizei?

Als endlich ein Polizeiwagen, gefolgt von einem Zivilfahrzeug, etwas entfernt von Berglunds Haus am Straßenrand hielt, gab Lindberg seinen Beobachtungsposten am Wohnzimmerfenster auf. Er eilte in seinen Vorgarten und winkte der uniformierten Polizistin mit den hellblonden Haaren zu. »Sie sind gerade rausgekommen und weggefahren!«

Alarmiert sprang Hanna aus dem Wagen. »Bleiben Sie, wo Sie sind!«

»Aber sie sind doch gar nicht mehr da«, meinte Lindberg verdutzt.

Mit einem Blick bat Hanna Jenny, die mit Peer gekommen war, sich um den übereifrigen Mann zu kümmern.

Jenny gehorchte. Eigentlich hätte sie lieber das Haus mit den anderen gestürmt, denn wann hatte man schon die Gelegenheit, eine Entführung mit Mordgefahr aufzuklären!

Mit festem Schritt ging sie auf Herrn Lindberg zu. »Tun Sie bitte, was Kommissarin Lundqvist sagt. Solang wir nicht wissen, was im Haus los ist …«

»Ja, sagen Sie mal, hören Sie mir überhaupt zu?« Lindbergs Gesicht wurde knallrot. »Da ist niemand mehr drin! Alle ausgeflogen. Die Frau und der Mann, der sah übrigens aus wie ein Schauspieler. Es ist niemand mehr da!«

Jenny runzelte die Stirn. »Und Ihr Nachbar, der Herr Berglund? Und die beiden Mädchen, die Sie gemeldet haben?«

So schnell, wie Lindberg zornesrot war, erblasste er. »Ach so.« Er kratzte sich am Kopf. »Keine Ahnung. Die habe ich nicht mehr gesehen.«

Jenny seufzte. »Und von welcher Frau sprechen Sie?«

Sofort bekam Lindberg wieder Oberwasser. »Glauben Sie, ich kontrolliere die Pässe von Berglunds Besuchern oder was?

Finden Sie doch heraus, was das für eine Frau war! Sie sind ja schließlich die Polizei.«

Betont ruhig zog Jenny Block und Stift heraus. »Können Sie den Schauspieler beschreiben, dessen Name Ihnen nicht einfällt?«

Damit brachte sie Lindberg endgültig auf die Palme. »Sie sehen doch, dass ich kein Jungspund mehr bin, wie soll ich da mit meinen alten Augen den Mann beschreiben? Er war mindestens fünfzig Meter entfernt, und ich habe ihn durch das Wohnzimmerfenster beobachten müssen, das meine Frau diesen Sommer noch nicht geputzt hat! Am Ende soll ich Ihnen noch einen Lebenslauf von der Frau liefern!

Allmählich hatte Jenny genug. »Ist Ihnen trotzdem etwas an der Frau oder dem Schauspieler aufgefallen?«

Verdutzt schaute Lindberg sie an. »Na ja, sie war eben eine Frau. Mit so einer Frisur, wie sagt man … Sie hatte einen Knoten auf dem Kopf, einen Dutt. Wie eine Gouvernante. Und dunkelbraune Haare. Ein paar hatten sich aus dem Dutt gelöst.«

Soviel zu alten Augen und schmutzigen Fenstern. Verbissen schrieb Jenny mit. Aus den Augenwinkeln sah sie, wie sich auf dem Nachbargrundstück die Haustür einen Spalt öffnete. Hanna und Gunnar huschten hinein. Grimmig drückte Jenny den Kugelschreiber aufs Papier.

Blöde Arbeitsteilung.

*

Vorsichtig zog Gunnar die Haustür wieder ins Schloss. Rotgelbe Nachmittagsstrahlen fielen durch das Oberlicht. Alles hätte so romantisch sein können, dachte Hanna bedauernd.

»Im Erdgeschoss ist niemand. Ich gehe runter in den Keller«, hauchte Gunnar. »Peer, du sicherst.«

Hannas Hände kribbelten. Erinnerungen an Göteborg stiegen auf. Der Abzug lag kalt und zugleich warm am Finger, sie hatte die Waffe bereits entsichert und fieberte einem verdächtigen Rascheln, Husten, Klappern entgegen. Langsam schlich sie auf die Treppe zu, behielt die Ecke hinter dem wuchtigen Schrank im Auge …

Knirschen.

Alarmiert wich sie ein paar Schritte zurück. Bevor sie sich stumm mit Peer verständigen konnte, bewegte sich eine der beiden Schranktüren. Langsam schwang sie auf und kam ächzend zum Stillstand.

Entferntes Schluchzen.

»Nelli?«

Das Schluchzen verklang.

Das war nicht im Schrank, dachte Hanna verwirrt. »Anka?«

Es blieb still. Peer nickte Hanna zu. Mit entsicherter Waffe schlich sie an den Schrank heran.

Drei – zwei – eins.

Mit einem Ruck riss sie die andere Tür auf. »Keine Bewegung!«

Im Schrank waren nur alte Wildschweinfelle und ein Wintermantel. Obenauf: ein Rucksack.

Angespannt bedeutete Hanna Peer, sich darum zu kümmern, bevor sie die Treppe in den ersten Stock hinaufhuschte. Staubflocken tanzten um ihre Füße und senkten sich auf einen unberührten Teppich.

Keine Spuren, stellte Hanna fest. Wer immer hier wohnt, nutzt dieses Stockwerk eher selten. Trotzdem musste sie sich vergewissern, dass nichts hinter den Türen …

Ein erstickter Aufschrei.

Hannas Herz polterte und beruhigte sich.

Keller, dachte Hanna. Sie sind im Keller. Wann hatte sie das letzte Mal so richtig unprofessionelles Herzklopfen gehabt?

Sie warf einen letzten Blick in den ersten Stock und eilte wieder hinunter. Wenn hier oben wirklich jemand auf sie wartete, würde er sich gedulden müssen.

Wie erwartet, deutete Peer stumm zur Kellertreppe. Ohne anzuhalten, folgte Hanna Gunnar, wartete eine Sekunde, bis sich ihre Augen an die Dunkelheit gewöhnt hatten.

Gunnar stand erstarrt im Treppenschacht. Er versuchte, die wenigen Geräusche zuzuordnen, die aus dem Keller kamen. Hatte sie ihn gestört?

Eins, zwei, drei, zählte Gunnar stumm. Hannas Atem hatte er längst hinter sich bemerkt. Vorsichtig stieg er Fuß um Fuß die Treppe weiter hinunter.

Noch ein Aufschrei, diesmal wie ein ersticktes Keuchen.

Gunnar holte tief Luft und schob sich noch tiefer in das Zwielicht des Kellers. Am Fuß der Treppe blieb er kurz stehen, um leise Luft zu schöpfen. Im Lichtrechteck des Fensters wirkte der Raum schmutzig, dazu der schwere Eisengeruch ...

Jemand weinte.

Vier, fünf, sechs, dachte Gunnar angespannt, hechtete um die Ecke, entsicherte im Sprung seine Pistole. »Waffe weg und flach auf den Boden legen!«

Grell leuchteten die rauen Wände auf. Ein Blitz!

Er riss die Arme vors Gesicht, zielte blind. »Waffe runter!«

Etwas klackte.

»Runter!«, brüllte Gunnar. »Sonst schieße ich!«

Scharren. Schniefen. Stille.

Der Blitz auf seiner Netzhaut verblich. Die Welt kehrte zurück.

Ihr Gesicht war kalkweiß. Aber es war nicht Nelli, die langsam den Arm sinken ließ.

»Das – das ist mein Handy. Ich ...« Ihr Gesicht verzerrte sich zum Lächeln eines Menschen, der in den letzten Minuten zu viel gesehen hatte. »Das gibt ein cooles Foto.« Anka wirkte weggetreten. Ihr schien nicht klar zu sein, dass der Schnappschuss in den Lauf einer Handfeuerwaffe ihren Tod bedeuten konnte.

Hanna stob an Gunnar vorbei. Er hätte längst reagieren, das Mädchen fixieren oder wegbringen müssen. Aber wer rechnete damit, in so einer Situation von einer Foto-App abgeschossen zu werden? Hannas Gestalt glitt an ihm vorbei, an ihrer Schulter das Mädchen, das nicht Nelli war.

Zwei Geister blieben mit Gunnar zurück. Oder vielleicht waren es doch Menschen, die sich um das Ungetüm in der Mitte des Raumes wanden?

Vorsichtig ging er in die Knie. Seine warmen Finger berührten dunkle, lange Haare, die das blasse Gesicht wie eine Korona umgaben. Jemand hatte den dünnen Körper mit fleischfarbenen Mullbinden bandagiert. Hier und da leuchtete zwischen den dünnen Stoffstreifen blaue Haut.

Gunnar fröstelte. Das war keine Schminke.

»Stina? Hörst du mich?« Je tiefer er sich über sie beugte, desto stärker wurde der Eisengeruch. Erst jetzt bemerkte er die kaum sichtbaren, fast verschämten roten Tupfen, die auf dem Mull landeten und nach und nach versickerten. Gunnar musste heftig schlucken, um den Würgereiz zu unterdrücken.

Immerhin atmete Stina.

»Peer! Hanna! Ich brauche Hilfe!«

Getrappel, Weinen, Stimmen. Dann war Peer da, erzählte etwas von einer Anka, um die Hanna sich kümmerte, die Ambulanz wäre auch schon unterwegs, natürlich die Spurensicherung, und dann: »Bah. Von dem ist nicht mehr viel übrig.«

Gunnar versuchte, ihm einen tadelnden Blick zuzuwerfen, obwohl er Erleichterung verspürte, dass sie Stina endlich gefunden hatten.

»Ein bisschen mehr Respekt, bitte.« Vorsichtig warf er einen Blick über den Sargrand. Peer hatte recht: Ture Berglund war, wenn überhaupt, nur noch an der Uniformhose und dem Ehering zu erkennen, den er bei ihrem Zusammentreffen am Vormittag auch schon getragen hatte. Sein Kopf und der Oberkörper waren zu einem formlosen roten Fleischklumpen geworden, in dem die Spurensicherung mindestens eine Handvoll Schrotkugeln fand.

Ächzen ließ ihn aufblicken.

Stina

Orpheus hat sich nicht an die Regeln gehalten. Er hat mich angeschaut, obwohl ich die Unterwelt noch nicht verlassen hatte.

Es ist ihm nicht bekommen.

Nelli. Du kennst die Regeln, nicht wahr? Hast du deshalb den Betonhimmel geöffnet?

Haben sie dich deshalb mitgenommen?

Jemand versucht, mich daran zu hindern, den Kopf zu drehen. Doch ich will sehen, ob sein Blut noch tropft oder in der Eiseskälte des Totenreichs gefroren ist. Über und über hat er mich besudelt. Hat mein Leben zerstört.

Sein Arm hängt über den Rand des Sarges, der meiner hätte werden sollen. Allmählich werden meine Gedanken klarer. Wäre mein Körper nicht so kalt, könnte ich sagen, dass jemand mit einer Schrotflinte geschossen und ihn förmlich durchsiebt hat. Aber damit sollte nicht ich gerettet werden, sondern wieder nur die, die mich in diesem Sarg ersticken wollte ...

Licht fällt auf den Arm. Schneller als mein Körper reagiert mein Geist. Verwundert will ich mich aufrichten, doch ich muss in diesem Gefängnis verharren, bis sich jemand meiner erbarmt und erkennt: Orpheus ist entkommen.

*

»Geben Sie ihr ein paar Stunden, damit sie sich wenigstens stabilisieren kann. Sie hat ziemlich lang nichts getrunken.« Energisch schob der Notarzt Gunnar von der Bahre weg.

Gunnar ließ nicht locker. »Ich will doch nur wissen, wie es ihr geht!«

»Den Umständen entsprechend. Und wenn Sie uns aufhalten, wird es eher schlechter als besser.« Mit einem knappen Nicken ließ der Notarzt Gunnar in der Garagenzufahrt stehen.

Einen Moment erlaubte Hanna sich, Anka aus den Augen zu lassen, die in der Tür des Krankenwagens saß. Stockstarr stand Gunnar da, stellte für ein paar Sekunden sogar die Atmung ein, erstarrte regelrecht. So sah bei ihm Resignation aus. Hanna glaubte, einen Stich zu spüren. Warum tat es bloß so weh, ihn wegen einer anderen bekümmert zu sehen?

Blödsinn, dachte sie wütend. Sie ist seine Bekannte. Natürlich macht er sich Sorgen!

Stimmen lenkten ihre Aufmerksamkeit wieder auf die letzten Ereignisse zurück. Die Fahndung nach Nelli und Steen Wallin lief bereits. Trotz der Hitze hatte Anka sich eine Decke geben lassen, als hätte sie die Kälte aus dem Keller mitgenommen. Still nippte sie an ihrem Becher mit lauwarmem Tee.

Nun begann der schwierige Teil der Aktion. »Ich würde dir gern ein paar Fragen stellen.«

Die Sanitäterin warf Hanna einen strengen Blick zu.

»Ja, ich weiß«, beeilte Hanna sich zu sagen. »Aber es geht um ein anderes Mädchen, das wir finden ...«

»Mir egal, was mit Nelli ist.« Ruhig nahm Anka einen tiefen Schluck. »Soll sie doch verrecken.«

Die Sanitäterin und Hanna wechselten einen Blick.

»Nelli kann nichts dafür«, sagte Hanna sanft. »Sie ist genauso unfreiwillig hineingeraten wie du.«

»Stimmt doch gar nicht.« Ankas Hand schloss sich fester um den Plastikbecher. Er knisterte gefährlich. »Sie wollte unbedingt herkommen, damit sie ihre Mutter befreien kann.« Abfälliges Lachen. »Als ob sie eine verfickte Heldin wäre.«

Hanna musste mehrmals schlucken, um ihre Erwiderung nicht zu scharf ausfallen zu lassen. »Ich bin sicher, du hättest das Gleiche für deine Mutter getan. Was immer zwischen euch beiden war, es geht um Nellis Leben. Bitte sag mir, wo …«

»Was hab ich eigentlich damit zu tun?!« Zum ersten Mal seit der Befreiung hob Anka den Kopf. »Ich habe Nelli nicht gebeten, in mein Leben einzubrechen und alles kaputt zu machen!« Die letzten Worte schrie sie.

Aus den Augenwinkeln sah Hanna, dass Gunnar zu ihnen herüberschaute. Sie nickte ihm zu. Alles im Griff, bedeutete es.

»Also gut.« Es wurde Zeit, die böse Polizistin herauszulassen. »Ich muss trotzdem wissen, ob du etwas beobachtet hast, das wichtig sein könnte, um Nelli wiederzufinden.«

»Aber …«

Sie schnitt Anka das Wort ab. »Es ist mir egal, was bei eurem Streit alles kaputtgegangen ist. Aber wenn Nelli etwas zustößt, geht damit vielleicht noch viel mehr kaputt!«

Der Teebecher verfehlte Hannas Füße nur knapp, sie konnte gerade noch zur Seite springen. Trotzig zog Anka sich die Decke über den Kopf.

»Sie sollten ihr ein wenig Ruhe gönnen.«

Die Stimme der Sanitäterin brachte Hanna endgültig auf die Palme: »Und Sie sollten sich um Ihre Angelegenheiten kümmern!«

Verdammt noch mal, warum war Anka nicht schon zwei oder drei Jahre älter, damit man wenigstens ansatzweise vernünftig mit ihr reden konnte?!

Unter der Decke schniefte es leise. Dann kam Ankas Hand langsam zum Vorschein – darauf lag ihr Handy.

Angespannt betrachtete Hanna den Deckenberg. »Was soll ich damit?«

Ankas Daumen klickte auf einen Abspielbutton. Hanna musste näher herantreten, um etwas zu erkennen.

»Nehmen Sie's.« Ankas Stimme klang dumpf. »Man versteht kaum was, aber ...«

Hanna griff zu. Nur am Rande bekam sie mit, dass Gunnar zu ihr herüberkam. Stumm betrachtete Hanna die kurzen Filmsequenzen, spulte vor und zurück, zappte in den nächsten Film.

»Ture Berglund.« Gunnar biss die Zähne zusammen.

Hanna blickte auf. »Und Greta Blom. Aber wer ist der andere Mann?«

Anka schien gemerkt zu haben, dass sie ihr unisono die Köpfe zuwandten. Behutsam schob sie die Decke in den Nacken. Ihr starrer Blick war eine Mischung aus Ungläubigkeit und Trauer. »Steen Wallin«, murmelte sie. »Mein Vater.«

Also war die Namensgleichheit kein Zufall gewesen! Plötzlich fügten sich alle Teile für Hanna und Gunnar zusammen: Wallin hatte von Anfang an auf der Liste der geschiedenen Väter gestanden. Aber weil er seine Söhne in Stina Larssons Schule angemeldet hatte, war ihnen nicht in den Sinn gekommen, dass er und Stina Larsson trotzdem miteinander verkettet sein konnten.

Gunnars Arm landete auf Hannas Schulter und zog sie davon. »Wir haben ihn doch überprüft!«, zischte Gunnar.

»Soweit es uns möglich war«, korrigierte Hanna grimmig. »Aber uns hätte auffallen müssen, dass Anka auch Wallin heißt. Spätestens da hätte es klick machen müssen.«

»Wie denn? Sie war doch nicht in der Ballettschule angemeldet.« Gunnar ballte die Fäuste. »Okay, blöder Fehler. Und was machen wir jetzt?«

Hinter ihnen räusperte sich Peer. »Ich habe Nelli Larssons Rucksack durchgesehen und das hier gefunden.«

Hanna fuhr herum. »Woher weißt du, dass das Nellis Rucksack ist?«

»Da steht's.« Peers behandschuhter Finger zeigte auf die Innenseite des großen Fachs. »Ist zwar etwas verlaufen, aber wenn man genau hinschaut … Das hier dürfte euch interessieren. Ich dachte, ihr wollt ihn gleich lesen, deshalb habe ich ihn herausgenommen und …«

»Der Brief war in Nellis Rucksack?« Verblüfft griff Gunnar nach dem Umschlag. Ohne Peers Antwort abzuwarten, überflog er die erste Seite. »Oh nein. Den hätte sie uns heute morgen geben müssen.«

Hannas Knie wurden weich. »Wer hat den Brief geschrieben?«

»Allem Anschein nach Stina«, murmelte Gunnar. »›Wenn mir etwas zustößt, soll dieser Brief von der Polizei geöffnet werden.‹ Warum hat Nelli das nicht gemacht?«

»Sie hat ihn bei mir verloren«, sagte Anka plötzlich. Sie hatten sie tatsächlich für einen Augenblick vergessen.

Gunnar blickte auf. »Du wusstest davon?«

Ankas Wangen wurden flammend rot. »Ich habe gesehen, wie er aus ihrem Rucksack gefallen ist, als sie sich heute Morgen rausgeschlichen hat.«

»Und du hast ihr nicht klargemacht, dass sie damit sofort zu uns kommen muss?« Hannas Stimme übertönte mühelos alles andere. »Weißt du, was du damit angerichtet haben könntest?!«

»Bleib doch ruhig – Mensch, Hanna!« Hart packte Gunnar sie an der Schulter, damit sie schwieg. »Hast du den Brief gelesen?«, fragte er Anka. Stumm schüttelte sie den Kopf.

»Hast du eine Vermutung, wo die beiden mit Nelli hingefahren sein könnten?« Hanna vermied es, Ankas Vater zu erwähnen.

»Ich weiß doch auch nur das, was ich gefilmt habe.« Erneut füllten sich ihre Augen mit Tränen. »Darf ich bitte nach Hause«, flüsterte sie. »Zu meiner Mama?«

Die Erschütterung lähmte die beiden Kommissare. Sie hatten einen Kriminalfall aufzuklären und seit ein paar Minuten vielleicht auch einen Mord – aber wie sollte Anka damit umgehen, dass sie ausgerechnet hier ihren Vater angetroffen hatte?

»Wir müssen Steen Wallin finden«, flüsterte Hanna. »Er und Greta Blom sind jetzt wahrscheinlich zusammen unterwegs, um Nelli ...«

Ungeduldig wischte Gunnar ihre Bemerkung weg. »Das glaube ich nicht. Nein, das will ich nicht glauben. Schlag was vor.«

Hanna hob den Kopf. Auf ihrem Gesicht hatte sich etwas ausgebreitet, das Gunnar mit Entschlossenheit beschrieben hätte.

»Denkst du, was ich denke?« Nachdenklich betrachtete sie das Handy auf Ankas Schoß.

Gunnar nickte.

Langsam kehrte Hanna zu Anka zurück und hockte sich vor ihr ins Gras. Sie probierte zu lächeln. »Anka. Ich verstehe, dass das alles ein bisschen viel auf einmal ist ... Würdest du uns noch einen Gefallen tun? Danach bringen wir dich nach Hause.«

Ankas Augen starrten ins Leere, um plötzlich auf Hanna zu fokussieren. Freudlos imitierte sie ein Lachen. »Klar«, sagte sie matt. »Ich soll meinen Vater für Sie anrufen, richtig? Damit Sie ihn schnappen können.«

Vorsichtig nickte Hanna. »Stimmt. Du hast mich durchschaut.«

»Quatsch. Ich schau zu viele Krimis.« Krampfhaft presste sie die Lippen zusammen, um nicht in Tränen auszubrechen. »Keine Sorge, ich will Nelli auch zurückhaben. Sie ist meine einzige Freundin in dieser verdammten Kleinstadt.« Zitternd kramte Anka in ihrer Umhängetasche herum. »Hier, wenn Sie sich nicht ekeln, können Sie einen Ohrstöpsel haben und mithören.« Klackend rastete der Klinkerstecker im Kopfhörerausgang ihres Handys ein. »Und bevor Sie fragen: Mein Vater ist ein Arsch. Schon immer gewesen. Ich hätte nur nicht gedacht, dass – dass er …«

Besänftigend legte Hanna ihr die Hand auf die Schulter.

Dann suchte Anka die Nummer ihres Vaters aus der Nummernliste heraus und tippte den Button mit dem Hörer an.

Nelli

Ich schlage die Augen auf. Richtig hell wird es nicht. Dafür komme ich mir vor wie auf dem Schleudersitz in die Hölle.

Etwas drückt auf meinen Magen. Ich könnte kotzen.

Mein Kopf wummert wie blöd. Immer wieder schlägt er auf den Boden, bis mir auffällt, dass ich nichts dagegen tun kann. Mein ganzer Körper bewegt sich einfach so. Als hätte er sich von meinem Gehirn losgesagt. Nach einer Weile werden die Umrisse schärfer, aber was ich sehe, bleibt nicht stehen. Mir dämmert allmählich, dass nicht mein Kopf das tiefe Brummen produziert, sondern dass es von außen kommt, irgendwie.

Jetzt muss ich wirklich kotzen.

Aus einem Impuls heraus rolle ich auf den Bauch und würge, würge und würge, bis ich so ziemlich alles vollgekotzt habe, wo Licht hinfällt. Und ich sehe – Tüll?

Unvermittelt dudelt ein Klingelton los. Ich kann mir nicht vorstellen, wem das Handy gehört, aber wenn ich denjenigen erwische, werde ich es ihm so lang auf den Kopf dreschen, bis er kapiert, dass er ranzugehen hat. Damit das Klingeln ausgeht!

Ich versuche, die Beine auszustrecken. Klappt nicht.

»Hallo?«

Ziemlich zackig rolle ich mich wieder zusammen. So nah hätte ich den Besitzer des Handys nicht vermutet, er klingt, als ob er unmittelbar neben mir sitzt. Aber da ist nur der vollgekotzte Tüll.

Vorsichtig richte ich mich auf. Es zieht ordentlich im Nacken. Zu allem Überfluss wird mein Kopf oben von etwas Weichem abgefangen. Ich blinzele. Knallroter Satin glitzert zurück. Rüschen rascheln. Pseudogoldknöpfe blinken geradezu ekelhaft hell. Was ist das hier eigentlich, eine Garderobe auf der Reise?! Und dann fällt mir der Geruch auf, der schon da war, bevor ich mich übergeben habe. Es riecht unerträglich nach Parfüm, Puder, alten Schuhen und Werkstatt. Schmieröl. Abgasen.

Da, wieder der Klingelton, bevor ich den Gedanken vollenden kann. Aber der Besitzer scheint klüger geworden zu sein, denn jemand unterbricht das Gedudel. Spricht. Was er sagt, kann ich nicht verstehen. Die Stimme gehört … Sie verstummt, bevor ich meine Schlüsse ziehen kann. Dafür spricht noch jemand, den ich von Herzen verabscheue. Und auch der Fahrstil passt zur Stimme, denn niemand fährt so bescheuert wie die blöde Blom.

Dann ist das hier ihr Kleintransporter, mit dem sie immer so wichtig zwischen ihren Schulen in Malmö und Ystad herumkurvt. Und ich liege hinten im Laderaum voller Kostüme, dafür mit gefährlich wenig atembarer Luft. Und sehen kann ich auch fast nichts! Warum eigentlich?

Weil sie mich höchstpersönlich niedergeschlagen hat.

Weil ich Mama befreien wollte.

Und dann hat jemand geschossen.

…

Mama ist tot. Sie werden auch mich töten.

Die Luft wird knapp. In mir drin sind es bestimmt schon mehr als 100 Grad Celsius. Röchelnd versuche ich, mich aufzurichten, greife in meine eigene Kotze, aber das ist jetzt egal, ich muss hier raus! Stattdessen schaffe ich es gerade mal, mich hinzusetzen und aus dem kleinen Rückfenster zu schauen. Viel sehen kann ich nicht, weil Greta die Fenster mit Werbung zugepflastert hat. In einen minimalen Ausschnitt sehe ich die Landschaft vorbeitaumeln … Luft!

Abgase. Mir wird schon wieder schlecht …

Schluss jetzt, denke ich mit Mamas Stimme. Wir sind nicht auf der Welt, um uns wie Idioten zu benehmen. Das überlassen wir schön den anderen! Wir nehmen uns die wichtigen Sachen vor.

Es dauert eine Weile, bis ich die Blom und die andere Stimme als, nun, immerhin gefährliche Idioten klassifiziert habe, und zwar nicht bei mir im Laderaum, sondern vorn in der Fahrerkabine, zum Glück! Aber trotz Mama im Kopf ist es verdammt schwer, an wichtige Sachen zu denken – außer natürlich, dass ich hier raus will. Nur wie?

Zu den elend langen Kurven gesellen sich der abgefahrene Straßenrand und ein paar Schlaglöcher. Der stinkende Tüll verschwindet für ein paar Augenblicke, dann rumpelt alles unvermindert laut weiter. Und die Luft wird noch dünner. Entweder ersticke ich hier drin oder ich werde spätestens außerhalb dieses Autos ein nicht besonders schmerzfreies Ende finden. Mein Selbstmitleid ginge als Todesursache auch durch.

Unter mir knirscht es. Automatisch taste ich nach dem Geräusch. Und habe plötzlich mein Handy in der Hand. Ich kichere wie irre. Kein Wunder, mein Gehirn ist bestimmt schon durchgeschmort … Könnte sein, dass damit die letzten Minuten dieses beschissenen Lebens beginnen und mir deshalb noch mal alle Menschen durch den Kopf gehen, die mir nahestehen. Viele sind es nicht, an erster Stelle natürlich Mama – und Anka. Die voll ihr Handy draufhalten würde, egal auf was, nur um nicht direkt hinsehen zu müssen!

Plötzlich ist die Idee da. Telefonieren kann ich nicht, wenn ich verhindern will, dass die beiden da vorn etwas davon mitbekommen. Egal, wie laut der Motor ist, wenn es blöd kommt, rollt der Wagen gerade im Freilauf und man hört das leiseste

Wispern aus dem Laderaum! Aber eine SMS geht immer. Hoffentlich hat Ankas Handy noch genug Saft. Wenn ich nur wüsste, wo ich bin und in welche Richtung sie fahren ...

Ich komme mir vor wie ein Zombie. Bei jedem Rumpler verschwimmt alles und meine Finger zittern, als wäre ich mit einem Schlag achtzig Jahre gealtert. Aber die Nachricht für Anka ist zum Glück kurz und ich seltsam motiviert.

Schließlich tippe ich auf den Senden-Button. Dann presse ich das Handy vorsichtshalber gegen die Glasscheibe, um auch wirklich Empfang zu haben.

Nachricht wurde versendet.

Heureka. Damit habe ich heute endlich was zustande gebracht! Kurz lausche ich auf Geräusche. Nur der Motor brummt. Die beiden vorn schweigen.

Ich rufe den Browser auf und schalte die Standorterkennung ein. Und dann bete ich, dass alle Satelliten, die meinen Weg kreuzen, günstig stehen ...

*

Hanna zog den Stöpsel aus dem Ohr. »Alles okay?«

Anka zögerte. »Er klang so komisch.«

»Wie meinst du das?«

Das Mädchen runzelte die Stirn. »Komisch eben. Als ob er einen Frosch verschluckt hätte. Oder als ob jemand anderes dran gewesen wäre.«

Alarmiert wechselten Gunnar und Hanna einen Blick.

»Ich habe doch gehört, wie er dir geantwortet hat«, meinte Hanna.

»Aber das war nicht mein Vater. Das war irgendjemand anders.« Verwirrung erschien auf Ankas Gesicht.

Ungeduldig faltete Gunnar Stina Larssons Brief zusammen. Daraus sollte schlau werden, wer wollte, er konnte damit nichts anfangen. »Bist du dir ganz sicher?«

»Ja doch«, entgegnete Anka genervt. »Ich weiß doch, wie mein Vater sich anhört! Der Typ gerade hat gelispelt, aber mein Vater hat keinen Sprachfehler, der ist doch Stadtrat in Malmö!«

Hannas Handinnenflächen wurden feucht. »Könnte es an der Verbindung gelegen haben, dass du den Eindruck gewonnen hast, er lispelt?«

Energisch schüttelte Anka den Kopf. »Mein Vater lispelt nicht.«

»Hast du vielleicht eine falsche Nummer gewählt?«, überlegte Gunnar.

»Ich bin doch nicht blöd. Hab die Nummer eingespeichert. Hier!« Ankas sowieso schon geringe Geduld drohte sich in Luft aufzulösen. Ärgerlich hielt sie Gunnar das Handy unter die Nase. »Lassen Sie die Nummer von Ihren Spezialisten überprüfen. Die gehört meinem Vater. Und der Typ da gerade …«

Ihr Handy begann zu schnurren. Erschrocken starrte sie auf das Display: *Sie haben eine SMS.* Darunter eine Telefonnummer.

Anka wurde blass. »Nelli!« Fieberhaft wischte sie über das Display. Die Nachricht poppte auf.

Fassungslos starrte Anka auf drei einsame Worte.

geh sofort online

»Typisch, wir machen uns Sorgen und sie will chatten!« Ankas Augen wurden immer größer. »Wieso macht sie das?«

Behutsam nahm Hanna ihr das Handy ab und starrte auf die Nachricht. »Wo trefft ihr euch normalerweise zum Chat?«

»Bei Go Social. Wie alle eben«, brummte Anka verwirrt.

»Teenies!«, grunzte Gunnar. »Ich besorge uns einen Laptop.« Kurz darauf kehrte er mit Sandy von der Spurensicherung zurück, die im Handumdrehen eine Verbindung zum Internet herstellte.

»Und jetzt du!« Aufmunternd lächelte Hanna Anka zu.

Zögernd kam sie aus dem Krankenwagen heraus, suchte kurz Halt an dem Klapptischchen, das Sandy im Vorgarten aufgebaut hatte. »Aber was bringt das?«

»Das sehen wir dann schon.« Nervös gestikulierte Hanna Richtung Laptop. »Meld dich an. Und dann tu einfach das, was du sonst auch machst, wenn du mit Nelli chattest.«

Anka tippte und klickte sich durch ihr Profil. »Keine neuen Posts auf meiner Wall«, murmelte sie. »Vielleicht bei Nelli. Wir checken unsere Seiten gegenseitig, falls einer von den Hatern aus unserer Klasse unsere Seiten hackt oder sonst irgendeinen Mist macht. Wir sind nicht besonders beliebt«, fügte sie ausdruckslos hinzu. Routiniert rief sie Nellis Seite auf.

»Sie hat tatsächlich was Neues gepostet.« Verwundert legte Gunnar den Kopf schief. »Was ist das für Zeug, auf dem sie liegt?«

»Stoff. Vollgekotzt«, fügte Anka angeekelt hinzu.

»Tüll.« Hannas Finger hinterließ einen Abdruck auf dem Laptop-Bildschirm. »Das Foto ist total verwischt, wahrscheinlich während der Fahrt aufgenommen. Das deckt sich mit deiner Annahme, Anka, dass Nelli von Greta Blom und ihrem Komplizen im Auto mitgenommen wurde.« Hanna kniff die Augen zusammen. »Auf dem Foto scheint sie aufrecht zu sitzen, aber das ist keine Rückbank. Vielleicht der Laderaum eines Transporters?«

Anka wurde rot. »Ich hab nur gehört, wie zwei Autos weggefahren sind. Keine Ahnung, was das für Modelle waren.«

»Zwei Autos?«, echote Gunnar alarmiert.

»Und leider keine Landschaftsaufnahme«, ergänzte Hanna betrübt. »Daran hätten wir vielleicht erkennen können, in welche Richtung sie unterwegs sind.«

Sandy ließ ein höfliches Hüsteln ertönen. »Wenn ich die allgemeine Aufmerksamkeit auf den Standort-Pin lenken dürfte ...«

Dass Spurensicherer sich immer so geschwollen ausdrücken müssen, dachte Hanna. »Du darfst, Sandy.«

»Breitengrad: 55.407118. Längengrad: 14.019633.« Sandy strahlte.

»Ich fürchte, ich kann dir nicht folgen«, gab Gunnar zu.

»Nelli hat beim Versenden die Standorterkennung zugelassen.« Sandy deutete auf den roten Punkt über Nellis Fotografie. »Und hier stehen die Koordinaten, an denen sich die Zielperson befand, als sie die Nachricht verschickt hat, also vor neun Minuten.« Rasch kopierte sie die Zahlen in eine neue Browsermaske. »Hammar, Östra Kustvägen. Das ist gar nicht weit von hier.«

»Das ist die Uferstraße nach Ystad.« Aufgeregt fuhr Hanna sich mit der Zunge über die Lippen.

Nellis Profil veränderte sich. Ein neues Foto erschien, diesmal anscheinend eine Aufnahme durch das Fenster des Laderaums hinaus auf die Straße. Allerdings war noch weniger zu erkennen. Und wieder gab es einen Standort-Pin. Sandy kopierte bereits die Koordinaten. »Österleden«, sagte sie nach dem nächsten Klick.

»Sie fahren zurück in die Stadt!« Gunnar strahlte Sandy an. »Dafür lade ich dich zum Essen ein.«

Hanna verkniff sich eine Bemerkung. »Vielleicht sind sie schon angekommen. Sie haben immerhin ein paar Minuten Vorsprung.«

»Und wo genau in der Stadt wollen sie hin?«, fragte Anka beunruhigt. »Ich meine, Ystad ist zwar nicht groß, aber da gibt es genug Ecken, an denen man jemanden verschwinden lassen kann.«

Ein paar unangenehme Sekunden verstrichen.

Gunnar musterte sie kritisch. »Ich will gar nicht wissen, wieso ausgerechnet du dich da so gut auszukennen glaubst.«

»Bleiben wir lieber bei der Sache!«, unterbrach Hanna ihn heftig. »Auf dem Foto liegt Nelli auf irgendetwas, das wie Tüll aussieht. Gunnar, kannst du dich daran erinnern, wo diese Matinee stattfindet, die Greta Blom heute vorbereiten wollte?«

»Was hat das jetzt damit zu tun?«, fragte er verwundert.

»Greta Blom hat behauptet, in der Ballettschule zu sein, um die Matinee vorzubereiten, also Kostüme durch die Gegend zu fahren wie Olofsson und was sonst noch anfällt.« Hanna sprach so schnell, dass sie sich beinahe verhaspelte. »Aber sie war auch in Ankas Aufnahmen zu sehen. Also war sie entgegen ihrer Behauptung hier.«

Gunnar runzelte die Stirn. »Ich glaube, in der Akte gelesen zu haben, dass sie mindestens zwei Schulen hat.«

»Das habe ich nicht vergessen!« Verzweifelt fuhr Hanna sich durch die Haare. »Hör zu. Ich denke, sie fährt zu einer der beiden Schulen, um Nelli dort, öhm, ruhigzustellen oder irgendwas mit ihr anzustellen, genau wie mit Stina Larsson.«

»Sie könnte sie auch einfach hier abgeholt haben«, meinte Gunnar zweifelnd. »Weil ...«

»Weil was?« Hanna drohte jeden Moment zu explodieren. »Gunnar, bist du blind oder ist das noch Restalkohol? Warum war Frau Blom vor uns hier? Was hat sie mit Steen Wallin und Ture Berglund zu schaffen? Und wieso verdammt noch mal hat sie nicht die Ambulanz für ihre Mitarbeiterin Stina Larsson gerufen, die offensichtlich schwer unterkühlt in einem Betonsarg lag?!«

Nachbar Lindberg lehnte immer noch am Zaun. Interessiert beugte er sich vor, um besser zu hören.

Hanna atmete tief durch. »Greta Blom hängt in der Sache mit drin, wir wissen nur noch nicht, wie. Sie war da, hat Nelli in einem fragwürdigen Zustand mitgeschleift«, Hanna warf Anka einen Blick zu, »und ist jetzt unterwegs nach ...« Konzentriert kaute Hanna an einem Fingernagel. »Keine Ahnung.«

»Zur Ballettschule in Ystad«, schlug Anka leise vor.

»Oder in Malmö«, sagte Gunnar. »Und sie sind in zwei Autos unterwegs.«

»Dann müssen wir Frau Blom anrufen und fragen.« Hanna zog ihr Handy heraus.

»Bist du bescheuert?« Gunnar nahm es ihr weg. »Willst du sie etwa warnen?«

»Nein.« Hanna holte sich ihr Handy zurück. »Wir fahren nach Ystad und bitten parallel die Malmöer um Hilfe.«

»Damit sie noch mehr Leute wie Berglund losschicken?«, fragte Gunnar bissig. »Vielleicht gehört Olofsson ja auch dazu.«

»Bisschen paranoid, was?«, giftete Hanna. »Falls du es vergessen hast: Ture Berglund wartet in seinem eigenen Betonsarg auf die Obduktion.«

Sandy räusperte sich demonstrativ. Anka war noch blasser geworden.

Gunnar richtete sich auf. »Abgemacht, wir beide fahren nach Ystad. – Peer? Nimm dir zwei Autos und drei Kollegen und macht euch sofort auf den Weg nach Malmö zu Greta Bloms Ballettschule. Und beeilt euch! Du hast ja gehört, was die Kollegin gesagt hat: Traue niemandem.«

»Genau«, knirschte Hanna grimmig. »Sandy, du beobachtest Nellis Account und gibst uns jeweils die aktuellen Koordinaten durch.« Sie sprintete zu ihrem Wagen.

»Was ist mit meinem Handy?«, rief Anka kläglich.

Hanna fuhr herum. »Ich bring's dir später nach Hause! Ach, Jenny, würdest du Anka nach Hause fahren, wenn der Arzt nichts dagegen hat?«

Ergeben nickte Jenny.

Autotüren knallten, und weg waren Hanna und Gunnar.

Anka verzog den Mund zu einem bitteren Lächeln. Kein Wunder, dass Nelli die Kommissarin nicht mag. Die ist ja wirklich zum Abgewöhnen.

»Komm.« Behutsam nahm Jenny Anka am Arm. »Fahren wir.«

Anka zitterte am ganzen Körper. »Meinen Sie, die beiden finden Nelli?«

»Hoffen wir es.« Gemächlich lief Jenny mit Anka zu einem der parkenden Einsatzfahrzeuge. Kurz darauf waren auch sie unterwegs.

Sandy schickte ihnen einen langen Blick nach. »Dann wollen wir mal weitermachen.« In dem Durcheinander hatte Anka nicht daran gedacht, sich wieder von Go Social abzumelden. Sandy wollte es gerade für sie tun, als ein roter Knopf oben links aufleuchtete. Eine Nachricht war eingegangen.

»Oha.« Automatisch fuhr Sandy mit dem Mauszeiger über den Knopf.

»Kannst du kurz deine private Korrespondenz unterbrechen?« Sigge stand plötzlich neben ihr. »Ich habe was, das mit der biometrischen Datenbank abgeglichen werden muss.«

»Das ist nicht privat, das ist Anka Wallins Postfach.« Lässig schob Sandy Sigge zur Seite und öffnete den Ordner mit den Nachrichten.

»Haben sie dich etwa auf hormonschwangeres Teenie-Geflüster angesetzt?« Sigge schüttelte abschätzig den Kopf. »Ich hab die Fingerabdrücke von dem Toten genommen und muss wissen, ob das ein Kunde von uns ist.«

»Moment! Über meine Arbeit bestimme immer noch ich.« Sandy kroch fast in den Monitor hinein. »Nelli Larsson hat Anka geschrieben.« Rasch überflog sie die Nachricht. »Die beiden sind echt clever.«

»Ts ts ts«, machte Sigge nur. »Wenn sie's wirklich wären, hätten wir sie nicht hier herausholen müssen. Wenn du jetzt also die Güte hättest …« Er überreichte ihr zwei Karten mit Fingerabdrücken.

»Ich dachte, das da unten ist Ture Berglund.«

»Das glaube ich erst, wenn ich es sehe«, brummte Sigge. »Wäre ja schön, wenn es doch keiner von uns ist.«

Sandy scannte die Karten und startete den Datenabgleich. Dann rief sie Gunnar an. »Hallo, mein Schöner. Zufälligerweise ist Anka Wallins Go-Social-Account noch aktiv. Und gerade ist eine Nachricht von Nelli eingegangen. Sie schreibt: ›Biegen in die Industrigatan zur Tanzschule ein. Ruf die Bullen.‹ Was ich hiermit erledigt habe.«

»Äh – ja, danke.« Gunnar sagte etwas zu Hanna. Im Hintergrund rauschte der Polizeifunk. Sandy hörte, wie Hanna weitere Fahrzeuge zu Greta Bloms Tanzschule rief.

»Sonst noch was?«, fragte Gunnar.

»Nein. Ich melde mich.« Sie drückte das Gespräch weg.

»Meldest du dich auch bei mir, ja?« Sigge deutete vage zum Haus. »Mein Date mit dem Unbekannten läuft noch.«

Sandy nickte zerstreut. Immer diese zwanghaften Spurensicherer! Dann wartete sie auf die Auswertung der Datenbank und beobachtete Ankas Postfach.

*

Hanna bremste, schlug das Lenkrad ein und kam mit quietschenden Reifen auf dem Parkplatz zum Stehen. Auf dem kleinen, grauen Transporter leuchtete in allen Farben Werbung für Greta Bloms Ballettschule.

»Das war doch jetzt fast zu einfach, oder?« Gunnar löste den Sicherheitsgurt und sprang aus dem Wagen.

»Abwarten. Noch haben wir Nelli nicht gefunden.« Hektisch zog Hanna etwas unter ihrem Sitz hervor und stopfte es sich in die Gesäßtasche. »Und die angeforderten Kollegen sind natürlich noch nicht da. Typisch!« Mit einem Satz war sie aus dem Wagen und ließ die Tür vorsichtig einschnappen. »Wir checken erst den Transporter. Danach nehme ich den Vordereingang, du gehst hintenrum rein und …«

»Ja, Frau Kommissar.« Gunnar ärgerte sich über ihre anhaltende Bevormundung. »Ich nehme öfter Verdächtige fest. Ich weiß, wie das geht.«

»Dann bin ich ja beruhigt.« Zielstrebig eilte Hanna auf den Vordereingang der Ballettschule zu, die Waffe in den Händen, prüfte systematisch die Klinken im Erdgeschoss. Alle Türen waren abgeschlossen, bis auf eine, durch die Frau Blom gerade den Flur betrat.

Die beiden Kommissare lächelten zufrieden. Mit festem Schritt traten sie Frau Blom entgegen. Einen Moment stand die Blom wie erstarrt da, dann schob sich etwas auf ihr Gesicht, das entfernt freundlich wirkte. »Sie schon wieder. Was kann ich für Sie tun?«

»Sie können zuerst einmal mit dem Theater aufhören«, fuhr Gunnar sie an. »Und dann sagen Sie uns, wo Nelli Larsson ist und was Sie mit Ture Berglund und Steen Wallin zu tun haben.«

Gunnar nickte ihr zu und verschwand im zweiten Stockwerk.

Bedächtig hob Greta Blom die Augenbrauen. »Die beiden Namen sagen mir nichts. Nelli ist bei mir zu Hause, das wissen Sie doch.«

Ein Augenblick der Unsicherheit genügte: Ihre Augen irrten hinaus zum Parkplatz, wo der Transporter stand.

»Interessant«, meinte Hanna kühl, wandte sich ab und hielt zielstrebig auf die Glastür zu.

Frau Blom stellte sich ihr in den Weg. »Wo wollen Sie hin, Frau Kommissarin?«

Hanna schob sie beiseite. »Ich suche Nelli Larsson.« Entschlossen trat sie durch die Tür auf den Parkplatz.

»Dafür brauchen Sie einen Durchsuchungsbefehl!« Erbost folgte Frau Blom ihr.

Süffisant musterte Hanna die Lehrerin. »Warum denn so bissig? Besteht etwa die Möglichkeit, dass wir bei Ihnen fündig werden?«

Frau Blom schwieg wütend.

»Was Ture Berglund und Steen Wallin betrifft, helfe ich Ihnen ein wenig auf die Sprünge. Sie haben ihre Kinder in Ihrer Malmöer Filiale angemeldet.« Zufrieden registrierte sie Greta Bloms wachsende Nervosität.

»Soweit ich weiß, handelt es sich bei den beiden Herren nicht um Verbrecher«, erwiderte Frau Blom spitz.

Hanna blieb in der glühenden Hitze stehen und betrachtete scheinbar gelangweilt ihre Fingernägel. Angestrengt lauschte sie, ob sie durch die aufgeklappten Flügeltüren Geräusche aus der Schule vernahm, um eingreifen zu können, falls es nötig wurde. Dass sie Frau Blom damit die winzige Gelegenheit zur Flucht gab, nahm sie missbilligend in Kauf. Personalmangel war einfach furchtbar! Drinnen blieb jedoch alles still.

»Berglund und Wallin sind Ihre Komplizen. Sie wollten erst Stina Larsson und dann ihre Tochter Nelli verschwinden lassen.« Hanna beendete ihre Inspektion, um Frau Bloms Reaktion zu beobachten.

Die gab sich indigniert. »Ich bitte Sie. Sind wir hier am Theater? Ich lasse doch nicht meine beste Kraft verschwinden, wie Sie es nennen. Und dass Nelli schon wieder abgehauen ist, wundert mich nicht!«

So schnell revidierte Hanna selten ihre Meinung über eine Person. Die Blom war eiskalt. Sie konnte sie auf den Tod nicht ausstehen. Beiläufig deutete Hanna auf den Transporter. »Ist das Ihrer?«

Frau Blom nickte.

»Öffnen Sie ihn bitte.«

»Wie käme ich dazu?«

»Das Fahrzeug wurde bei einer Entführung verwendet.« Hannas Antwort kam glatt.

Greta Blom lachte ungläubig. »Wann soll das gewesen sein?«

»Öffnen Sie bitte das Fahrzeug«, wiederholte Hanna.

»Ohne Durchsuchungsbeschluss werde ich …«

»Dann breche ich es auf. Gefahr in Verzug, Sie verstehen?« Ohne weiter mit Frau Blom zu diskutieren, zog sie einen kleinen Bohrer hervor. Wie gut, wenn die Werkstatt immer griffbereit unter dem Fahrersitz liegt, dachte sie befriedigt.

»He, das dürfen Sie nicht!«, rief Frau Blom empört.

Hanna zuckte nur mit den Schultern und setzte die Bohrerspitze auf das Schlüsselloch der Heckklappe.

Greta Bloms Wangen begannen vor Wut zu leuchten. »Ich zeige Sie an wegen Sachbeschädigung!«

»Dann holen Sie doch jetzt bitte den Schlüssel und öffnen die Tür, damit ich hineinschauen kann.« Hanna legte ihre ganze Freundlichkeit in ihre Stimme. »Oder stimmt mit dem Wagen etwas nicht?«

Endlich schien sie Frau Blom weich gekocht zu haben. Klirrend glitt ein Schlüsselbund aus ihrer Hosentasche. Die Zentralverriegelung klackte.

»Danke.« Hannas Lächeln machte einen Umweg über die dunkle Seite ihrer Seele.

Der Laderaum quoll über vor Kostümen. Etliche davon waren auch auf Nellis Bildern zu sehen gewesen. Der Tüllberg, auf dem sie gelegen hatte, war dagegen verschwunden. Wie Nelli auch.

Geräuschvoll sog Hanna Luft durch die Nase. »Sie sollten mal was gegen den Gallegeruch machen. Wäre ja schade, wenn er sich dauerhaft in die Kostüme hängt. Die waren bestimmt teuer.«

Frau Blom tat, als hätte sie nichts gehört. »Was suchen Sie eigentlich?«

»Immer noch Nelli Larsson«, sagte Hanna kalt. »Die Sie mit Ihrem Komplizen heute Nachmittag verschleppt haben. Genauer gesagt: vor einer knappen halben Stunde.«

»Lächerlich! Glauben Sie, mein Leben ist mir nicht aufregend genug?« Die Blom lachte spitz. »Ich war den ganzen Nachmittag hier in der Schule wegen der Matinee!«

Gunnar kam aus dem Gebäude zurück. »Alles leer.« Er klang enttäuscht. »Ich schaue mich draußen weiter um.«

Das war das Stichwort. Hanna zog Ankas Handy aus der Tasche. »Dann erklären Sie mir das hier!« Sie scrollte sich durch Ankas Filmarchiv und spielte die relevanten Sequenzen an. Nacheinander erschienen Berglund, Wallin und Greta Blom auf dem Display. Je länger sie dastanden und auf das Handy starrten, desto blasser wurde die Lehrerin.

»Was wollen Sie damit beweisen?«, fragte sie schwach.

»Sie waren heute Nachmittag im Haus von Ture Berglund und haben Nelli Larsson zur Seite geschafft. Wie oft denn noch?!« Fast hätte Hanna vor Anspannung gekeucht. »Sagen Sie mir endlich, wo Nelli ist. Dann kommen Sie vielleicht noch heil aus der Sache raus!«

Greta Blom blieb stur. »Ich will einen Anwalt.«

»Frau Blom, Sie …«

»Ja, was haben wir denn hier?«

Hanna fuhr herum. Gunnar kniete in einer entfernten Ecke neben den Mülltonnen und winkte mit etwas, das wie ein Schuh aussah, der mit einer Sprühdose zusammengestoßen war.

»Der gehört doch Nelli.« Hannas Blick schwenkte zurück zu Frau Blom. »Wollen Sie uns vielleicht jetzt etwas sagen? Vielleicht drückt der Haftrichter dann noch mal ein Auge zu.«

Stur schüttelte Frau Blom den Kopf.

Hanna seufzte. »Also gut, dann warten wir jetzt auf die Kollegen. Die fahren Sie ins Präsidium.« Sie winkte Gunnar zu, dass er zu ihnen kommen sollte. »Frau Blom, ganz im Vertrauen: Ich hasse es, Frauen einzusperren.«

»Dann lassen Sie es doch, Sie haben schließlich nichts gegen mich in der Hand!«, begehrte Greta Blom auf.

»Glauben Sie mir, das, was wir haben, reicht auch schon«, erwiderte Hanna lapidar.

Sie und Gunnar nahmen Frau Blom in die Mitte und führten sie zum Wagen. Gunnar nahm neben der Lehrerin auf dem Rücksitz Platz. »Haben Sie Angst, dass ich Ihnen weglaufe?«, fragte sie erzürnt.

»Gibt es denn einen Grund dafür?«, gab Gunnar zurück.

Hanna stand draußen und wählte die Nummer der Spurensicherung. »Hallo Sigge, ich bin's schon wieder. Bei der Tanzlehrerin Frau Blom steht ein Transporter, den du so schnell wie möglich auf Spuren von Nelli Larsson untersuchen musst. Ja, ich weiß, dass ihr momentan genug zu tun habt, aber ... Dann dauerte es bei Berglund eben länger, daran kann ich auch nichts ändern. Hast was gut bei mir. Gibt's sonst noch was Neues?«

Gunnar beherrschte es meisterhaft, einen Verdächtigen zu beobachten und gleichzeitig die Kollegen im Auge zu behalten. In diesem Moment versteifte sich Hanna – ein untrügliches Zeichen dafür, dass gerade etwas für sie Unerwartetes geschah. Alarmiert beugte er sich vor, um sie besser sehen zu können.

Hanna war ein paar Schritte vom Wagen weggegangen. »Bist du sicher?«

Achtung, dachte Gunnar. Wenn sie das sagte, brannte bald die Hütte! Hanna nahm das Handy vom Ohr und begann, wie wild darauf herumzutippen, als gäbe es in diesem Moment nichts Wichtigeres, als Nachrichten zu verschicken.

Ungeduldig wedelte Frau Blom sich Luft zu. »Es ist ohne Klimaanlage nicht gerade angenehm im Wagen.« Sie würdigte

Gunnar keines Blickes. »Mein Blutdruck macht das für gewöhnlich nicht sehr lange mit.«

Etwas piepste. Automatisch griff Gunnar in die Hosentasche und holte sein Handy heraus.

Auf dem Display leuchtete eine neue Nachricht von Hanna.
Ring bei Leiche gefunden. Initialen SW. Nicht TB.

Aus Gunnars Erinnerung tauchte ein Gesicht auf, dazu ein paar Ohrstöpsel und zwei Hände, die flink über eine Tastatur huschten ... Erschrocken schaute er auf. Wallin?, formten seine Lippen lautlos.

Hanna nickte.

Nelli

Im Grunde habe ich Mamas Platz eingenommen. Ich bin mir sehr sicher, dass ich ihr bald folgen werde.

In die Unterwelt, meine ich.

Auf dem Parkplatz vor der Ballettschule hätte Greta mich am liebsten verprügelt, weil ich Cinderellas Ballkleid vollgekotzt habe. Magensäure auf weißem Satin, garniert mit Tüll – die Flecken kriegst du nie wieder raus! Sie hat es sich aber anders überlegt und mich nur gefesselt. Und dann kam die große Überraschung: Hackfresse Ture Berglund hat mich an den Haaren aus dem Transporter zu seinem Wagen gezerrt, der bei Greta auf dem Parkplatz stand, und mich in den Kofferraum gestoßen. Ich war zu überrascht, um nach ihm zu treten, denn ich bin die ganze Zeit davon ausgegangen, dass Aukas Vater Steen mit Greta unterwegs ist. Er tauchte im Keller auf, als ich gerade kurz wach wurde, dann der Schuss auf den Betonsarg ... Echt irre. Die piefige Ballettlehrerin hat den Stadtrat aus Malmö auf dem Gewissen. Was hat sie überhaupt mit der ganzen Sache zu tun? Von ihr stand kein Wort in Mamas Brief.

Mama ...

Und auf die Polizei ist auch kein Verlass mehr. Wie blöd muss man eigentlich sein, um über den Polizeifunk Kollegen zum Tatort zu rufen, wenn der Täter auch Polizist ist?! Aber vielleicht waren sie zu dem Zeitpunkt noch nicht so weit mit ihren Ermittlungen ... Ungefähr so ist es wohl abgelaufen: Berglund ist mit seiner Dienstkarre hinter Gretas Transporter hergefahren. Kurz vor Ystad hat er sie auf dem Handy angerufen, dass etwas nicht stimmt. Beim Transfer in seinen Wagen habe ich mitbekommen, dass die Polizei schon in seinem Haus ist und er den Autowechsel wollte, damit sie im Falle des Falles zwei Autos verfolgen müssen. Sonst hätten Greta und Berglund mich nonstop nach Malmö zum Hafen gebracht und ...

Wie gesagt, ich trete in Mamas Fußstapfen.

Und Greta, die dumme Pute, kann zwar mit einer Schrotflinte herumballern, aber was ein richtiger Knoten ist, das weiß sie nicht! Gefühlte dreißig Sekunden, nachdem Berglund mit mir hinten drin durchgestartet ist, habe ich die Fesseln von den Händen gestreift. Mein Blut fängt an zu kochen, die Hitze, die Luftknappheit, die Wut ... Wenn nötig, trete ich den Kofferraumdeckel von innen auf und springe aus dem fahrenden Wagen! Aber vorher werde ich ihm zeigen, von welcher Sippe Eurydike abstammt. Und aus welchem Holz ihre Tochter geschnitzt ist. Mit der Angst bin ich durch! Mit meinen Ideen, wie ich hier wieder rauskomme, allerdings auch. Leider war Greta nicht zu blöd, mir mein Handy abzunehmen. Andererseits gibt es in Berglunds Kofferraum nicht annähernd so interessante Motive. Und schade, dass ich Anka nicht mehr werde fragen können, was sie von meinen Fotos aus dem Transporter hält. Bestimmt gruselt sie sich jetzt schon, dass sie meine letzten Lebenszeichen sind.

Ich habe übrigens immer noch Durst, der Schwindel kommt nicht nur von Gretas Schlag in den Nacken. Vielleicht besteht die Chance, dass ich bei der Hitze in Berglunds Kofferraum verdurste, bevor er mich im Hafenbecken versenkt. Ich bin nicht scharf drauf mitzuerleben, wie ich zur Wasserleiche werde ...

Innerlich köchele ich vor mich hin. Vielleicht sollte ich aufhören, mir vorzumachen, dass ich ganz cool darauf warte, unter schrecklichen Nierenkrämpfen zu verrecken. Ich weiß auch, dass das Blut nach ein paar Stunden verklumpt. Dass man bei Wassermangel eine Thrombose kriegen kann, obwohl man vorher kerngesund war.

Der Wagen rumpelt durch ein Schlagloch, ich werde herumgeschaukelt. Kann Berglund nicht wenigstens ein bisschen auf den Weg achten? Er weiß doch, dass ich hinten drin bin! Es wird ihm egal sein. Schließlich braucht er mich nicht. Das hat er mir vor einem Jahr im Malmöer Präsidium auch gesagt, als ich auf Olofsson gewartet habe. Bis dahin habe ich Berglund nur als unangenehmen Besuch in Mamas Ballettschule erlebt. Er hat gesagt: »Du bist so überflüssig wie ein Kropf, Kleine. Seit du auf der Welt bist, hat deine Mutter kein Leben mehr. Vergiss das nie!«

Ich hab's ihm geglaubt. Weil er Polizist ist. Der muss doch wissen, wer ein Recht auf Leben hat.

Danach habe ich mein erstes Bier gezischt. Hab's von meinem Taschengeld gekauft. Als es alle war, habe ich angefangen zu klauen. Vorher habe ich auch schon die Finger nicht stillhalten können, aber da ging's dann richtig los. Weil ich Angst hatte vor Berglund, dem Polizisten, der allabendlich vor der Schule auf uns wartete, um Mama anzumachen. Er war auch der Typ mit der Kamera auf der anderen Straßenseite, der sich an Mama rächen wollte, weil sie ihn immer wieder hat abblitzen lassen.

Ich wollte Kommissar Olofsson vor einem Jahr sagen, was für ein Schwein Berglund ist, aber in den zwei Minuten habe ich vor Schreck alles vergessen. Ein Kropf, den keiner braucht, hat auch kein Recht zu sprechen. Das muss man erst mal schlucken.

Prompt schlucke ich tatsächlich und könnte im nächsten Moment jaulen vor Schmerz. Mein Hals besteht nur noch aus Sand und Schmirgelpapier. Aber allzu lange muss ich das ja nicht mehr ertragen ... weil Berglunds schiere Existenz Mama und mich das Leben kosten wird.

Das unkontrollierte Herumrollen, wenn er bremst oder beschleunigt, geht mir auf den Geist. Im Magen habe ich nichts mehr, sonst hätte ich ihm noch einen Abschiedsgruß hinterlassen. Mattigkeit legt sich auf mich, monoton singt der Motor sein Lied. Hätte nicht gedacht, dass die letzten Minuten so ruhig verlaufen würden.

Viel zu ruhig ...

Mamas Stimme, aus welcher Welt sie auch gerade kommen mag, summt unter meiner Schädeldecke. Meine Lider beginnen zu flattern, plötzlich öffnen sich meine Augen. Ich liege wieder im Kofferraum, schaukele, stoße mich an – sonst nichts, keine Hüpfer oder Schläge mit dem Kopf gegen den Kofferraumboden. Mama hat recht. Es ist definitiv zu ruhig für eine Flucht. Als ob Berglund sich sicher fühlt.

Zu sicher.

Meine Finger werden unruhig. Mit den »kostenlosen Einkäufen« habe ich eine besondere Art von Feinmotorik entwickelt. Ich kann quasi mit den Fingerspitzen sehen. Sie machen sich auf die Suche nach einem Ausweg, als ob sie mir vordenken wollen, wie ich hier allen Gesetzen der Logik zum Trotz herauskomme: Wer Gretas sogenannte Fesseln abstreift, entkommt auch Berglunds Gefängnis. Und auch der ganze andere beschissene Rest ist bloß fake! Von diesem Idioten habe ich mir alles versauen lassen, statt ihn auszulachen und der Polizei seinen Namen zu nennen. Gegen Mamas Willen wollte ich bei Kommissar Olofsson Anzeige gegen ihn erstatten! Berglund hatte mich zunächst nämlich gar nicht in der Hand. Aber er hat es leider geschafft, mit seinem Kropf-Geschwafel meine Angst um Mama und mich zu wecken. Ab da war es schmerzfreier, darauf zu vertrauen, dass Mama weiß, was sie tut, wenn sie Berglund und Wallin schützt … Ohne dass ich begriffen habe, warum sie es tut.

Ich drücke meine Fingernägel in weiches Plastik, in das seltsame Ausbuchtungen gestanzt wurden. Meine Füße entscheiden, dass es nicht wichtig ist zu wissen, was ich befingere, sondern ob es sich wegtreten lässt. Und es dauert nicht lang, da ist das Brennen in mir so unerträglich, dass ich mich nicht mehr zügeln kann: Ich will mich all dem nicht mehr beugen, nur weil es nicht in Worte gefasst werden darf, dass ein korrupter Polizist mit einem halbseidenen Stadtrat Geschäfte macht, womit Mama und ich nie etwas zu tun haben wollten! Weil sich zwei selbst ernannte Halbgötter in unser Leben einmischen.

Und Greta Blom.

Siedend roter Hass explodiert in die Dunkelheit des Kofferraums. Mit aller Gewalt donnere ich von hinten gegen die Rückbank, sie klappt nach vorn um. Ich schieße ins Licht.

Ungläubig blitzen Berglunds Augen im Rückspiegel.

Sein Kopf reagiert erstaunlich leicht auf meinen Faustschlag. Er verreißt das Steuer. Meine Arme umklammern die Kopfstütze und seinen Hals gleich mit, ich muss die Kontrolle bewahren!

»Lass los!«, brüllt Berglund.

Ich drücke noch fester zu. Schreie. So laut und so hoch ich kann.

Wir schleudern über die Landstraße. Ein Wagen zischt Millimeter an uns vorbei, ich erwartete entfesseltes Hupen, höre aber nur mich und Berglunds »Lass los!«, immer wieder: »Lass los!«

Nein. Es muss erst vorbei sein.

Etwas trifft meine Seite. Endlich habe ich den Beweis, dass Nieren jodeln können und man sich einfach zusammenkrümmen muss. Was ein Fehler ist. Prompt verliere ich den Halt, fliege durch den Wagen, der die Spur längst verlassen hat. Ich krache gegen das Seitenfenster.

Der Wagen hüpft von der Straße.

Unter uns Wildblumen ...

Überschlag.

Überschlag.

Höllenfahrt.

Explosion.

Stille ...

*

»Frau Blom, ich frage Sie zum letzten Mal: Wo will Ture Berglund hin?«

»Ich habe keine Ahnung!«, wiederholte Greta Blom verstockt. »Und wenn ich etwas wüsste, würde ich es Ihnen nur im Beisein meines Anwalts sagen!«

Hanna winkte ab. »Lass gut sein, Gunnar. Das finden wir auch ohne sie heraus.« Sie drehte sich zu den Kollegen von der Bereitschaftspolizei um, die gerade eingetroffen waren, und gab ihnen das Zeichen, Greta Blom zu übernehmen. Widerwillig ließ sich die Tanzlehrerin zum Bereitschaftswagen abführen.

»Entweder ist sie davon überzeugt, dass wir ihr nichts anhaben können, oder sie hat wirklich nichts mit der Sache zu tun.« Nachdenklich schaute Hanna dem abfahrenden Polizeiwagen nach.

»Oder sie hängt zufällig mit drin und glaubt, die Sache noch zu ihren Gunsten umbiegen zu können, bevor wir ihr auf die Schliche kommen.« Ungeduldig klopften Gunnars Finger auf die glühende Motorhaube von Hannas Opel, aber nur einmal.

»Was uns momentan egal sein kann, weil wir immer noch nicht wissen, wo Berglund mit Nelli hin ist.«

»Wenn er sie nicht schon längst irgendwo zwischengeparkt hat. Lebend, meine ich.« Zum hundertsten Mal holte Hanna Ankas Handy heraus und überprüfte Nellis Go-Social-Profil. Seit nunmehr zehn Minuten hatte sich ihr Status nicht mehr verändert. Einer Eingebung folgend, rief sie Ankas Telefonnummernliste auf und suchte Nellis Nummer heraus.

Gunnar beobachtete sie interessiert. »Was machst du?«

»Anrufen.« Hanna drückte auf den Hörer und betrat die Tanzschule. »Bis uns was zu Berglund einfällt, sollten wir die Blom irgendwie festnageln.«

Schon im Treppenhaus war das Klingeln zu hören. Es dauerte nicht lang, da öffnete Hanna im Büro der Schule nacheinander die Schubladen des Rollschränkchens, in dem ein wild gewordener R'n'B-Musiker sich wahrlich ekstatisch dem Refrain hingab.

»Hätte ich mir ja denken können.« Mit einem Taschentuch angelte sie das Handy aus der untersten Schublade. »Ich dachte, Tänzer wären kreativer. Das Versteck hier ist sooo was von unoriginell!«

»Kannst ihr ja eine Broschüre mit einschlägigen Workshops zukommen lassen.« Gunnar schaute sich in dem penibel aufgeräumten Büro um. »Angenommen, die Blom ist Berglund im richtigen Moment über den Weg gelaufen ...«

»Du meinst, dass er sie erpresst? Aber womit?« Hanna ließ Nellis Handy in eine Plastiktüte rutschen und klebte sie zu. »Stand davon etwas in Stina Larssons Brief?«

Sie verließen das Büro, um zum Wagen zurückzukehren.

»Ach, der Brief!« Gunnar schnaubte abfällig. »Das ist mal wieder so ein Meisterstück von Stina. Sie kann zwar wundervoll tanzen, aber wenn sie einem Normalsterblichen etwas anschaulich erklären soll, dann geht die Künstlerin mit ihr durch.

Sie erwähnt darin lediglich, dass ein korrupter Polizist und ein gieriges hohes Tier sie gemeinsam unter Druck setzen und zuerst überprüft werden sollen, falls ihr etwas zustößt.«

Draußen schlug ihnen wieder die Hitzewand entgegen. Im Opel drehte Hanna die Klimaanlage bis zum Anschlag auf. »Was jetzt?«

»Nelli finden. Am besten unversehrt.« Gunnar ließ sich tief in den Sitz rutschen. »Was würde Berglund machen?«

»Sich absetzen«, antwortete Hanna sofort. »Zum Beispiel über den Hafen von Malmö.«

Gunnar schüttelte den Kopf. »Berglund lebt in Malmö, das wäre zu offensichtlich. Außerdem haben wir Nelli und ihn zur Fahndung ausgeschrieben. Dort suchen sie ihn zuerst.«

Hanna wurde unruhig. Am liebsten wäre sie wieder losgerast, aber wohin? »Berglund wird sich absetzen und Nelli vorher wirklich entsorgen«, meinte sie trocken.

»Dafür kommt auch nur Malmö in Frage.« Gunnars Augen blitzten. »Oder Trelleborg. Und von dort fährt er nach Swinemünde.«

»Trelleborg ist am unauffälligsten über die Küstenstraße zu erreichen.« Der Zündschlüssel knackte im Schloss, schnurrend erwachte der Motor. »Wir probieren's.« Sie rollte vom Parkplatz. »Ruf Sigge an und sag ihm, dass wir ihm sein Wochenende komplett versauen.«

»Nicht wir, sondern die Blom mit ihrer Ballettschule«, korrigierte Gunnar. »Wir sollten bei der nächsten Mitarbeiterrunde vorschlagen, der Spurensicherung Schlafsäcke zur Verfügung zu stellen. Sie werden uns dafür lieben.«

»Das fürchte ich auch.« Vorsichtig fuhr Hanna an einen Zebrastreifen heran. Fröhliche Kinder mit nassen Haaren hüpften nach einem langen, erfüllten Tag am Strand an ihnen vorüber.

Morgen bin ich dran, schwor Hanna sich.

Nelli

Ich lebe.

Der Feststellung folgt eine Kaskade von Schmerzen.

Kurz hatte ich die Hoffnung, dass es endlich vorbei ist, aber es war nur eine kleine Ohnmacht nach dem Aufprall.

Übrigens liege ich in der Wildblumenwiese, die Berglunds Wagen verwüstet hat. Ja, ich weiß, er hat das Steuer verrissen, weil ich ihn von hinten gewürgt habe! Aber es tut mir nicht leid. Kein bisschen. Auch nicht im nächsten Leben.

Wo ist Berglund überhaupt?

Das Aufrichten tut mal wieder ziemlich weh, weil ich nicht mehr nur dehydriert und leergekotzt bin, sondern mir beim Sturz aus dem Auto auch noch Prellungen zugezogen habe, und zwar überall. So fühlt es sich zumindest an. Aber gut, ich setze mich auf, schaue mich um und sehe: Blumen. Eine Schneise. Den zerknautschten Polizeiwagen, mit dem Berglund mich herumkutschiert hat. Das Auto liegt auf der Fahrerseite. Ihn selbst entdecke ich nicht.

Irgendwie stemme ich mich auf die Beine, torkele ein bisschen in der Hitze herum. Bald kommt bestimmt jemand vorbei, der Polizei, Sanitäter, Kirchenchor alarmiert. Die Zeit, die ich mit Berglund allein bin, ist also begrenzt. Ich muss wissen, was mit ihm ist ... Unsicher tappe ich auf den verbeulten Polizeiwagen zu.

Plötzlich langt eine Hand durch die zerborstene Windschutzscheibe. Geschmeidig zieht Berglund sich aus dem Blechhaufen. Er bemerkt mich nicht, da ich hinter ihm stehe, und ich mache lieber nicht auf mich aufmerksam.

Berglund steht auf, als wäre alles in Ordnung, stemmt sich gegen den umgestürzten Wagen – vor Schreck wird mir schlecht – und schiebt ihn zurück auf die Räder. Ächzend federt der Polizeiwagen in den Achsen nach.

Ich mache eine Schritt nach hinten und stolpere.

Berglund schaut über die Schulter. Sieht mich erstaunt an. Läuft zwei, drei Schritte auf mich zu – und kippt vornüber. Bleibt stöhnend auf dem Bauch liegen. Es geht ihm wohl doch nicht so gut. Oder tut er nur so?

Auf allen vieren nähere ich mich ihm vorsichtig bis auf ein paar Schritte. Schaue mir sein Gesicht an. Ein dünnes rotes Rinnsal tropft aus seinem Mundwinkel in die Wiese. Ich muss mich beeilen, wenn das hier zu einem guten Ende kommen soll. Entschlossen packe ich ihn an den Schultern und drehe ihn um. Ja, ich weiß, das soll man nicht tun wegen innerer Verletzungen und so weiter. Das habe ich sogar im Sanitätskurs an der Schule gelernt. Aber wie ist er denn mit mir umgegangen? Und mit Mama!

Seine Hand schnellt vor und packt mich am Hals, aber es ist keine Kraft mehr in seinem Griff. Er streift die Haut dort, wo meine Schlagadern liegen.

»Guter Puls«, flüstert er. Mehr Blut kommt aus seinem Mund. Heilige Scheiße, in seinem Brustkorb muss es ganz schön chaotisch aussehen.

Eigentlich müsste ich jetzt gütig den Kopf schütteln und sagen: »Sch. Nicht sprechen. Der Arzt ist schon unterwegs. Alles wird gut.« Aber erstens habe ich nicht vor, zu lügen – ausnahmsweise –, zweitens sind wir hier nicht im Kino. Und drittens will ich endlich wissen, was hier gespielt wird! Damit ich glücklich sterben kann. Oder weiterleben, je nachdem, was ich aus Berglund herausbekomme. Das ist auch der Grund, warum ich nicht auf ihn einprügele, obwohl ich es mir in diesem Moment sehr befreiend vorstelle.

Allmählich verändert sich Berglunds Gesichtsfarbe. Käsig wird er, so dass man nicht sieht, wo das Gesicht aufhört und sein blonder Schopf anfängt. Ich muss mich wohl beeilen, wenn ich noch etwas aus ihm herauskriegen will.

»Berglund.« Ich robbe an ihn heran. Beuge mich ganz dicht über ihn. »Können Sie mich hören?« Sein Atem kommt mir zu schnell und zu flach vor.

Er nickt hastig und verzieht das Gesicht. Aha, das tut weh.

Anka hätte längst ihr Handy eingeschaltet und alles mitgefilmt. Mir wäre jetzt auch danach, aber ich glaube, die nächsten Minuten werden sich sowieso für den Rest meines Lebens in mein Gedächtnis brennen.

»Arzt«, stößt Berglund aus. »Funkgerät im Wagen ...«

Ich ignoriere ihn und beuge mich noch ein bisschen tiefer zu ihm hinunter. Jetzt kann ich das Blut zwischen seinen Zähnen sehen. Es macht seinen Atem faulig.

Ich muss nicht darüber nachdenken, was ich sagen soll, weil in meinem Kopf sowieso nur eine Frage kreist: »Warum meine Mutter?!« Aber jetzt rächt es sich, dass ich so lang nichts getrunken habe. Mein Mund geht auf, aber es kommt nichts heraus, nicht mal ein Krächzen. Es tut schrecklich weh.

»Warum?«, hauche ich endlich.

Berglund grinst blöd.

»WARUM?!« Es nützt nichts, mich zu wiederholen, denn Berglund denkt nicht daran, mir weiterzuhelfen. Außerdem kann ich nur quietschen.

»Arzt«, flüstert er.

Energisch schüttele ich den Kopf. Vergiss die Schmerzen, ich will es jetzt wissen!

»Warum sollte Mama sterben?« Ich sollte mich als Synchronsprecherin für Zeichentrickfilme bewerben.

»Ich – liebe – sie«, flüstert Berglund. Idiot!

Ich lege den Kopf in den Nacken und blinzele in den Himmel. Am Horizont ziehen sich Schleierwolken zusammen. Regen, ja. Das ist eine gute Idee.

»Bitte ...« Rote Bläschen quellen aus Berglunds Mund. »Arzt ...«

»Erst will ich wissen, warum!«, brülle ich. Nein, ich kratze es heraus. Es klingt furchtbar. »Und warum die Blom und Steen Wallin …«

Berglunds Schmunzeln lässt mich verstummen. Er lacht ein bisschen, so dass noch mehr Bläschen über seine Wangen fließen. Wenn dieser Idiot jetzt stirbt, hole ich ihn höchstpersönlich aus der Unterwelt zurück, bis er mir alles gesagt hat!

»Du willst einen Arzt?« Mein Kratzen wird zur Reibeisenstimme.

Berglund hört auf zu lachen. Er hat verstanden. »Stina …«
Ich krieche wieder an ihn heran.

»Stina lebt …« Berglund schluckt und hustet, aber es kommen keine Bläschen mehr. »Habe über den Polizeifunk … Krankenhaus.« Bittend schaut er mich an. »Krankenhaus?«, keucht er.

Er kann also doch, wenn man ihn höflich bittet. Ich denke nicht daran, jetzt schon Hilfe zu rufen, bin gerade wie gelähmt vor Erleichterung, Freude, was auch immer, dass Mama … In meinem Hals platzt ein Kloß. Ich fange an zu weinen. Was meinen Hals geschmeidiger macht. Meine nächsten Worte klingen schon menschlicher: »Warum hast du Fotos von mir ins Internet gestellt?« Ich wünsche mir, dass ich mich nicht mehr so sehr dafür schäme, wenn er gesteht, dass er damit abartige Gelüste befriedigen wollte. Und er soll sich dafür entschuldigen.

Aber er schüttelt den Kopf! »Greta.« Sein Brustkorb zieht sich gefährlich zusammen, dann hustet er einen Schwall Schleim aus. Rot.

Ich fahre zurück. Ungläubig. »Wieso Greta?«

Er braucht ein paar Atemzüge. »Sie wollte nur – die Schule. Sie – sie hat mich erpresst!«

»Mit den Fotos?«, frage ich verwirrt.

Berglund nickt. Ich verstehe das nicht. Bis auf die Sache, dass Greta noch viel mieser ist, als ich angenommen habe.

»Und Wallin?« Er interessiert mich eigentlich nicht. Ich stelle die Frage nur, weil er auch dabei war und weil er Ankas Vater ist.

»Hab ihn – vor der – Razzia gewarnt.« Berglunds Gesicht wird noch eine Spur heller. Hoffentlich wird er jetzt nicht ohnmächtig. Nein, er fängt an zu zittern. Das ist aber auch nicht gut.

»Welche Razzia?«, frage ich trotzdem, obwohl ich das gar nicht mehr so genau wissen will.

Auf Berglunds Gesicht erscheint ein bedauerndes Lächeln. »Das hatte alles – nichts – mit euch – zu tun.« Seine Stimme ist kaum noch zu hören. »Wallin ist – ein Schwein. Ich wollte – nur Stina.« Er husten. Und hört nicht mehr auf. Der Schleim, den er spuckt, färbt sich immer dunkler.

Ich glaube, jetzt ist es wirklich Zeit, Hilfe zu holen. Am besten Hanna Lundqvist. Der Gedanke wird umso unangenehmer, als mir klar wird, dass wahrscheinlich nur sie mir erklären kann, was Mama mit einer Razzia zu tun haben soll! Einen Augenblick brauche ich noch, um mich innerlich zu überwinden. Dann stehe ich auf und gehe zum Polizeiwagen, um die unsympathische Kommissarin zu kontaktieren.

Das Funkgerät hat nicht so viele Knöpfe, wie ich befürchtet habe. Ich fummele mit dem handtellergroßen Mikrofon herum und bekomme erstaunlich schnell Kontakt zu jemandem, dessen Name ich nicht verstehe. Gleich darauf werden wir von Hanna Lundqvists Stimme unterbrochen. Sie klingt ein bisschen hysterisch. Ich will nicht ausschließen, dass es auch Freude darüber sein könnte, dass sie mich endlich gefunden hat.

Gefühlte dreißig Sekunden später saust ihr Opel von der Straße herunter und hält direkt neben dem geschrotteten Polizeiwagen. Gunnar Nyberg – er ist tatsächlich der Mann, mit dem Mama im Winter für ein paar Wochen zusammen war und der mir immer ein bisschen seltsam vorkam – kümmert sich um Berglund. Und Hanna und ich schauen uns an, als hätten wir uns unendlich viel zu sagen. Vielleicht kommt das ja noch.

Hanna gibt mir Wasser zu trinken, Hanna fragt, ob es mir gut geht, Hanna setzt mich in den Schatten ihres Opels, damit ich abkühle. Ich kann wirklich kaum noch stehen, weil der Boden auf einmal so weich geworden ist – oder sind das meine Knie? Ich frage, wie es Mama geht. Hanna sagt, dass sie so weit in Ordnung ist, aber mindestens eine Nacht im Krankenhaus bleiben muss.

Gesichter tauchen auf. Eins davon bugsiert mich in einen Krankenwagen. Ich mache brav bei der Untersuchung mit und bekomme dafür Tee mit viel zu viel Zucker. Neben dem Autowrack wird Berglund versorgt und in den zweiten Krankenwagen geschoben.

Der Mann kommt zu mir und stellt sich als Gunnar Nyberg vor. Aha. Ich frage ihn, was Mama mit der Razzia zu tun hat. Er zuckt mit den Schultern. Und was ist mit Anka?

Plötzlich steht Hanna vor dem Krankenwagen. »Ich muss dir nicht erklären, dass ihr zwei ganz schön verantwortungslos wart.«

Nein, das muss sie nicht. »Geht es ihr gut?« Meine kratzige Stimme bebt ein bisschen.

Hanna nickt.

»Weiß Anka schon, dass die Blom ihren Vater erschossen hat?« Mit dieser Frage überrumpele ich Hanna.

Sie zieht die Augenbrauen hoch. »Wie meinst du das? Was weißt du darüber?«

Ich verzichte auf den Hinweis, dass ich dabei war, als es passiert ist, und trinke meinen Tee in einem Zug aus. Grässlich. Aber der Zucker lindert die Schmerzen in meinem Hals.

Plötzlich werden nebenan die Türen zugeschlagen. Im Krankenwagen, in dem Berglund liegt, wird es hektisch. Man kann nichts hören, aber der Wagen wackelt und setzt sich kurz darauf in Bewegung. Mit Blaulicht und Martinshorn.

Ich glaube, ich sollte Hanna und ihrem Kollegen endlich sagen, was ich sonst noch weiß, auch wenn es nicht mehr viel ist.

»Gestern Abend hat Mama einen Anruf von Hendrik Gustavsson bekommen. Er hat den Internetshop gegenüber von der Ballettschule in Malmö.« An Gunnars Augen erkenne ich, dass ihm der Name nicht unbekannt ist. Meine Stimme zittert, als ich fortfahre: »Mama hatte den Lautsprecher eingeschaltet, deshalb habe ich alles mitgehört. Letzte Woche hat Gustavsson in Ystad noch einen Shop eröffnet und hat Mama wohl zufällig in der Stadt gesehen. Er meint, er hätte von der Blom Geld dafür bekommen, dass er ihre Daten aus seinem Netzwerk löscht.«

Hanna schaut ihren Kollegen an.

Bevor meine Stimme wieder ganz weg ist, flüstere ich: »Berglund hat mir gesagt, dass Greta die Bilder ins Netz gestellt hat, weil sie Mamas Schule haben wollte. Deshalb hat Mama die Blom vorgestern Abend angerufen. Glaube ich.« Ich zögere.

Hanna blinzelt. »Und das war's jetzt wirklich?«

Ich kann nicht mal mehr erschöpft nicken. Dafür habe ich plötzlich Lust auf ein Bier. Ich weiß, dass man nicht betrunken mit der Polizei reden soll, das hatte ich heute außerdem schon. Aber nüchtern halte ich das alles einfach nicht mehr aus.

Nelli

Ich stehe am Fenster und präge mir Göteborgs winterliche Silhouette ein, die sich gegen die Abenddämmerung abhebt. So schnell werde ich nicht zurückkommen. Wahrscheinlich nie mehr.

Nebenan spricht Mama noch immer mit Hanna Lundqvist und Gunnar Nyberg. Zusammen sind die beiden ganz nett, aber mit Hanna werde ich trotzdem nicht so richtig warm. Umgekehrt ist es wohl ähnlich. Aber das ist jetzt auch egal geworden.

In einer Stunde werden wir abgeholt und zum Flughafen Malmö gebracht. Ich weiß, dass Mama nebenan auf die Tickets starrt, die Hanna mitgebracht hat. Ganz weit weg fliegen wir, mehr weiß ich nicht. Es reicht mir, am Flughafen zu erfahren, wohin die Reise letztendlich geht. Nein, nicht in die Unterwelt, jedenfalls nicht direkt! Wir fliegen in ein Land, in dem man nicht Schwedisch spricht.

Man hat mir ans Herz gelegt, ein bisschen an meinem Auftreten zu arbeiten. Mit dem Trinken aufzuhören. Nicht mehr herumzugammeln. Ein bisschen kooperativer zu sein. Damit mir meine Attacke auf Berglund nicht doch noch negativ ausgelegt wird, auch wenn ich in Notwehr gehandelt habe. Straffreiheit gilt nämlich auch nicht für Personen, die in Sonderprogramme aufgenommen werden. Ich war brav und habe alles gemacht. Trotzdem darf ich zu Anka keinen Kontakt mehr haben. Aus Sicherheitsgründen.

Bevor Berglund sich verabschiedet hat – und damit meine ich jetzt in den echten Hades –, hat er noch ein bisschen gebeichtet, sonst hätte ihn der Zerberus wohl nicht durchgelassen. Es stimmt, dass sein Freund Steen Wallin bei der Sache mit dem geklauten Kostüm eingegriffen hat. Berglund hat im Gegenzug Wallin vor der Razzia gewarnt und ihm geholfen, seine Spuren zu verwischen. Ein paar Kreditkarten wurden nachträglich als verloren gemeldet – keine Ahnung, wie sie das gemacht haben, aber Wallin und Berglund hatten anscheinend überall jemanden sitzen. Gunnar Nyberg sagt, dass bei der betreffenden Bank ein paar Leute abgesägt wurden, die eigentlich eingesperrt gehören.

Nebenan wird gelacht. Erzählen die sich drüben Witze oder was?! Aber ich habe ja versprochen, ruhiger zu werden. Ich kichere mit, hihi.

Gretas Rolle ist so rabenschwarz wie ihre Seele: Sie hat Berglund beim Fotografieren erwischt und ihn zur Rede gestellt. Irgendwie hat sie es geschafft, ihm die Speicherkarte mit den Fotos abzunehmen. Aber statt zur Polizei zu gehen oder mit Mama darüber zu sprechen – damals gehörte die Schule nämlich noch ihr –, hat sie sie zurückgehalten. Berglund ist zu Wallin gerannt, der hat ein bisschen herumgestochert und festgestellt, dass Greta ein Yogastudio schwarz betreibt. Und zwar ganz blöd gegenüber von der Malmöer Ballettschule. Deshalb konnte sie auch Berglund beobachten, als er die Fotos gemacht hat. Die Schule hat angeblich eine gute Freundin für sie geführt, die sofort einen ukrainischen Dolmetscher verlangte, als die Polizei dort aufgetaucht ist. Mir egal.

Ganz und gar nicht egal ist mir, dass Wallin Greta gesteckt hat, dass sie wegen des Yogastudios demnächst Besuch vom Finanzamt bekommt. Er als Stadtrat konnte das ganz leicht veranlassen. Und jetzt wird's kompliziert. Nach Wallins Warnung wusste Greta mit Sicherheit, dass er und Berglund zusammenhängen, und wollte Berglund, den unbescholtenen Polizisten, bloßstellen: Ein Polizist stalkt eine ehemalige Solistin der Malmöer Oper, das darf es doch nicht geben! Und das alles nur, weil Berglund bei Wallin über sie gepetzt hatte.

Gleichzeitig hat sie sich damit Chancen ausgerechnet, Mama die Ballettschule abzuknöpfen. Nicht autorisierte Kinderbilder im Internet, das ist überhaupt nicht gut fürs Renommee. Aber die Eltern haben Mama gemocht, so einfach wurde Greta Mama nicht los. Also hat sie nachgeholfen und ordentlich Wind gemacht, dass die Fotos mit der Razzia bei den Kinderhändlern zusammenhängen könnten, die durch die Presse gegangen war, und wie unverantwortlich von Mama, dass sie keine Vorkehrungen gegen Spanner getroffen hat! Blöd an Gretas Aktion war, dass sie indirekt recht hatte. Berglund und die Fotos hingen ja wirklich mit Wallin zusammen, der Mitglied eben dieses Kinderhändlerrings war.

Drüben lacht Mama jetzt ganz laut. Es ist schön, es zu hören. In den letzten zwölf Monaten hat sie das kaum noch gemacht. Sie ist irgendwann wegen der Fotos und Berglund eingeknickt, der uns nicht in Ruhe gelassen hat. Eines Abends meinte sie: »Ich überschreibe Greta die Schulen. Dann ist Ruhe.« Ein paar Tage später war sie dort nur noch angestellt. Und wir zogen um nach Ystad.

Nachdenklich schaue ich auf meine Schuhe. Sie sehen nicht nur so aus, als ob sie mit einer Spraydose zusammengestoßen wären. Der Rest von mir ist so ordentlich, dass ich mich immer noch nicht ganz an mein Spiegelbild gewöhnt habe. Sogar die Haare habe ich mir schneiden lassen. Müssen!

Alles war gut, bis der Betreiber des Internetcafés in Malmö, das auch in der Straße mit der Ballettschule ist, kürzlich eine Filiale in Ystad aufgemacht hat. Er hat Mama getroffen und ihr seine Vermutung gesteckt, dass Greta die Bilder vor einem halben Jahr hochgeladen hat. Man hatte wegen der IP-Adresse alles bis zu ihm zurückverfolgen können, aber wer den Upload vorgenommen hatte, hatte er angeblich nicht gewusst. Warum er plötzlich doch damit herausgerückt ist – tja. Die Polizei hat es bis heute nicht aus ihm herausbekommen. Dafür hat er eine Anzeige wegen Zurückhaltung wichtiger Informationen am Hals.

Mama hat den Fehler gemacht, Greta deswegen am gleichen Abend anzurufen. Sie wollte erst einmal nur Gewissheit haben und dann überlegen, was zu tun ist. Greta hat sie bis nach der Matinee vertröstet und im Hintergrund Alarm bei Wallin und Berglund geschlagen. Der Rest ist bekannt.

Berglund ist gestorben, bevor er mehr über Wallins Hintermänner sagen konnte. Und da Wallin schon tot war – erschossen von Greta Blom –, sollte Mama plötzlich als Hauptzeugin beim Prozess gegen den Kinderhändlerring aussagen. Das wollte sie nur unter der Bedingung tun, dass sie und ich in ein Schutzprogramm aufgenommen werden, weil dieser Ring weltweit vernetzt, supermächtig und gefährlich und keine Ahnung, was noch alles, ist.

Ich werfe einen letzten Blick auf die Stadtsilhouette, bevor ich die Vorhänge zuziehe. Wir sind von einem Tag auf den anderen in Göteborg gelandet. Ich gehe seit Monaten nicht mehr zur Schule, plane aber mit Mama unser neues Leben in einem anderen Land. Es ist ihr nicht gerade leichtgefallen, ihre Vergangenheit als Solistin loszulassen, um sich in eine unbekannte Physiotherapeutin zu verwandeln. Inkognito geht aber nicht anders.

Drüben ist es still geworden. Sicher geht gleich die Tür auf und sie rufen mich zur Verabschiedung. Schulterklopfen, ein paar Tränchen auf den Wangen, so was eben. Ich bin ganz froh, dass ich Hanna Lundqvist nie wiedersehen werde. Nur um Björn Hansson tut es mir leid. Dort, wo wir hinkommen, wartet aber schon ein Verbindungsmann auf uns. Vielleicht ist er ja wie Hansson.

Ich habe übrigens mit Mama darüber gesprochen, ob ich in dem neuen Land Tanzunterricht nehmen soll. Genau wie sie kann ich mir nämlich nicht vorstellen, dass der Tanz vollends aus unserem Leben verschwindet. Schließlich können wir nichts dafür, dass ausgerechnet das Ballett uns beiden so gefährlich geworden ist – und das Ballett auch nicht. Ich dachte an Hip-Hop, Standard, Stepptanz, um etwas ganz Neues auszuprobieren. Etwas, für das es sich auch an Samstagen lohnt, das Bett zu verlassen. Ganz ohne Alkohol und ohne Angst vor der Polizei. Und ohne Greta Blom, die schon längst im Gefängnis sitzt. Jeder sorgt eben selbst für seine ganz private Hölle.

Die Türen öffnen sich. Mama steckt den Kopf herein. »Kommst du? Es geht bald los.«

»Weiß ich doch«, murmele ich.

Mama lächelt und streckt die Hand aus. Ihre Finger sind ganz warm. Schön, dass es sie gibt.

Im Rausch

Ein Schweden-Krimi von Mikaela Sandberg

Die 14-jährige Tuva Eklund hat alles, was man sich wünschen kann: Eltern, die sie lieben, es mangelt ihr an nichts und ihr Dealer Tom versorgt sie regelmäßig mit neuem Stoff. Doch dann gerät ihr vorsichtig austariertes Leben aus dem Gleichgewicht, als sie einerseits die Nachricht vom Tod ihres Onkels und ihrer Tante erreicht. Und sie andererseits herausfindet, dass sie wahrscheinlich adoptiert wurde. Bei beidem scheint irgendetwas faul zu sein. War der Tod ihrer Verwandten wirklich ein Unfall? Und wieso gibt es keine offiziellen Papiere zu ihrer Adoption? Kurzerhand nimmt sie Reißaus und steigt zu Tom und seinem großem Bruder David ins Auto. Denn auch die beiden sind quasi auf der Flucht. Nur vor was oder wem wollen sie Tuva nicht sagen. Und während die drei quer durch Europa kurven, ist nicht nur die Polizei hinter ihnen her, sondern auf einmal auch der schwedische Geheimdienst …

»Nein«, sagt Nelli. Aber so läuft das Spiel nicht!

Ich drehe mich auf meinem Bett um und halte mein Handy ans andere Ohr: »Ach, Nelli, Schätzchen. Du weißt doch ganz genau, dass wir eine Vereinbarung haben. Du schreibst mich in die Anwesenheitsliste, und dafür sage ich deiner Mutter nichts von deinen Schwierigkeiten.« Ich bemühe mich, das Wort »Schwierigkeiten« zu betonen. So gut wie jeder in Malmö weiß, dass Nelli Bergström-Larssons Schwierigkeiten sich längst zu einem Riesenproblem ausgewachsen haben. Sie tankt alles, was mehr als 0,5 Promille hat. Und das mit gerade mal dreizehn!

Nelli schnieft. »Gar nichts werde ich tun. Ich bin nämlich nicht erpressbar. Außerdem interessiert es deine Mutter sicher brennend, womit du die Zeit verplemperst, die du eigentlich in der Ballettschule verbringen solltest!«

Resigniert rolle ich auf den Rücken und starre an die Decke. Meine Güte, ist das heute wieder kompliziert! »Ballett ist so was von unwichtig«, nuschele ich. »Was hältst du davon, wenn ich ...« Mein Mund klappt zu. Still zähle ich bis zehn.

»Wenn du was?«, blafft Nelli. Sie kann es nicht leiden, wenn ich mitten im Satz aufhöre zu sprechen.

»Wenn ich Tom frage, ob er Lust auf ein Date mit dir hat.« Das Grinsen kann ich mir nun nicht mehr verkneifen. Darauf *muss* sie eingehen, denn Tom Bergman ist das Heißeste, was an der Schule ihrer Mutter herumhopst! Ja, okay, er tanzt auch ganz passabel und ist einer der raren männlichen Eleven, hat also einen enorm hohen Sammlerwert. Beschlösse er, von heute auf morgen mit dem Ballett aufzuhören, liefen ihm die Mädchen trotzdem in Scharen nach. Die Kombination seiner tiefblauen Augen und der wikingerblonden Haare ist einfach unwiderstehlich.

»Ich bin normalerweise nicht erpressbar.« Normalerweise? Nellis bockige Selbstsicherheit gerät ins Wanken!

»Und ich bringe normalerweise nicht so viel Geduld auf. Also, was ist, ja oder nein?« Mir bleibt nicht mehr viel Zeit. Ich werde unruhig.

»Ich überleg's mir«, meint Nelli schnippisch. »Ich melde mich morgen bei dir.«

»Mensch, Nelli, du kannst mich doch nicht ...« Tuuut, macht mein Handy. Mist, verdammter! Was ist bitte schön so schwer daran, die Chance zu begreifen, die ich ihr biete: ein Date mit Tom Bergman, meinem Tanzpartner, dem Schwarm aller Mädchen zwischen zehn und siebzehn! Ich mache bei jeder Gelegenheit ein Foto von ihm, damit ich abends vor dem Einschlafen was zum Anstarren habe. Ich würde ihn sofort daten! Was gäbe ich um ein ungestörtes Stündchen mit diesem wahnsinnig scharfen Typen, der mich seit fast einem Jahr zuverlässig mit meinen kleinen bunten Freunden versorgt? Mit einem Ruck setze ich mich auf und werfe das Handy aufs Kissen. Nelli ist stur, weil sie weiß, was sie zu verlieren hat, wenn ihre Trinkerei auffliegt. Ich bin unsicher, weil mir wer weiß was blüht, falls meine Eltern dahinterkommen, dass ich regelmäßig die heiligen Ballettstunden schwänze, nach denen sich andere die Finger lecken. Aber vor allem: Was soll ich jetzt machen, um endlich runterzukommen?

Unruhig wandert mein Blick zu dem Tablettendöschen auf meinem Nachttisch. Tom hat es mir heute Morgen in der Schule mit einem umwerfenden Lächeln zugesteckt und dafür ein paar lustige bunte Scheinchen mit aussagekräftigen Ziffern drauf bekommen. »Nimm sie rechtzeitig, damit du heute Nacht schlafen kannst«, hat er ganz dicht an meinem Ohr geraunt, und ich hätte mir vor Wonne fast in die Hose gemacht. Sein Atem duftet ungelogen nach Pfefferkuchen. Das ganze Jahr!

Ich zittere vor Aufregung, als hätte ich an einen Elektrozaun gefasst. Habe ich heute Nachmittag noch was vor, außer lässig in der Gegend herumzuswaggen? Nein. Also kann ich genauso gut Toms Cocktail ausprobieren. Es ist nicht ganz ungefährlich, die Pillen zu schlucken. Von Schweißausbrüchen über Atemlähmung bis zu Dauerkrämpfen kann alles passieren. Aber das soll es wert sein, sagt Toms Zwischenhändler. Der schwört auf die Dinger.

Lautlos husche ich durch den Flur im ersten Stock, um meine Mutter Nova nicht aus ihrem heiligen Mittagsschlaf zu wecken. Vor der Schlafzimmertür meiner Eltern vollführe ich eine skurrile Schrittfolge. Greta Holm, die alte Krähe, hätte in der Impro-Stunde ihre helle Freude daran, wie ich auf Zehenspitzen von einer Seite zur anderen hüpfe, um die Stellen auszulassen, die am lautesten knarren. Denn wenn ich eines nicht brauchen kann, dann ist es Nova, die, zwei Minuten nachdem ich die Pillen eingeworfen habe, im Badezimmer auftaucht und fragt, ob sie bei meinem Beauty-Nachmittag mitmachen darf. Nova ist Gott sei Dank ziemlich verpeilt, was meine chemischen Freunde angeht, aber trotzdem nervig.

Kurz darauf sperre ich die Badezimmertür fast geräuschlos und vor allem erleichtert von innen ab. Bedächtig klappe ich den Deckel des Döschens auf. Da seid ihr ja, meine allerliebsten Helferlein! Ich pule eine hellblaue Pille heraus und platziere sie vorsichtig in meiner Handfläche. Winzig sieht sie aus. Tom hat mir die Wirkung so beschrieben, dass ich gleichzeitig total entspannt und hellwach bin. Langsam drehe ich den Wasserhahn auf. Das ist eine reine Vorsichtsmaßnahme. Tom meint, dass die Pillen manchmal nicht unten bleiben, und es wäre schön blöd, wenn ich vergesse, meine Kotze wegzuspülen.

Das Wasser spritzt. Ich starre mein aufgemotztes Spiegelbild an. Schwarz gefärbte Haare und ein gewagter Kajalstrich sind keine Indizien dafür, ob jemand Drogen nimmt oder nicht. Aber wer so viel Geld für einen Haarschnitt ausgibt wie ich, nur um auszusehen wie Sia in finster, hat auch keine Geldprobleme, wenn es um den chemischen Kick geht. Und ich muss zugeben, ich bin auch sehr zufrieden mit meinen Designerklamotten vom Langhus-Label. Meine Pearl-Hose steht mir heute wieder ausgezeichnet. Kein Wunder, die hat die Designerin Lillemor Langhus ja auch höchstpersönlich für mich genäht. Manchmal ist es ganz praktisch, reich zu sein. Vorsichtig führe die Hand an meinen knallrot angemalten Mund, die Augen fest auf die Pille gerichtet. Meine Zungenspitze beginnt zu kribbeln ...

DING! DANG! DENG! DONG!

Ein Hunderttausend-Volt-Blitz lässt mich zusammenfahren. Wie bei Stanley Kubrik wird das kleine blaue Raumschiff in die Höhe katapultiert und vollführt mehrere elegante Drehungen, bevor die Erdanziehung es nach unten reißt. Hilflos rudern meine Arme in Zeitlupe durch die Luft, um die Pille zu fangen. Zahnputzbecher, Haarbürsten, Gel-, Pasten- und Rasierschaumtuben explodieren in einem geradezu kafkaesken Durcheinander, krachen und klappern in den schäumenden Wasserstrahl. Eine eiskalte Fontäne prallt von den Bechern ab und ergießt sich über mich. Ich schlage nach der Armatur, treffe das Pillendöschen, das mit einem Purzelbaum die drei verbliebenen Pillen in den Siphon befördert, wo sie sich auflösen. Dann klatscht das Pillenraumschiffchen ins Waschbecken, rollt fast schon bedauernd in die sanitäre Singularität, hinter den drei Kameraden her und ist verschwunden.

»NEIN!«

Ein letztes Mal schlage ich nach der Armatur und treffe sie endlich. Der Wasserstrahl versiegt. Und Nova brüllt: »Tuva! Hast du nicht gehört?! Mach endlich die Tür auf!«

Mich als fassungslos zu bezeichnen, wäre die Untertreibung des Jahres. Wie viele schwedische Kronen habe ich gerade dem Universum geopfert? Nur weil meine Eltern es nicht lassen können, überall versteckte Hinweise auf ihre zahlreichen Weltreisen zu platzieren, dröhnt unsere Türglocke wie eine Kreuzung aus Big Ben und tibetischem Klostergong!

DING! DANG! DENG! DONG!

»TUVA!«

»JA!« Verzweifelt drücke ich an meinem hauchzarten T-Shirt herum, das davon nur verknitterter, aber nicht trockener wird. Damit ich wegen der verdammten Glocke nicht noch etwas zerstöre, stürme ich aus dem Bad, falle fast die Treppe hinunter und reiße tropfend die Haustür auf, kurz bevor der Finger des Besuchers den Klingelknopf ein drittes Mal berührt.

Auge in Auge und vor allem tropfend stehen wir uns gegenüber. Der Typ ist genauso nass wie ich, nur dass es sich bei ihm um Schweiß handelt. Kein Wunder bei 37 Grad Außentemperatur. Da sorgen auch seine Cargo-Shorts nicht für Abkühlung. Ist das ein verirrter Tourist? Und warum die Weste? Wer so was trägt, kann doch nur …

»Hallo. Ich bin Hauptkommissar Olofsson. Sind deine Eltern da?«

… ein Polizist sein!

Der nächste Blitz droht einzuschlagen. Kurz habe ich das Gefühl, die Tablette hätte mich ins Delirium gespül... nein. Die liegt ja im Siphon.

»Äh ... ja.« Ich bewege mich keinen Millimeter. Ein Polizist! Hat uns jemand verpfiffen? »Haben Sie einen Ausweis?« Die Frage kenne ich aus dem Fernsehen. Also muss sie auch gestellt werden.

»Tuva! Was soll das denn? Lass doch den Herrn nicht vor der Tür stehen!« Ich kann Novas Auftauchen förmlich riechen. Sie ist eine wandelnde Parfümflasche, Duftnote Lavendel, quasi eine olfaktorische Super-Nova. Und sie hasst meine Wortspiele, haha.

Der Hauptkommissar hat sicher schon mit Menschen in allen Lebenslagen gesprochen. Da können ihn weder Novas rosa Seidenhausmantel noch die hochgeschobene Schlafbrille auf der Stirn erschüttern. »Ich bin Hauptkommissar Olofsson vom Dezernat für Tötungsdelikte. Frau Eklund, ich müsste Sie oder Ihren Mann sprechen.«

Wie auf Kommando wird Nova sehr, sehr blass. Unsicher tastet ihre Hand nach mir. »Milva, würden Sie meinen Mann ...«

»Milva ist im Urlaub«, knurre ich. Muss sie mich ausgerechnet jetzt darauf hinweisen, dass ich seit der Abreise unserer Hausdame auch noch deren Botentätigkeiten übernehmen darf? Ich bin sowieso schon maximal verspannt, aber diese Erniedrigung vor einem Polizisten macht mich fertig!

In Novas Gesicht arbeitet es sichtlich. »Dann kommen Sie doch bitte erst einmal herein, Herr Kommissar.« Für seinen Ausweis hat sie nur einen flüchtigen Blick übrig. Seltsam schleppend führt sie ihn ins Besucherwohnzimmer. Und ich frage mich: Was will der Typ hier?! Tom und ich haben doch niemanden umgebracht! Zum ersten Mal lässt mein Bedauern darüber, dass ich meine neuen Freunde heute noch nicht ausprobiert habe, nach.

»Tuva, würdest du dem Kommissar ein Glas Wasser bringen?« Novas Stimme klingt ungewöhnlich hoch. In ihren Augen liegt eine stumme Bitte, die etwas in mir berührt, das uns beide einmal verbunden hat. Was war das nur? Irritiert biege ich in die Küche ab und hantiere mit dezent geschliffenen Kristallgläsern und einem schlicht gearbeiteten, aber teuren Teakholz-Tablett herum. Im Hause Eklund ist alles sehr, sehr edel. Und seit ein paar Sekunden auch sehr, sehr seltsam, denn wann hat Nova ihre Gäste jemals im Hausmantel empfangen?

Ich beeile mich mit den Insignien der Verköstigung und komme in dem Moment dazu, als der Hauptkommissar sagt: »… völlig ausgebrannt. Die Insassen konnten nur noch tot geborgen werden. Mein Beileid.« Er schaut Nova an, dann mich, dann wieder Nova.

Hart stelle ich das Tablett auf dem niedrigen Designertisch ab. Gläserklirren untermalt meine etwas zu forsche Frage: »Wer?«

»Tante Uta und Onkel Magnus«, antwortet Nova erstickt.

Ein Stich durchzuckt mich, ich sinke neben Nova auf die Couch.

»Es gibt Hinweise, dass der Unfall vorsätzlich herbeigeführt wurde«, sagt Olofsson neutral, was wohl zu seiner Rolle als Unglücksbote gehört. »Das Dezernat für Tötungsdelikte hat die Ermittlungen bereits aufgenommen und …«

»Also habe ich mich nicht verhört, Sie sind von der Mordkommission«, unterbricht Nova ihn.

Olofsson zögert. »Ja.«

»Die beiden wurden umgebracht?« Ihr Zittern setzt so abrupt und heftig ein, dass die Couch vibriert, auf der wir sitzen. Aus einem Impuls heraus lege ich die Arme um Novas Schultern. Heimlich frage ich mich, warum diese Nachricht sie so mitnimmt, denn sie konnte weder Uta noch Magnus besonders leiden. Vielleicht sollte ich die traurige Nichte mimen? Aber nicht mal jetzt kann ich mir vorstellen, meine Ablehnung für Uta zu überspielen. Mag sein, dass Nichten zu ihren Tanten ein besseres Verhältnis haben sollten, wenn sie jeden Sommer auf ihrer spanischen Finca mit eigenem Strandabschnitt Urlaub machen dürfen. Aber ich kann nun mal nicht über meinen Schatten springen, da halte ich es wie Nova. Warum das so ist? Keine Ahnung, Nova hat mich immer selbst entscheiden lassen, wen ich mag und wen nicht.

»Ich muss Jorik anrufen.« Geistesabwesend zieht Nova ihr Handy aus der Hausmanteltasche und verlässt das Zimmer. Wir hören sie im Flur sprechen.

Die Augen des Kommissars kleben jetzt an mir. »Das ist bestimmt schlimm für dich.«

Ich zucke mit den Schultern. »Weiß nicht.« Viel schlimmer finde ich, dass Drogen im Wert von ein paar tausend Kronen im Siphon vor sich hin weichen. Heimlich erwäge ich, in meinem Zimmer darauf zu warten, dass hier unten alle beschäftigt sind. Dann könnte ich ins Bad schleichen und den Siphon abschrauben. Könnte ja sein, dass noch etwas von den Tabletten übrig ist! »Brauchen Sie mich noch?«

Olofsson schüttelt den Kopf. »Nein.«

Ich warte nicht ab, bis Nova zurückkommt, stürme die Treppe hinauf und hocke mich neben die Tür, die ich einen Spalt offen lasse. Das macht mich erst recht nervös, denn außer dem sommerwarmen Wind und den Brokatimitatvorhängen an meinem Panoramafenster bewegt sich im Haus nichts. Das erscheint mir aber genauso verdächtig, als wenn da unten die Post abginge!

Kurz entschlossen greife ich nach meinem Handy und wähle Toms Nummer. Er muss mir umgehend Ersatz verschaffen. Aber er geht nicht ran! Das Klingeln im Handy nervt. Ich ziehe die Tür etwas weiter auf, damit ich mitbekomme, wenn Nova wieder zum Kommissar hinübergeht.

Ich höre nichts. Auch Tom reagiert nicht.

Ich unterbreche die Verbindung und linse durch den Türspalt. Wenn Nova noch länger braucht, kann ich aus dem Siphon garantiert nichts mehr herausholen. Ich spucke doch jeden Morgen ins Waschbecken ... ekelhaft.

Wahlwiederholung. Tuten. Mein nervöses Zittern. Das geht eine ganze Weile so. In der Zwischenzeit geruht Nova, sich endlich wieder zum Kommissar zu begeben und mit ihm Konversation zu betreiben. Ihr leises Weinen kann ich sogar hier oben im ersten Stock hören.

Die Haustür wird aufgesperrt. Jorik kommt dazu, und jetzt geht es erst richtig los. Ich kann nicht verstehen, was Nova sagt, weil sie plötzlich laut losheult. Jorik schickt sie raus, er bleibt und erzählt mit seiner Business-Stimme, die mir imponiert, seit ich denken kann, dass niemand wusste, dass Uta und Magnus nach Schweden kommen. – Wahlwiederholung. Tuten. Ich könnte schreien vor Wut! – Der Kontakt sei seit dem letzten großen Krach zwischen Nova und Uta eingeschlafen. Vielleicht sollte es ein spontaner Heimatbesuch werden, bevor Magnus und Uta wie jedes Jahr ihren Hochzeitstag am 23. Juli im norwegischen Kirkenes begehen?

»Bis dahin sind es noch zwei Wochen«, stellt der Kommissar fest.

»Tuva? Was soll der Scheiß?«

Toms aufgebrachte Stimme unterbricht das Unwohlsein. Schlagartig höre ich auf zu zittern. Freude will trotzdem nicht aufkommen, obwohl ich jedes Mal halb wahnsinnig vor Aufregung werde, wenn ich mit ihm sprechen soll. »Ich brauche Nachschub«, flüstere ich hastig.

»Warum?«

Mit Genugtuung nehme ich zur Kenntnis, dass er alarmiert klingt. »Hab sie aus Versehen ins Waschbecken fallen lassen.«

»Bescheuert«, meint Tom. »Ich kriege erst in zwei Tagen eine neue Lieferung.«

»Warum so spät?«

»Weil mein Zwischenhändler selbst bestimmt, wann er liefert«, knurrt Tom. »Treffen wir uns am Donnerstag am Kallbadhus, dann kriegst du welche zum üblichen Preis.«

»Halsabschneider.« Ich schlage einen zärtlichen Unterton an. Er kann ruhig wissen, dass er für mich mehr ist als mein Dealer!

»Pass einfach besser auf dein Zeug auf.« Seine Antwort ist eine kalte Dusche »Sonst alles okay?«

»Ach …« Plötzlich kommt Nova die Treppe herauf. Vorsichtig schiebe ich die Zimmertür zu. Die Männerstimmen im Untergeschoss verschwimmen zu unverständlichem Gemurmel. »Meine Tante ist gestorben. Und ihr Mann. Konnte die beiden eh nicht leiden.«

Tom reagiert nicht.

»Die mit der Finca auf Formentera«, schiebe ich hinterher.

»Hm«, macht er. »Mein Beileid.«

»Danke.« Und weil er darauf schweigt und ich auch nicht weiß, wie ich ihm meine Zuneigung noch zeigen könnte, sage ich: »Bis morgen«, und unterbreche die Verbindung. Dann werde ich ihm eben am Kallbadhus zeigen, was ich wirklich will.

Nova schiebt meine Zimmertür auf, ohne anzuklopfen. Ihr Gesicht hat sich nicht nur wegen ihrer Heulerei verändert. Sie sieht aus wie jemand, dessen Welt gerade mächtig in Schieflage geraten ist. Seltsam, denke ich und sage: »Ja?«

Nova beißt sich auf die Lippen.

Ich stehe auf, umarme sie, und dann muss ich auch heulen. Von den Tabletten ist jetzt garantiert nichts mehr übrig.

Im Rausch. Ein Schweden-Krimi von Mikaela Sandberg
© Ullstein Buchverlage GmbH, Berlin
E-Book, 230 Seiten, ISBN 978-3-95819-122-8
erschienen August 2017